婚礼之前，
与你告别

那时迷离　著

Before
the wedding
Say goodbye

北京联合出版公司
Beijing United Publishing Co.,Ltd.

目

录

Before
the wedding
Say goodbye

第四章

够爷们儿，我就稀罕你这样的

每个人的生命里总是有那么几个让你又爱又恨的人。

165

第五章

遇见浑然天成的爱情，错过多可惜

如果努力了，收获的不是果实，是现实，我们也要笑纳。

229

我试着跟别人

谈恋爱

可是我做不到

不想你

**Before
the wedding
Say goodbye**

婚礼之前,
与你告别

我有病啊，
弄顶绿帽子给自己戴

如果我用尽全力给你想要的生活，
你能做那个人吗？

第　一　章

Before
the wedding
Say goodbye

偶遇

天知道我怎么会在悲愤欲绝的情况下做了这么一个决定，大老远地跑到越南旅行。

此刻，我顶着两只哭得像烂桃子一样的眼睛站在胡志明市的机场里。

脑子里特别应景地蹦出来的是莫文蔚的一首老歌……

我看到了他的心，演的全是他和她的电影……

我要怎么讲这个斩不断理还乱的故事呢？想不通，无论如何也想不通。

为什么遭受背叛的是我呢？不就是吵了一小架吗？不就是她比我"波涛汹涌"一点儿吗？她不是说只要我喜欢的绝不跟我抢吗？她不是说她有喜欢的人一定先给我过目吗？还有他，他还是那个只有一碗方便面都让给我的人吗？他还是那个值得我跟父母抗争，毫不犹豫割自己手腕的人吗？他还是那个许我一生一世，爱我如初的人吗？他不是揉着我的头发说，小懒猫，我要给你做一辈子早餐吗？他不是说，让我离她远点儿，一看就一身妖气吗？

他，是我北漂岁月共患难五年的男朋友魏清风。而她，是我无话不说的好闺密殷素素。

狗血吧？就知道你会这么想，我也才知道，原来电视剧里放的不全是胡编乱造的，现在我感同身受了。你瞧瞧我，精心呵护几年的爱情和友情，到头来落得个满目疮痍。

你能忍受你用疼痛磨砺出来的珍珠，挂在别人脖子上闪闪发光吗？

反正我不能。

只怪我这几年活在太自我的世界里，活在对未来的憧憬里，活在谁都是好人的臆想里，活在我们甜得发腻的爱情假象里。

为了他能娶得起我，我拼命攒钱，跟大妈们一起挤在菜市场里讨价还价，按照他的喜好像淑女一样穿着长裙逛街，偶尔才敢像孩子一样没心没肺地跟他撒娇赌气，更多的时候像男人一样为我们的将来在职场上拼命。现在倒好，像傻×一样被自己认为最爱的两个人齐刷刷地劈腿了。

我恨自己怎么就不能狠心赏这俩人四个大嘴巴子，然后把"狗男女"的名号赐给他们。

我做不到。

于是，我跑来了越南。

真正下决心来越南，是因为曾经看过一本时尚旅行杂志，那上面的一组图片，美得让人窒息。晚霞沙丘热烈如火，月色渔火柔情似水，潮涨卷云放肆张狂，落日余晖内敛柔和，怎一个风情万种了得？

我还看到右下角有标注：越南，美奈。

还有一行诠释：你不来就永远不知道这里有多美。

综上所述，我要去越南。强迫症的人伤不起。

网上说，胡志明市是越南最有味道的城市，那些充满欧陆风情，带着精致窗棂的法式小楼和栽了木瓜树的院落交相辉映，有种时光交错般的美丽。

我就是来寻找这种美的。

可是，当我兴冲冲地走出机场，被这个"你不来就永远不知道这里有多美"的地方惊呆了。

这里喧嚣而潮湿。假如你是个文艺青年，一定觉得潮湿是个相当暧昧的词。

蝗虫飞舞，摩托车横冲直撞，黑压压的一片，呼啸而来，呼啸而去。

浑浊不堪的河面上漂着塑料袋、烂菜叶、破拖鞋——还不如北京的通惠河。

唉，我怎么能在这种时候没出息地想起通惠河呢？

那只是一条很普通的河啊。

那时候，我和魏清风还住在一个叫高碑店的城中村，村口左拐就是通惠河的河坝。吃过晚饭，他就骑着破自行车带我在河坝上兜风。很多老人在河边悠闲地钓鱼。落日的余晖照在河面上，像酿好的美酒那么醉人。我总是兴奋地说，清风，我喜欢这条河，我想跟你在这里住一辈子。清风说，晓晓，跟着我让你受委屈了，等赚了钱，我们就买套属于自己的房子，在北京安家。我还想带去你看更美的大海。然后，他会含情脉脉地唱黄家驹的《真的爱你》。

春风化雨暖透我的心/一生眷顾无言地送赠/是你多么温馨的目光/教我坚毅望着前路/叮嘱我跌倒不应放弃/没法解释怎可报尽亲恩/爱意宽大是无限/请准我说声真的爱你……

我相信在那个时候的清风也真的是爱我的。

唱完歌，我们并排坐在河边的台阶上，清风从口袋里拿出手机，把一只耳机递给我，然后调到广播频道。我依偎在他的怀里，看着远方匆忙或者悠闲的脚步，偶尔对视。我从清风的眼睛里读到的都是坚定及对未来的憧憬。我的这颗小心脏啊，就会为自己捡到一只潜力股而怦怦跳个不停。

直到繁星满天，我们才伴着月色牵着手回家。每当想起那个情景，我都是满满的幸福，还有去看海的期待。

胡志明市并不宽敞的街道上挤满了各种肤色的人，简直就是个小联合国。中国游客很多，但我好像不那么合群。我在想，我还回得去吗？我开始后悔，又不是我偷情被抓，为什么落荒出逃的那个人是我？

到了主城区，我开始茫然，因为我的英语口语水平蹩脚到要用蹦词儿+比画+画画表达我的意思，勉强达到走不丢，饿不死。

塞上耳机，轻轻地跟着哼 *Hotel California*，那是因为我不知道怎样深层次地表达我的意图。这种感觉，好比我一个人是健全的，看着一群哑巴在叽里呱啦热闹地聊天。

总是有其他肤色的人跟我问路或者搭讪，我反复说sorry，换来一个无奈的摊手姿势，我想对方一定是上刑场的表情。我开始后悔上学时为什么不好好学英语。

闷睡一天后，我开始以旅馆为坐标，漫无目的地闲逛。

人们入乡随俗，穿上越南花花绿绿的国服Ao Dai（类似中国的旗袍）。如果你想知道哪些是从中国来的，就看红灯的时候，乱穿马路的那些家伙就知道了。

有几个土耳其的游客跃跃欲试，几次都不得逞。我作为中国人的优越感油然而生。

我被对岸广场上的黑人街舞吸引，正准备大步流星穿越马路栏杆的时候，一只有力的胳膊钳住了我的胸部。大庭广众之下，岂有此理！

我回头就是一巴掌，朝脸的方向拍过去，手都震麻了。对方反应却非常敏捷，很轻巧地躲过了，我的手落在他的掌心，很像默契地击掌。

"流氓！"因为墨镜遮住了大半张脸，不知道是何方妖孽，我怕对方听不懂，还特意在大脑里快速搜索到这个单词，脱口而出："Rogue！"

我定定神，发现是一个高高瘦瘦的小伙子，黑头发，高鼻梁，眼睛藏在大墨镜后面，戴一顶米色鸭舌帽，背着黑色旅行包，穿着白T恤、大花裤衩，嘴里还不停地嚼着槟榔。

"你是中国人？"他居然用中文跟我说话。

废话！难道我长得像阿富汗人？

我快速回了一句："我能说我是日本的不？"

他摘下墨镜，皱着眉头，一脸的玩世不恭："小姐，要不是我，你就被机车党带走了，说不定已支离破碎，血肉模糊。啧啧，你想想，你差点儿要客死他乡，还嘴硬。多危险！你等几秒能怎样？"

这是我到达胡志明市一天后，听的最完整最亲切的一句中文，虽然有很多很暴戾的字眼。

"那你也不能随便摸人家女孩子的胸啊，大庭广众之下占我便宜，毁我清白。"

"如果你马上被尿憋大了脑袋，还会考虑哪种姿势如厕更优雅吗？"

"你！你……强词夺理！"

他盯着我脖子以下十厘米的位置看了半天，然后邪恶地说："手感告诉我，好像也就是个摊鸡蛋饼的啊。"

我捂住胸口，一脸黑线地说："你以为你救了我，就可以先非礼再诋毁吗？与其这样，还不如让机车党把我带走呢。"

"既然已经救了，都是一奶同胞，就不用谢了，要不，你请我喝杯咖啡吧，老乡。"

"你都这样攻击我的生理缺陷了，我请你个大头鬼！"我想想他说的摊鸡蛋饼的比喻就来气，身心都受到剧烈的侮辱。

气不打一处来，我扭头就走。

走了一段，看到他朝另外一个方向渐行渐远，很快就淹没在人群中，我居然有点儿失落。好不容易有个能正常交流的，还被我给放跑了。

找个地儿喝点儿什么吧。

在越南，无论你是白领还是脚夫，咖啡都是必不可少的饮料。

露天木桌，很有情调的咖啡吧——名字叫After。你想在这里找一家星巴克是很困难的事，因为在越南，大多是自主品牌。

我就这样一边加糖一边东张西望。

放眼望去，上到60后老夫老妻，下到90后雷人小情侣，都是成双成对的，我这孤家寡人的，算哪门子事儿啊！

电话响了，看到屏幕上的名字我就挂了，不想接。再打，再挂，紧接着QQ、微信全收到消息了。

"Hello！"一个磁性而友好的男中音响起。

一个黄头发、蓝眼睛的帅哥眼神定定地盯着我，歪着头，摸着下巴。这神情、这模样，我说像年轻版的小贝，你们信不？

我赶紧环顾四周，没错！我旁边没人。我低头自我检查一下，胸口衬衣的扣子也没开啊；脸上抹两把，也没脏吧。

帅哥是在叫我？

"Hello，Anybody here？"他指着我旁边的座位问。

其实，在中国，这是个很诡异的事情，表现在公交车、图书馆、食堂，或者网吧，明明有空座位，旁边的人却说："有人！"

山泉般清澈的眼神瞬间秒杀了我。他过来跟我搭讪了，我脑子里瞬间失重般地凌乱着，绚烂的烟火在眼前层层绽放。我分明看见他头顶飘着五个字：真特么的帅。艾玛，这绝对是我的菜啊，太洋气了！

我赶紧收回花痴的表情，回答："No，No，Sit down，please！"他坐下后，要了一杯黑咖啡，用英文问我，来自哪里。我说中国。他用流畅的中文回答我，他来自美国，在北京语言大学修了三年中文。

既然会中文，那就好办了。我们愉快地喝完咖啡，还一起愉快地吃了越南河粉，然后愉快地相约一起结伴旅游。最后，他还问我要不要跟他换一些美元，他带了很多。虽然我没有这个需求，但是这么热情的帅哥，我必须配合一下。

"好啊，好啊，我刚好需要，找不到地方兑换呢。"我伸手去拿钱包。

刚打开钱包，就被人从头顶一把抓走。我一抬头，再次被那个装×的大墨镜秒杀了。

"怎么又是你？"

"对，又是我，请叫我雷锋。"

"我看你简直是雷人！吓死我了，你怎么阴魂不散？"我厌弃地吼道。

"老婆，我一会儿不在，你就在这里勾引帅哥！"

"谁是你老婆？谁是你老婆？你给我说清楚。"

"不能吵两句你就不认老公了吧？别赌气了，快乖乖跟我走吧。"说完，他勾勾手指就往外走。走之前，还回头跟我的"美国菜"嚣张地说："这顿，你请客！"

"美国菜"耸耸肩，一脸茫然地看着我们。

"钱包还我，抢钱啊！"我小跑着追在他后面。

拐弯到巷子里一个角落，他把钱包丢在我怀里。

"人家说女人胸大无脑，通过你，我深刻地领会到，胸小的女人脑子也不行。"

"哎，我说你这个人，要不要这么毒舌啊？"

他用蔑视的眼神看着我说："我怀疑你大脑里有一块肿瘤，还压迫了智商神经。"

"喂，你占我便宜也就算了，还侮辱我的人格；你侮辱我的人格我也不计较了，你今天还弄跑了我的帅哥！"

"刚才这个人是惯犯，在各地旅游人群密集的地方都有这样的人，他跟你换的钱一定不是真的，欺负你不认得假币，小姐。"

"啊？是这样吗？你确定不是嫉妒人家长得比你洋气，所以乱造谣？我才不信！还有，请不要叫我小姐。"

"不可理喻，傻大姐。"

"我凭什么相信你？我怎么知道你不是坏人？"

"我没说我是好人，你可以选择不相信，回去继续刚才那个环节就OK了。如果你长点儿心呢，麻烦你先上网搜一下，看看有没有这样的案例。"

"怎么这么巧，你又刚好出现了，连续救我两次，你跟踪我？"

"拜托，你要不要这么自恋啊？我住在这附近，刚好转到这里，找药店买药。"

反正也是无聊，好不容易遇到个能交流的，我就开始漫无目的地瞎聊。

我问他："你从哪里来啊？"

"云南。"

"云南不是挺美的吗？你干吗跑到越南？是来贩毒的？"

"你没听说过，越南越美吗？"

他跟我讲了很多在越南的禁忌，比如不要轻易理会机车党、不要摸小孩的头、看见悬挂绿色树枝的村口不得闯入、不要用左手进食接物、不要三个人一起拍照，等等。

"你怎么知道这么多？而我就像刚出考场发现交了白卷的傻子一样。"

"攻略，旅行攻略，你出来都不做功课吗？"

"嘘——我是逃出来的，你信吗？"

"我信啊，哪里有旅行还穿高跟凉鞋的。"

你知道吗？在一个陌生的地方是很容易相信一个人的。旅途是充满惊喜的，如果不能计划它，那就享受它吧，比如这个突然冒出来救我两命的人。

喝完咖啡，他说："你这种智力不全的人，需要一个监护人。免费当你导游，陪你转转，怎么样？"

"这个主意好像还不错哦。"

"我负责拍照，你负责微笑。"他扬了扬手里的单反，笑得无比灿烂。

"好啊好啊。你叫什么？"

"夏秋生。"

"你这名字有意思哎。你到底是夏天生的，还是秋天生的？"

"我是我妈生的。"他狡黠地说。

"我叫黎晓，取'破晓黎明'之意，从北京来。"

在那个阳光很好的盛夏，在异国他乡，在我伤心欲绝的时候，在木瓜味飘香的街上，被命运以恶作剧般的姿态带到彼此面前，谁又能参透这对于我接下来的人生意味着什么呢？

那时候的我，怎么会想到，这个突然冒出来的男人，似乎是我生命中必将出现的一个路碑，预设在我的人生旅途中。我绕过万里千寻，最终还是不得不承认，有时候缘分就是这么奇妙。

只是当时，我的脑子一团糨糊，全是在上演斗小三的戏码，对谁都心存戒备，说话也张牙舞爪，口无遮拦。

途经教堂，夏秋生问："你要进去吗？刚好周日，有很多做礼拜的人，跟我们中国是一样的。"

有人求耶稣赐予平安，有人求财富，有人求幸福，有人求姻缘，而我，只求平静。

祷告完继续闲逛。

午后的阳光明晃晃的，又热又困，我们又找了家路边咖啡馆，要了两杯冰果汁，还没端上来，忽然，他问我："你刚才祈祷的时候在想什么？表情那么悲伤。"

"不告诉你。"

我要怎么说？说我男朋友背着我，跟我的闺密滚床单了？凭我对他的了解，打死我也不承认这种事会发生。但是他自己承认了，所以我百思不得其解，不知道该怎样面对赤裸裸的现实，还有那两个我曾经最信任的人……

所以，我选择缄默。

晚上回到旅馆给手机充上电才发现，我的助理肖雅发了无数条微信，打了几十个电话给我。

我是一家电子商务公司的客服部经理。别看公司不大，配套却很齐全。肖雅，小萝莉一枚，鬼灵精怪，二十岁，大四没毕业就应聘到我们公司做销售，一年多的磨炼，练就了一口铁齿铜牙，经常打听一些公司内部的小道新闻偷偷向我汇报，深得吾爱。

我赶紧打开微信：鸭鸭，啥事儿？

鸭鸭是我给肖雅的爱称。

肖雅：老大，你终于现身了，我还以为你沉迷于异国男色难以自拔，忘了我们还生活在水深火热中啊。

我：怎么水深火热了？公司出了什么大事？

肖雅：那倒没有。你给余总打电话请假了吗？昨天开晨会，我说你见客户去了。你这一时半会儿也回不来，余总怪罪下来怎么办？请老大明示。

我：鸭鸭，你不说我还忘了这茬了，交给我吧，好好上班，有情况别忘了及时汇报。我很快就回来。

肖雅：得嘞。

我深吸了一口气，给我的老板打电话。

"余总，我要请假。"

"怎么又请假？不批。"电话那头儿传来噼里啪啦的打字声，谁知道他是在加班还是在玩游戏。

"那我辞职。"

"那，那，那还是批准请假吧。多久？"

"最多一个月。"

"这么久？不行。"

"那我辞职。"

"那，那，那还是批准请一个月的假吧。"

别说我威胁我们老板了，我工作的时候可不是这状态。这几年相处下来，我们老板就只吃威胁这一套。

挂了电话，我打开床头昏黄的台灯，坐在飘窗前，看着楼下酒吧里灯红酒绿，耳朵里全是此起彼伏的音乐声、喝彩声，这才知道这是范五老最有名的酒吧街，越是到半夜越嗨，震耳欲聋，根本睡不着。

白天我没接的电话是我男朋友魏清风打的，接了我也不知道该说什么。难道我说我没办法原谅你们，所以玩失踪了？还是我钱多得没处花，出来度假了？

我们在一起五年了，是彼此的初恋，有了第一次肌肤之亲后就火速同居了。那年的清风，是一个羞涩、消瘦、清秀的男生，二十岁出头，棱角分明，眼睛炯炯有神，看你的时候似笑非笑。从一个广告公司的小业务员，一步步做到销售主管，再到市场总监，他用了五年时间。这一路走来，我见证了他奋斗的坎坷与不易。我们总是互相鼓励，像歌里唱的那样，相依相偎相知，爱得又美又暖。我们虔诚地认为，对方就是梦想中的伴儿。谁知就在不久前，半路突然杀出个殷素。我一直以为她说倾慕魏清风只是开玩笑。

可最奇葩的是，这两人就这样赤裸裸地背叛我了。此刻，我竟然对他们恨不起来，依然能够装作什么事都没发生，这，是不是很逗比？在他们面前强颜欢笑，把憋屈堵在胸口，愣是把自个儿憋成内伤，在每个睡不着的晚上独自舔舐伤口。至今我都没办法给我这种奇葩的行为找一个合理的理由，但凡正常的人类都不会像我这么二吧。

也许我害怕失去他们，失去这五年北漂路上惺惺相惜的仅存的温暖。他们是我这几年拼搏奋斗的见证啊，是我这几年抚平心灵创伤的一味良药啊，是我这几年每当懈怠想放弃时的心灵鸡汤啊，是我孤独寂寞时无比温暖的怀抱啊，是酒鬼戒不掉的二锅头，是瘾君子戒不掉的毒品。

这些记忆要我生生地从脑子里剥离，想想都撕心裂肺，我真的下不去手。

可是，我一面对清风就想起素素，想起她怎么在我和魏清风相拥而眠的床上把自己折叠成妖娆妩媚的样子……

哎哟我去，还让不让人活了？

然后，我开始每天麻痹自己，陷在痛苦的纠结中彻夜无眠，所以，在精神崩溃之前，才有了想离开北京，离开他们，出来走走的开篇。

直到东方露出鱼肚白了，我才睡着。

迷迷瞪瞪听见楼下院子里有声音，还有点儿熟悉，我拉开窗帘一看，夏秋生在跟旅馆小妹聊天，英文说得别提多溜了。

我换好衣服，下楼，感觉像见到亲人一样。

"Hello啊，傻大姐昨晚睡得可好？"

"好极了！前半夜欣赏免费打击乐，后半夜观蚊虫大战。"

"呵呵！"他摸摸头，不好意思地说，"昨天晚上我就想到了，但是有点儿晚了，怕你不方便就没打扰你。"

"所以我有幸领略了精彩纷呈的西贡一夜。"

"跟我走吧。"他起身上楼，帮我拿行李。

我穿过三条街，屁颠屁颠地搬到他所在的太阳花青年旅馆，住在他的隔壁。

这是一个很有特色的旅馆，干净、温馨，房间里都充满了太阳的味道，而且随处可见很多中国民族风元素的装饰。关键是价格很实惠，折合人民币才一百块钱。夏秋生说是几个中国留学生开的。

安顿好一切，我约他暴走。你要知道，我以前在北京的时候，排解郁闷和压力的方式之一就是暴走，从公司走到住处，或者沿着通惠河一直走，一直走，边走边给自己灌输正能量：黎晓是最棒的，黎晓是不会被困难打败的，黎晓是会有个好男人心疼的，黎晓是全世界最幸福的小女人……

现在呢？还是吗？

夏秋生在我的左侧帮我挡着一路疾驰而过的摩托车。走到半路，我的脚被凉鞋磨破了皮，起了水泡，他带我去买了创可贴、运动鞋，并说，善待你的脚，因为你要靠它走遍世界。

这句似曾相识的话以前魏清风也说过。在那个寒冷的冬天，没有暖气的平房里，魏清风用热水帮我洗脚，一边洗，还一边背销售术语给我听。

夏秋生蹲下帮我贴创可贴的时候，我看到他头上戴了一顶米色的鸭舌帽，有点奇怪，又说不出怪在哪里，就想伸手拿下来看一下。

他一下挡开我的手："别碰！"义正词严，表情非常严肃。

我被他的反常吓了一跳："至于吗？不就是一顶帽子！"

"你不懂，它对我有很重要的意义，在越南旅游的禁忌我再加一条——不许碰我的帽子！"

"哦。"我没有继续追问，因为那样只会自讨没趣。

原来，每个到这里的人，都有自己的故事。而夏秋生，我却希望你的故事别像我的一样狗血。

就在我们上次喝咖啡的地方，我跟夏秋生坐在二楼看书，夏秋生指着一楼露天的院子，我又看见了那个美国帅哥。我的心扑通扑通地跳着。

夏秋生说："别激动，往下看。我去吧台打个电话。"

美国帅哥在跟一个美女搭讪，然后喝饮料，聊天，换钱成功，然后迅速撤退，没走出我的视线范围就被街上的巡警抓住。

这一幕就像放电影预告短片一样精彩刺激，"呆若木鸡"可以形容我当时的表情。

"怎么回事啊？"我的脑子短路了。

夏秋生转着打火机，慢悠悠地说："这是个惯犯，这几天我一直在观察他，他已经骗了很多无知少女，刚才，我让吧台姑娘报警了。"

"你……你……你是做什么工作的？"

"警察。"

"你一定是片警。"

"为什么这么说？"

"太平洋片区的，地域辽阔，都归你管。"

他呵呵一笑，抬抬帽子，不好意思地说："警察的职业习惯。"

"还真是啊？你敢不敢把证件拿出来借我瞻仰一下，我很崇拜警察的。"

经不起我的软磨硬泡，他一一摆在桌上。

"确定不是从办假证那儿买的，或者走后门进去的吗？"

"切，正儿八经考进去的，想当年我上学的时候可是学神。"他不屑一顾地答道。

"学神是什么？比学霸还牛？"

"学霸是考试考98分，自己能力就这么多分了；学神是考100分的那个，是试卷就只有这么多分。"

"跩得跟二五八万一样。说起上学，我还真想起一件好玩儿的事。有一年寒冬，刺骨的冷让我不想起来上课，便让同学随便帮我找个理由请个假，第二天，我中暑的消息就传遍校园了。"

"你这是典型的学渣啊。"

"学渣怎么了？没有学渣，能衬托学神吗？"我拿起手机咔嚓咔嚓拍照，"咱换个话题吧，好汉不提当年勇。"

他问："你干什么的？"

我说："留个案底，万一你对我图谋不轨，我就去你们单位举报你！"

"图谋不轨？傻大姐，你没搞错吧，你对自己也太有信心了！你也不问问我对摊鸡蛋饼的有没有兴趣啊！"

"你，你，你……欺人太甚！咱还是继续聊学神吧！"我再次感觉被精神强暴。

晚上，街巷嘈杂，越南的汽车很多是从中国进口的，到处都能听到中文：倒车请注意，倒车请注意！此起彼伏。

我对夏秋生说："我不喜欢这里，我要去美奈，听说那里才是人间天堂。"

他沉思一下，说："如果你心情好，看到的就是热带丛林、法式风情；心情不好，看到的就是乱石死水、杂草丛生，你明白吗？你现在的心态还不适合去美奈，你就在这儿多待两天吧。"

"能去的景点都去了，拍了几百张照片了。"我不服气地抗议道。

他对我的抗议充耳不闻。

接下来的几天我反复问，我能去美奈了吗？我能去了吗？他总是摇摇头，耸耸肩，一脸无辜的表情。

"要不是我怕再碰见骗子，我就自己去了。"我气呼呼地说。

"今天去菜市场逛逛吧。"他说。

"嗯？好吧。"我很不解，但我知道反抗是多余的。

在这里，我发现了另外一个我不了解的城市风情，喂奶的少妇、择菜的老人、孩子童真的笑脸、喷香的烤肉、伪装成板栗一样的蚕蛹、连根儿卖的鲜花、叫不上名字的水果……我都饶有兴致地一一用镜头记录。摄影水平不到家，此刻，我只是一个路人。

回去在电脑上整理照片的时候，我一一备注时间地点，写心情发博客。

夏秋生饶有兴致地听我喋喋不休，然后拍拍我的头说："傻大姐懂风土人情了，心情也不浮躁了，明天去美奈。"

"真的吗？真的吗？我怎么就可以去了呢？"

幸福总是在你没有做好思想准备的时刻突然来到，兴奋得一夜没睡好。杂志画面上的美景像幻灯片一样一张一张地在我脑海里铺开来。

一下车，一股海洋的气息扑面而来，瞬间把我坐了五个小时车的疲惫一扫而光。

原谅我的词语匮乏，让我挖空心思、绞尽脑汁来形容一下吧。

昏黄慵懒的灯光、安静沉寂的村落、咸咸湿热的海风、高耸入云的椰树、蔓延无边的旅馆商店……

如果说胡志明市热情而温柔，那么美奈就是一个世外桃源，没有高楼大厦，没有车水马龙，只有点点渔船，声声海浪。

我们住的酒店叫Begin Again。

重新开始……呃，这个名字让我怅然所失。

夏秋生订的是海景房，关键是出了房间门，院落一角就有一排竹编秋千。面朝大海，春暖花开，坐在秋千上望着大海，听着海浪声，感受着海风，喝着椰汁，城市的喧闹都他妈一边去，我要的是此刻的惬意与宁静。

很累，翻看短信，有四十多条，有请吃饭的，还有借钱的、问好的、祝福的、卖发票的、寻精子的，等等，要不是这次旅行，我还不知道自己这么受欢迎。拣着请吃饭的回了两条。

心事

晚上，伴着海涛的声音昏昏沉沉地刚睡着，我就被我爸的电话吵醒了。

黑暗里，我摸索到手机："喂？爸，这么晚还没睡啊？"

"晓，爸刚写完教案，想跟你聊聊。"

"只要不聊我妈，不聊对象，别的都行。"我翻个身，扭亮台灯。

"你就这么恨你妈？她也是为你将来着想啊，怕你将来受苦。我真没想到你这孩子这么犟，为个男人就玩失踪，你这么自信他值得你托付一辈子？你天天不接你妈电话，她在家跟我怄气，把自个儿气病了。"

"病了？你们休想用这一套再骗我回去相亲。我恨她是因为她势利眼儿，你瞧瞧她以前给我介绍的那些个官宦子弟，不是人渣就是禽兽，你们这不是卖女儿吗？再说，你不也没钱，她也跟你过了大半辈子不是吗？"

"你这倔强的劲儿还真跟你妈年轻的时候挺像，她跟着我这个穷教书匠让她受委屈了，所以她希望你将来选对象擦亮眼睛，别走错路。"

"我还觉得是她占了便宜呢。你上课那么累，回家还要做饭洗衣服，她就知道唠叨，到处给我张罗对象，全学校乃至全县都知道你家有个老姑娘嫁不出去。"

"好啦，你妈都同意你跟小魏交往了，你就别跟她置气了，抽空好好跟她道个歉。做父母的心情你们年轻人不懂。"

"唉，同意得太晚了，早同意就不会出这么多幺蛾子了。"

"什么？是不是你和小魏闹别扭了？"我爸猛烈地咳嗽了两声，他一着急气管炎就犯。

"没什么，爸，你早点儿睡觉吧，明天还要给学生上课。我在外地呢，等我有空打给你，少抽点儿烟。"

挂了电话，我睡意全无，脑子里的事一件件、一桩桩，跟放电影一样，可惜都不是喜剧片。

第二天天刚蒙蒙亮，我就爬起来，想赶早去看日出。

路过夏秋生的房间，咣咣敲门，没人回应。

真是一个美丽的早晨，我顺着酒店服务员指引的方向，一个人慢慢地向沙丘顶溜达。这里有来自各国的游客，都举着相机在等日出，挤得连下脚的地儿都没有。我跌跌撞撞地爬到坡顶，居然看见夏秋生霸占了绝佳的看日出位置。

我拍了拍他的肩膀，他淡淡地笑了一下，说："傻大姐，你来了。"

"小夏子，我还以为你没起来呢。"

"早起的虫子有鸟吃，呵。"他故意说反话的时候，失去了平时的打趣气氛，有点儿苍凉。

他就站在我旁边，远处海面上红日慢慢地升起，像鸭蛋黄从蛋清里剥离出来，而且是一刹那就弹出，白色的沙丘因为红日的光芒而变成金黄色，壮观无比，令人叹为观止。

我站在坡顶，就像俯瞰整个人间。

"你看到了吗？我陪你来美奈看日出了，你还喜欢哪里，都告诉我好吗？"

好浪漫的小夏子！我差点儿就被感动了，那一刻，有一种想陪他天荒地老的感觉。

这是对我说的吗？这就是传说中的艳遇从表白开始吗？

我扭头看他，他的脸被朝阳镀上了一层金色，神色凝重，喃喃自语。这，不是对我说的……

他的眼角居然泛着泪光。

回来时，我们一路无语。

为了打破这种沉默，我说："小夏子，你喜欢这里吗？反正我很喜欢。"

"是吗？那等你死了，我把你埋在这里。"

"拜托你了，选个好点儿的位置。哎，为啥不是你先死？"

"我的心早死了，轮到你了。"

白天的时候，忧伤总是显得微不足道。旅行还在继续。

这一天我都没敢招惹他。夜幕降临，吃过牛排自助，我们沿着海边慢慢地散步消食。海风拂面，气势恢宏的涨潮声淹没了我们的心事。

夏秋生黯淡地说："后天我的假期就要到了，我要回去了，晚上请你去酒吧happy一下，纪念相识一场。"

酒吧名字我不记得了，歌手安静地弹着吉他，镁光灯照在他身上，像一个寂寥的灵魂。

我们选了一个靠窗的角落坐下。这种地方是最适合发呆的。

三口鸡尾酒下肚。

"你先说。"我们异口同声。

"都是有故事的人，相逢何必曾相识，我先说。"我理了一下思路，开始噼里啪啦地倒豆子。憋了这么多天，终于能找个人倾诉一下，好像他就是得道高僧，我迫切需要被点化。

"我男朋友跟我闺密滚床单了。我十八岁就跟他在一起了，一起打拼到现在，一心想着一起奋斗，好在北京买套房，建立个小家，再继续奋斗，造个孩子，再奋斗，人生不就是这样欢天喜地地到头儿了？人生苦短，瞎折腾什么呀。好家伙，我一个人在这儿努力半天，他倒好，吃着碗里的，看着锅里的。"

"继续。"他淡定地喝了一口酒。

"闺密呀，你怎么是性冷淡一样的反应？难怪小说里、电视里都说现在闺密各种不靠谱。"

"真够狗血的，你确定这故事不是编出来哄我开心的？"

"我有病啊，弄顶绿帽子给自己戴？再说我这闺密吧，我俩好的时候，除了内衣，其他的都可以混穿。我以前也知道她喜欢我男朋友，但是我没想通为毛她就真敢挖我墙脚。"

"你男朋友是那种谁都能勾搭走的人吗？"

"不不，我用人格担保，他不是那种人。"

"你一点儿都没有感觉吗？他们是通过你认识的？你的闺密是什么样的人？"

"你怎么跟警察审犯人似的？"

我不知道该怎么回答他，我需要重新思考一下，我的闺密到底是一个怎样的人。

殷素素到底是什么样的人呢？其实一开始我跟她并不熟，我们只是普通的同事，但是有一次一起下班坐电梯改变了我们的关系。我们碰上一个自摸的变态，猥琐得不成样子。电梯下行到一楼，电梯门徐徐打开，素素用十厘米的高跟鞋把对方一脚钉在电梯轿厢里，然后我俩狂奔一站地才站定。素素就这样光着脚丫，提着裤腿儿，站在大街上哈哈大笑。事后，她也很懊悔，那双鞋是她花了半个月的工资买的，她很心疼。我们去物管查了监控，发现那个变态收藏了素素的高跟鞋。我豁出去送了素素一双一模一样的，决定跟她好好混。这样奔放的女汉子闺密我值得拥有。

从那天起，我们就成了无话不谈的朋友。工作之余就是聊天，也聊情感，她还看了清风的照片，不止一次说清风帅。他们第一次见面好像是素素在公司上班的最后一天。她的辞职申请通过了，她想开网店，在动物园拿货放网上卖。那天晚上，我和清风请素素一起吃饭，我们都喝醉了。我记得我跟素素说，等你发达了，我辞职去跟你混，让妹妹我也沾点儿光。送素素走后，我还开玩笑地问清风，我这闺密怎样？要长相有长相，要能力有能力。清风淡淡地说，不怎么样，感觉比你圆滑世故，一身妖气。因为清风不怎么喜欢她，之后我们三个就没再聚过。

我一杯杯地喝啤酒，舌头都打结了，肚子被撑得鼓胀胀的。我抓起夏秋生的烟盒，想拿根烟抽，被他按住。我再抓，他索性装兜里了。

"小气鬼。"我拍着桌子嘟囔道。

"你喝这么多酒已经过分了啊，就不要抽烟了。"他看了我一眼，继续说，"那你是怎么知道他们的事儿的？"

"他的合租室友告诉我的。"

本来魏清风是非常反感合租的，是我自作主张帮他找的。我觉得在北京四环边上空着一居室真是极大的浪费。

这个室友长相有点儿那个，我给他取了个外号叫"龅牙陈"，是我精心挑选的。因为他是个"技术猿"，戴着厚厚的瓶底眼镜，关键是他目不

斜视，根本不看我，尽管我穿了很暴露的睡衣。

龅牙陈搬来，魏清风虽然很生气，但鉴于已经搬进来了，我也收了租金，他也不好多说什么。

如果不是龅牙陈，我现在还傻帽儿一样被蒙在鼓里。当时我只是觉得这个技术宅男有点儿猥琐，两颗龅牙，丑得恰到好处，没想到他还有偷窥这一癖好。我不知道是该庆幸还是悲哀。

我看一眼夏秋生，继续说："我一开始是不相信的，他拍了那女的照片，我一下子就认出来是她了。"

我的目光像烟花一样迅速落寞下去，一想起来我心口就像刀扎一样疼。

"那，你知道以后什么反应？"

"小夏子，你太像审犯人了，不想说了。"我撇撇嘴，不满地回答。

他弹了一下烟灰，说："不好意思，职业习惯。你想说就说，不想说也没事。在异国他乡，跟人聊天一般心理防御能力要低一些。回到自己生活的城市，我们以后可能都没有机会见面了，所以你不必有心理负担。"

"哦，好吧，说出来可能好受一点儿，照理说男人劈腿，按照正常人逻辑，收集完证据给两人四个大嘴巴子，然后趾高气扬地走人才对。可是我呢？按兵不动，隔岸观火，都快把自己给整抑郁了，最后冒着被公司开除的风险旷了工，跑到国外散心来了。"

"我觉得以你的性格和身手不应该是这么窝囊，表现这么怂吧。"他看我一眼，我们不约而同地举起啤酒杯碰了一下。

我咕咚一口干掉："实话说，我害怕失去他们。我在乎我男朋友，我也依赖殷素素那个死女人。现在这种局面我不知道该怎么办了。"

是的，我是真的不知道该怎么办了，两个曾经对我都那么重要的人。

我们都沉默了，只有音乐还在继续。

"你还好吧？"他递纸巾给我。我这才回过神来，发现自己把下嘴唇咬得生疼。

"小夏子，你有什么要说的吗？"

他却沉默不语了，定定地看着我。

"Over，over！小夏子，你奸诈，你骗我一个故事，唠不出我爱听的嗑，装什么大神啊。"

"嘘！"他示意我听音乐。等台上一曲法语歌曲完毕，他大步上台，调好麦克风，对着台下说："Everybody，I want Send the song to the stupid！（各位，我想送首歌给这位傻大姐！）"

"傻你个大头鬼，丢人都丢到台上去了。会唱吗你？就上去嘚瑟！等下别说我跟你一起来的！"我暗自腹诽。

他小心地调试着电吉他，坐定，镁光灯柔柔地打在他似笑非笑的脸上。

陈奕迅的《爱情转移》……

徘徊过多少橱窗　住过多少旅馆

才会觉得分离也并不冤枉

感情是用来浏览　还是用来珍藏

好让日子天天都过得难忘

熬过了多久患难　湿了多少眼眶

才能知道伤感是爱的遗产

流浪几张双人床　换过几次信仰

才让戒指义无反顾地交换

······

曲终。

"Thanks。"他一手拿着吉他，摊开，绅士地鞠躬。

我相信很多老外都没有听明白歌词，但是欢呼声、口哨声让我知道他的演唱博得了在场各种肤色评委的一致好评。雷鸣般的掌声，我居然被震撼到了。音乐果然是不分国界的。如果放的是CD，我还以为是原声重放。不，我以前就不怎么喜欢陈奕迅的卷发，显然夏秋生更适合唱这首歌，磁性的声音里透着苍凉。

他重新坐到我对面，我半张着嘴，没有反应过来。

"爱好，个人爱好哈。"他居然谦虚了。

"小夏子，你骗我，老实说，卖唱是你的主业，警察才是你的爱好吧？"

他喝了一口酒说："刚才不是问我关于你的三角恋吗？说实话，我真不知道怎么回答，借用一句歌词，烛光照亮了晚餐却照不出个答案，恋爱不是温馨的请客吃饭，是我想跟你说的，你明白了吗？"

我说："我不明白，我要不要找个本儿记录下来，回去再琢磨？我一下子消化不了。"

他点了一根烟，吐了一个烟圈："我也还你一个故事，说说我们吧。我们是大学同学，一起警校毕业，然后一起工作。她喜欢旅游，一直喜欢美奈，可是我们的工作性质很特殊，随时都可能有任务，根本抽不出时间······"

"那你带她来啊。"

"带来了。"他看着帽子说。

"……"我承认我很惊悚,一股凉气倒吸。

"这是她走后我一直带在身边的,是她最喜欢的物品。她因公殉职了,一场意外。很多东西失去以后才知道,不是相爱就可以在一起。老天爷会嫉妒的,所以,趁还有时间,好好珍惜想爱的人……"

承让,这故事不是狗血,而是残忍。

那顶帽子他放在桌上。我的手悬在半空,征求他的意见:"我能看看吗?"

他点了点头。

那是一顶很普通的米色鸭舌帽,甚至有点儿泛黄了。我之前觉得奇怪,是因为它是某品牌过时的女款。因为夏秋生赋予的意义,加上眼下这凄凉的氛围,我的泪腺开始无比发达,犹如山洪暴发,释放出压抑已久的泪水。

看起来这么好的人,怎么就比我还惨呢?

声音越来越大,最后我管不住自己了,干脆肆无忌惮地哭。我知道有很多老外看我,如果打扰到谈恋爱的人,对打起来,我相信以夏秋生的实力,也绝对可以摆平一切,所以,在这种自我安慰下,我更加不顾形象,放肆发泄自己的情绪。

过了一首歌的时间,我抬起头,用袖子甩一把鼻涕:"走吧。"

"不哭了?够了吗?"

"不长眼啊,没看见抽纸都用完了吗?"

分别的日子还是来了。那天,越南的美奈,电闪雷鸣,下了很大的雨。夏秋生去买票了,我在他的房间帮他收拾行李,顺便把我买的很多特产、小玩意儿都塞进他的背包。

他回来的时候说："我买了下午的票，今天不出去玩了，聊聊天吧。"

我竟然提前酝酿起了离别情绪，含情脉脉地看着他。

他问我："怎么，傻大姐喜欢上警察叔叔了？舍不得？"

我说："才没有呢，你那么聪明的人，和你在一起，我感觉自己智商真是很低啊。"

他默默地走到窗边，推开窗户："回去再好好琢磨一下，应该怎么处理这段感情比较合适。"

我叹口气，道："我就是在北京没琢磨明白才跑到这里来的。"

他说："我看过的一本书上说，爱在的时候要好好珍惜，爱走了就要珍重，不要反复拉扯，弄脏了回忆。"

"你还说得蛮诗情画意的，我还真有那么一点儿喜欢你。"

"喜欢我的人多了，但是像你这智商情商都不怎么样的不多。"

"一颗幼小而单纯的心灵再次受伤了。"我捂着胸口，做心痛状。

"那你继续养伤，哥哥我就先走了。以后别那么傻，被人骗来骗去的。"

"那你好好上路，妹妹我就不留了。以后别那么痴，让人心疼来心疼去的。"

我把行李递到他手上："就此别过，我就不送你了，我讨厌车站、机场离别。被送走的那个，永远没有留下来的那个难过。"

听见阁楼木板上脚步声越来越远，我的心突然疼痛起来，空得一无是处。我们注定是两列火车，短暂的站点交集，然后又各自奔向远方。

还是那片海，心像软的沙滩，留着凌乱步履。我把捡到的石子一颗颗丢进海里，希望顺便把我的心事带走。

我跟自己暗暗交代：收敛一点儿啊晓晓，夏秋生走了，没有保护伞了。突然感觉没有安全感了，而且贪玩的孩子也很快就要回家了。我不能总把自己困在异国他乡，苦苦思考答案吧。

该怎样面对素素、清风，我还没想好。我是有选择焦虑症的，不忍伤害素素，不愿辜负清风。海面上一会儿浮现素素哀怨的眼神，一会儿浮现清风期待的面庞。

美奈这片海滩真的好美啊！清风曾经不止一次跟我说，想带我去看海。可是此刻，他在哪里？在做些什么呢？有没有感觉到我的心痛我的悲伤我的难过呢？

好像要下雨了，有点儿凉。我擦了一下脸上的泪痕，离开海滩往旅馆的方向走，手机有一条最新的短信，是刘宇发来的。他说，我的前女友，你的好闺密，要办订婚宴，一起去庆祝！

我的脑袋轰的一声，狼烟四起。

天哪，太过分了有没有？这不是蹬鼻子上脸吗？我的退让沉默并不是因为我怕你们，也不是因为我懦弱，而是因为我在意与不舍，你们就这样肆意践踏我的善良和不忍，真的好吗？

老娘刚走几天，莫非你们就要背着老娘把生米煮成熟饭吗？拜托，我还没跟魏清风这个王八蛋分手好吗？你们要是就这么把这天大的事给了了，岂不是太草率了？好歹也得给老娘这几年的青春一个交代是不是？

是不是啊？

我的泪水在眼眶里打转，我仰着头叩问上苍：一定要这么对我吗？

说说和我同病相怜的倒霉蛋刘宇吧。

刘宇是素素的前男友，几个月前被素素甩了。刘宇是北京人，有房有车有稳定工作，长相上乘，性格也很讨喜，能说会道的。当时素素非要跟刘宇分手的时候我还很费解，这么好的条件，打着灯笼也难找啊。所以我就很替刘宇打抱不平，经常陪他一起吃饭聊天，安抚他受伤的心灵。我现在似乎明白素素为什么要平白无故地跟他分手了。

我立马一个电话打过去追问："什么什么？订婚了？跟谁？哪天？"

"见面说。"

喵了个咪的！我赶紧买机票去。

到机场进了检票口后，我给夏秋生发了个短信：小夏子，我把你的帽子带走了，先寄存在我这里，我希望你把悲伤放下，好好善待自己。

我以为他会这样回——

生气版：傻大姐，你脑子被驴踢了，乱拿我重要的东西！

或者这样回——

暴躁版：你怎么能这样？！你不知道这是我最最重要的东西吗？

也或者这样——

感恩版：谢谢你，不要了，认识你我很快乐。

九秒，只有九秒，我的电话就响了。

他的电话打了过来，我心跳的鼓点越来越密，惴惴不安地犹豫着要不要接。我的手机执着地响着。

我心一横，接起来："小夏子，对不起哦，我为你好，我是故意的！"

听筒里很乱很吵，很急切的带着浓重鼻音的声音说："我一上火车就发现了，所以我中途下车了，你在哪里？我来取我的东西。"

"我……我……已经在机场了。"我很震惊，这个男人居然为了一顶帽子，中途下车了！

"你在机场等我，我想办法尽快过来。"

"啊，啊，这样啊，可是我时间肯定来不及了啊。"

"那你就在北京的机场出口等我。"

"你这是追杀我吗？我……我错了。我一回北京就发快递给你行不行？"我被他的气势吓到了。这件物品对他重要的程度可见一斑。

"唉……"我听到他像皮球被刺破泄气的声音，半晌才说，"好吧。"

很低沉，很低沉，以至于在喧嚣嘈杂的机场里，我几乎听到警匪片里玻璃碎一地的声音。唉，我办的这是什么事儿啊！心就像被揉乱的床单，扯不整齐了。

虚惊

飞机落地，我赶紧联系刘宇，让他来接我。

这家伙就像在机场趴活儿候着一样，不到20分钟就到了。

"施主，这是从哪儿来啊？"

"越南。"

"旅游？"

"散心。"

"瞧你挑的这鸟不拉屎的破地儿，你咋不去伊拉克呢？还能捡着炮筒。"

"没钱，穷游。"

"这黑眼圈重的，透支过度啊，日以继夜啊，没听说你对越南男人还感兴趣，勇猛不？"

"肯定比你勇猛。说正经的，你知道她要跟谁结婚吗？"我好奇地问。

"不知道。跟谁啊？"

"我不知道才问你的。"

他若有所思地问："那，现在咱去哪儿？送你回家还是去哪儿？"

我神色凝重地答："去素素家。"

刘宇放下手刹，一脚油门："走起！"

上楼的时候我心里有点儿忐忑。素素家的门是开着的，可能下去给快递送货了，一居室的客厅有一半堆着货，一半是生活日用品，沙发上放着各种吃剩的零食。里面的卧室是素素的闺房，五开门木衣柜里全都是素素的衣服、鞋子、包包、首饰，各式各样，但是应该很多都是动物园批发市场的货，款式多样，但是不上档次。

满地的烟头，房间里弥漫着香水和香烟的混合味道。我正神情专注地嗅着其他说不清道不明什么味道的时候，洗手间的门吱呀一声就开了。

出来的是一个男人，三十五岁至四十五岁之间，目测身高一米七五，土黄色Burberry牌子的开衫、阿玛尼米色裤子，手腕上戴着卡西欧的经典款手表，手指上还有大金戒指，脖子上挂着巴掌大的玉佛。这一身装备，相当晃眼的说。中西合璧，搭配得这么奇葩，跟这张欢乐斗地主的脸实在不相配。

三角眼瞪得溜圆。那眼神，就像现场抓住入室盗窃似的。

"你们……"他诧异地询问，这一张口我才发现，右边口腔里还有几颗大金牙。

刘宇看不下去了，小声附在我耳边说："素素的未婚夫？她的品味够独特啊。"

我赶紧回复三角眼说："我们是素素的朋友，你是？"

听见小高跟噔噔地响，素素回来了，看见我们一愣。

我赶紧把刘宇的手从我肩膀上扒拉开。素素先开口："你最近跑哪儿去了？怎么都找不到人影儿，我都快要按照失踪人口报警处理了。不是躲着我吧？咱姐俩至于吗？还有，还有，你俩怎么搞一块儿去了？"

"我俩在机场碰见的，没躲你，这不来了？你要订婚了？"我急切地问。

"对，这是我未来的老公钱勇。"

刚才在飞机上我还在琢磨是用暴跳如雷还是捶胸顿足的表情数落她强占魏清风的不地道，此刻一下子转换了频道，语言功能处在缓冲状态，脑子里全是乱码，不知道该如何接茬，就傻愣在了那里，内心有一种说不出的滋味。素素这唱的是哪一出啊！我印象里这几年她虽然折腾、奔放、女汉子，跟异性称兄道弟或者玩暧昧，但从没这么出格过，突然站在我面前的这个人感觉陌生了，随随便便就跟我爱了多年的男人劈腿了，现在就这么轻轻松松地要跟别人订婚了。

爱这男人的钱？不对，素素一直都很崇尚女性独立，所以才会自己创业，白天黑夜地这么干。爱他的人？更不对，她的偶像是明星冯绍峰，现实中她也只提过喜欢魏清风这一款。

这不是三岁小孩过家家，素素那么理智，当然比我清楚她在做什么。

在我这儿只有一种解释：她脑子里神经搭错了。

这才多久没联系她，时局就变了，就好像看了一部精彩的电视剧，中间有几集错过了，再接着看，接不上了。

三角眼无视我们，跑到电脑跟前斗地主去了，撅着个屁股对着我们。

于是，我假惺惺地说："啊，我还以为你要跟魏清风呢……"

"让你虚惊一场哈。"

"哪里哪里……"

刘宇丈二和尚摸不着头脑，嘀咕道："怎么回事啊？当我空气啊？你俩对暗号呢？"

"一边儿去，女人说话男人别插嘴。"素素朝刘宇说道，一点儿没有踹了人家那种愧疚的意思。

"饿了，去吃饭。我这刚下飞机，吃饱了跟你说。去吃麻辣烫吧，这些时间尽吃甜的、油的，腻死了，还是京城的东西好吃。"

"钱勇，走，吃麻辣烫去。"素素拿手提袋，换鞋。

"麻辣烫？我这种身份的人跟你们去路边摊吃麻辣烫？开什么玩笑！不去了，我等会儿有应酬。"说着，他站起来，甩了甩汉奸头，凑过脸要亲素素。素素一下躲开。一个响亮的脑瓜崩儿弹在素素额头上，素素的额头顿时起了一个红包。

素素疼得眼泪都要下来了，三角眼顿时慌了神："亲爱的，我开玩笑的，开玩笑的，别生气。"

不是，有这么开玩笑的吗？

不去刚好，我还嫌弃丫影响食欲呢。路边摊怎么了？你什么身份？我咋看不上这个人呢？素素的审美是不是太跳跃了？

三角眼这种表现，我直接怀疑他有家暴倾向，如果是这样，那么素素下半生跟这种人在一起，要怎么办呢？

瞬间我的心就疼了，我大概明白素素为什么要这么做了。

素素啊，你知道我为什么恨不起来你吗？你总是这样，每次我们闹矛盾，不管谁的错，你都给我台阶下，主动握手言和。我的电脑坏了，你把你新买的笔记本换给我。我喜欢你好看的衣服、鞋子、项链，你都让我打包拿走。辞职之前还不忘记在老余面前力荐我独当一面。我知道你和魏清风的事情后，你抱着我的肩膀哭得起起伏伏，内疚得不知所措。现在你为了惩罚自己，能让我安心，从哪儿找了这么一个极品，火急火燎地要订婚？

作为一个心情复杂的旁观者，我不知道该说些什么。

于理，我该拍手叫好；于情，我心疼不已。

走到楼梯口，刘宇说："我也不去了吧。"

我连拉带拽："你也身份大了是吗？不去我跟你急。你不想知道为什么素素要找这个大金牙都不选你吗？"

吃饭的时候，我瞪着素素问："老实交代，到底怎么回事？"

"我小学同学，这几年一直追我，是个包工头儿，有点儿小钱，但是也很花心，所以一直没答应。现在想想年纪也大了，别给自己剩下了，趁着没到残花败柳的年龄，赶紧甩货。"

刘宇气急败坏地问："用货？你找他？我他妈不是现成的吗？你是怎么想的啊？他比我有钱是吧？他是建房子的，就高大上；我是拆房子的，就矮穷矬？你保证他爱你吗？他会真心对你吗？"

"不爱更好，这样我轻松，我是为了结婚而结婚。刘宇，对不起，你一定要找一个爱你的人，这样才幸福。我不想毁了你。"素素故作轻松地说。

"素素，你没看他刚才那手劲儿，你不觉得他是个家暴的好苗子吗？你脑子烧坏了啊？结婚是一辈子的事，就你这样，能忍受得了一辈子，靠想着别的男人高潮吗？"我也忍不住替素素打抱不平。

刘宇正在喝饮料，听到这里，一口可乐喷到桌子上。我跟素素无一幸免。

你大爷的，刘宇。现场一片慌乱，各自忙着擦拭，收拾残局。

这么滑稽搞笑的场面，我无意中发现素素眼圈红了。

那天，我们都各怀心事，吃过晚饭，一致同意去KTV唱歌。我嫌人少没气氛，刚好离肖雅家近，我就把她也叫上了。

肖雅也知道素素跟魏清风那点儿事，所以嘴上一点儿不饶人，进到包房，就打量穿碎花吊带裙的素素："爱情的力量太伟大了，我不由得感慨，是谁把我们的素素一下子变成荤荤？这么风情万种，嗯？"

素素瞟了一眼肖雅，然后挪了一下屁股，示意肖雅坐到她旁边，陪她喝酒。

肖雅却绕到刘宇面前："大叔，是你吗？摊上我们素素大姐大，你小样儿挺有福气哈。"

我一把拉过肖雅："鸭鸭陪我去洗手间，快，我喝多了，来扶一把。"

走廊上，我甩开肖雅的胳膊："你别胡咧咧，那可不是素素的新欢，这就是我跟你提过的素素的前男友，叫刘宇，虽然被一脚踢开，但仍然鞍前马后不辞劳苦，绝世好男人。素素快订婚了，丫心情正不爽呢，所以，你别刺激人家。"

"哦，故事情节如此曲折，你们这人物关系如此复杂，哈，还能一个包房这么嗨皮地喝酒唱歌？"

肖雅一回包房，就一屁股坐在素素和刘宇中间，毫不拘束。

“对不起大叔，我，自罚三杯，一切都在酒里了。”

我连忙说：“刘宇，我介绍你们认识一下哈。这是我公司的同事，肖雅，90后，比较顽皮，关键是能hold住‘容嬷嬷’的那一款。”

“容嬷嬷”是我给刘宇他妈取的外号，以前素素跟刘宇谈恋爱的时候，老提起刘宇他妈。我根据素素那个描述，脑子里浮现出来的就是容嬷嬷的形象，别无他人。

我真后悔叫肖雅了，这俩以前在公司的时候就爱针尖对麦芒。肖雅总跟我说素素是个妖孽，说她亲眼看见素素偷看我跟清风的聊天记录，当时我不以为然。自从她知道清风和素素搞在一起后，就更针对素素了。今天她唱了一堆小三啊、出轨啊、情敌啊之类的歌，还好素素根本不理会。

“老大，你快帮我参考一下，我俩般配不？”肖雅说着，就贴到刘宇面前去了，铁定是奔着替我出头，气素素来的。刘宇本来也是个逗比的人，刚才还像霜打的茄子挺蔫的，经过肖雅这么一挑逗，还真生机勃勃了。他在我的大腿上摩挲，还不忘把另一只咸猪蹄搭在肖雅肩上，左拥右抱。我们三个人歇斯底里地唱《High歌》，气氛却有点儿尴尬，因为素素一个人若无其事地喝闷酒玩手机。

“哎哟哟，大家玩得正嗨，你自个儿玩上手机了，又跟谁勾搭呢？”肖雅说着，一把抢走素素的手机，“啧啧，欢乐斗地主啊。啊哈哈，你表情这么痛苦，不欢乐就别斗了呗，这人格得多分裂啊。”

素素起身，红着脸扭着腰追着肖雅打。

然后肖雅又出馊主意玩游戏。

有一种人，天生就是为娱乐场所而生的，比如肖雅，对这种场合游刃有余，玩什么游戏都是赢，输的自然要喝酒。素素因为心不在焉，酒量比我还要差一些，很快就趴下了。刘宇把素素平放在沙发上躺好，然后脱下外套盖在她身上。

"老大，咋样？摞倒了吧，解气不？"

"过分了啊，我真是喊你来唱歌的，情况有变，她要订婚了，回头说这事儿。"

刘宇凑过来插嘴说："嘿，当我是透明人哪，你俩说什么悄悄话呢？"

肖雅端起酒杯："大叔，说你这前男友当得还真不赖，好人，绝种好男人，敬你。"

刘宇一饮而尽，说："我点的《光辉岁月》来了啊，给个面儿，来点儿掌声、欢呼声啊。"

玩到后半夜，肖雅的哥哥就来接她了，刘宇负责送我和素素回家。

素素醉得一塌糊涂，我不放心把她一个人扔家里，所以留下来陪她。晚上，我俩挤在她的单人小床上，说着醉话，直到迷迷糊糊地睡着。

天快亮的时候，我被素素电话里尖锐的铃声吵醒。素素摸索着接了，是钱勇。

大概五分钟，素素挂了电话，起床开灯，光脚踩在地板上，背对着我，拉开落地窗，在窗台上抽烟。卸去白天妖娆的妆，此刻，穿着棉布裙的素素背影是那么单薄、消瘦，裙子在夜风中轻轻摇曳。

"钱勇怎么了？"

"没事，你睡吧。他和一帮狐朋狗友在酒吧鬼混。"

"那，我还听到女人的声音。"

"有女人的地方才有钱勇，这是我之前拒绝他的原因。"

"那你这不是作死吗？你是要嫁给他的钱了？俗气！"

"呵呵，别装，只有这样你才能安心。这段时间我知道你很痛苦，其实，我何尝不是呢？就当姐对不起你了。小妞，跟清风好好过日子吧。"

"订婚宴选在哪里？什么时候？"

"中央电视塔旋转餐厅，钱勇订的，为了面子。下个月5号，要不然一起办吧，你跟清风商量一下，我们一起走进订婚的礼堂。"

"还是算了吧，跟钱老板这种身份的人一起订婚，他嫌掉价吧。对于我们工薪阶层来说，旋转餐厅太贵了，我怕还没转就晕了。"

一大早，我收拾利落精神抖擞地去上班了。老余还没来。肖雅把我的办公室收拾得一尘不染、窗明几净，阳台上的花花草草养得异常茂盛。我只好把我从越南买回的草编包忍痛割爱了。

肖雅知道我回北京第一个见了素素，好奇地问："老大，你俩都那样了，还能一起快乐地玩耍？"

我抿了一口温度适中的咖啡说："也真是奇葩，从她趴我身上，我俩抱头痛哭的那天，我就决定不计前嫌了。鸭鸭，你知道吗？陪你一起欢笑的人你不一定记得住，但是陪你哭的，你一定会铭记在心，尽管哭的时候不是同一种心情。更何况她为了我能安心跟魏清风重归于好，已经决定嫁给别人了，一个她不喜欢的土暴发户。"

"没准儿人家就喜欢钱呢，对了，昨晚那个大叔呢？"

"你说刘宇啊，干吗？对人家感兴趣？"我饶有兴致地问。

"是同情，好白菜怎么都被猪拱过？呸，可惜了哇！虽然昨天玩得挺起劲，但看得出来他伤得不浅。"她一脸的惋惜样，还真夸张。

我也若有所思地点点头。

肖雅突然想起什么似的压低声音说："老大，新来了一个前台，你看见了吗？叫甜甜。"

"嗯，看到了，长得挺不错啊，谁招进来的？"

"余总安排的啊，我们都看不惯，前台本来就是虚职，一个就够了，不就端茶倒水嘛，扫地搞卫生，我们的保洁阿姨就承包了，而我们的甜甜小姐每天只负责发呆卖萌，描眉擦粉，我们连打字复印都不敢轻易指使。"

呵呵，醉翁之意不在酒啊，后台硬就好比床板硬，道貌岸然的老余怎么会放弃窝边这撮嫩草。

老余今天让我陪他去一家知名广告公司签合同，刚上三环我就发现他脖子不对劲，揶揄道："余总，你脖子上的草莓印挺新鲜啊。"

老余回答："想吃你就来，我这片草莓随时留给你摘。"

本来是想揶揄他一下，没承想惹一身骚，哎哟，我该吃药了。

"跟你男朋友真分了？"

我边补妆边答："没有，您能盼我点儿好不？咱这工作连接触个男人的机会都少，我这真分了，一时半会儿还真不知道去哪儿找。"

"余哥认识啊，旧的不去，新的不来，快分吧，我给你介绍个更好的。"

"我谢谢您啊，您那圈子里的男人，我还真不敢恭维，哪个要是没有个小三小四的，都不好意思参加聚会。"

我的老板老余是个很奇葩的人，就比如今天，他又把这个特点发挥到极致了。爱装×的他开着两百来万的宝马半路上找不到目的地了，在三环路上绕圈圈，汗都淌出来了。

他问我："小黎，你会开车不？"

我说："不会。"

他尴尬地笑笑说："那你会打车不？"

我说："这个会。"

然后奇葩的一幕就出现了——我坐在出租车上带路，老余傻帽儿一样开车跟在后面。

请了两个星期的假，如果是以前，老余肯定极度不满，但现在他已习以为常了。想想公司的发展历程，有时候也挺感慨的，从四个人的小作坊发展到现在五十多人、年营业额几千万的行业领军企业，仅仅用了两年时间。如果你知道我是"开国元勋"，你就不会惊讶我为什么可以在老余面前嚣张了。

最关键的是，我跟老余的关系还有一点儿微妙。之前我跟我男朋友闹别扭的时候，老余借助关怀下属的名义跟我玩暧昧，好险的一局。

那天加班到很晚，我们去楼下一品老鸭煲消夜，老余说："我们还没单独吃过饭呢，刚好跟你谈谈以前答应你的干股的事情。"

这个话题我表示感兴趣，期待地眨着眼睛，静听下文。

"听说，你跟你男朋友分手了？"他话锋一转，"那你以后有什么计划没？"

"计划就是在公司好好干。"我赶紧表决心。

"呵呵，那个，你进公司都两年多了吧，为公司添砖加瓦，冲锋陷阵，在我心里有很重要的位置。你觉得你余哥怎么样？"

"挺好的啊，是个好老板。"

说话间，上鸭子了，偌大一个汤锅，已经在后厨加工过了，配上黄芪、大枣、人参，香气四溢。我毫不顾忌形象，大口地吃着。

余总要喝酒，我不胜酒力，想着为了干股，就舍命陪他了。

几杯酒下肚，他说的重点来了："余哥我一个人在外打拼不容易，老

婆孩子都在老家，身边连个嘘寒问暖的人都没有，赚了那么多钱都没人分享这个喜悦，苦啊！来，喝酒！"

"哦！"我心里暗暗吃惊。人家说酒后吐真言，怪不得呢。

"那能赚多少啊？我看咱们公司开支挺大的，成本贵着呢吧？"

"毛利润一年也就两千来万吧，你千万别说出来啊，哥都快憋死了！"

"两千来万？"

"百分之十的干股是多少？"他吐着烟圈问我。

"多少？"我手一哆嗦，这该是多么庞大的一个数字，而我之前光拿着两万多块的工资忙得脚后跟打后脑勺的。

"你能做那个嘘寒问暖的人不？"隔着桌子，他把手伸到我面前，摸着我的脸说，"怎么这么热？这么红？"我一时傻在了那里，掰着指头计算。

说着，他就保持着摸着我绯红的脸的姿势，转过桌子，贴到我的旁边。见我没反应，拉过我的手，说："你摸摸我的脸热吗？"

我就顺势抬手放在他两颊上，细细地摸，还有鬓角、耳垂，低低地说："余哥，你这么赤裸裸地暗示，我能不知道吗？"

他显然没料到我这么直接。

他怔怔地盯着我看了一会儿，皱着眉头，然后哈哈大笑，说："晓啊，我没想到……早知道你这么善解人意，我早就明示你了！"

"现在晚了吗？"我装作楚楚动人的样子，朝他抛个媚眼。

"哪里哪里，那走吧。"他开始猴急了。

那一刻，他在我心里好老板的形象一下子就坍塌了，人生总是这样狗血。

"余总，等一下。你是真的喜欢我不？"

"那是自然。"

"有多喜欢？"

"要多喜欢有多喜欢。"

"人家说兔子不吃窝边草，如果我们都那样了，还怎么一起工作？你权衡一下，那，你看，以后……风言风语那么难听，要不，我不上班了，你养着我。我不要别墅，两居室就行，我也不要你离婚，行不行？每个月呢，你给我五万块生活费，最好再给我买辆代步车，我还喜欢养宠物，养个金毛怎么样？"

他又是一怔，愣愣地说："晓晓，你开啥玩笑？吓着哥哥了。"

"哈哈，不是余总您先开玩笑的吗？"

说完，我俩对视着哈哈大笑。

"那，百分之十的干股……"

他咬了咬牙，说："哥说话算话，明天签合同。"

从越南回来的第二天下班后，我犹豫着要不要去清风家一趟。我能放下面子不计前嫌，是因为我心里还是放不下他，既然素素知趣，承认了错误，我们都回归到各自的位置不是挺好吗？夏秋生都说爱在的时候要好好珍惜。在北京这种地方，谈爱情真奢侈啊，何况我也老大不小了，厌倦北漂了。现在魏清风也有能力买房了，我妈也不反对了，我还有什么好矜持的？

本来打算打车去，下班高峰期一辆出租车都没闲着。四下张望中，遇见一个人，小岳，我们楼下网店的小老板，好像是卖手机的，每次电梯里遇见，都会友好地寒暄几句。

"好久不见，最近你去哪儿了？"

"去外地转了一圈，散散心，刚回来。"

"散心？跟男朋友吵架了？"他好像历来都对我男朋友的事儿特别上心。

"已经和好了。"这个消息不好吗？他怎么看起来有点儿失落。

"噢。"

"生意还好吧？"

"凑合，现在开网店的多了，所以竞争也大。"

"做人不要太贪哦。我看快递每次来你们家，都收走那么一大堆包裹。"

"呵呵，你去哪儿？要不我送你吧。"他点了一支烟问道。

"大黄庄。不用不用，打车很近的。"

小岳指着路边说："车就停那儿，现在不好打车，还是我送你吧，顺路。"

"谢谢你啊，岳老板。"

他启动车子，笑着说："以后叫我哥吧，你长得挺像我妹妹的，又漂亮又乖巧。"

我不知道男人是不是都喜欢这样搭讪，但是挺受用的。

快到地方，我问："你去哪儿啊？"

"公主坟拿货。"

"那你还说顺路，简直是南辕北辙。"

"没事，条条大路通罗马，你给面子让哥送，你就是住天津，也顺路。"

我扑哧一声笑了："谢谢你啊小岳哥，我到了。"

他把车停在路边，用点烟器又点了一根，幽幽地说："不请我进去坐坐？"

我不好意思地说："改天吧，我不住这里，我就是来看看我男朋友。"

走了几步，看他没有启动车的意思，就踱步回去。

小岳挥挥手说："小心点儿，我抽根烟。"

我点点头说："小岳哥，少抽点儿烟，对身体不好，我先走了。"

我估摸着清风也下班了，就拿出清风家的钥匙，熟练地开门，就像进自己家一样。家里乱糟糟的，我就坐在沙发上等清风回来。

卧室门"吱呀"一声开了。

"你怎么在家啊？还不开灯，我还以为……"我不好意思地摸摸头。

"你以为什么？你是来捉奸的吗？如果两个人没有信任，还谈什么感情？你心里过不去，揪着那点儿事不放，我们就完了。我讨厌在别人的监视下生活。晓晓，你变了。"

听到这里，我一时语塞。

"我……我来是想告诉你，素素要订婚了。"

"我知道，并且是为了成全我们，她才这样做的，是为了让你安心，你却龌龊到还在怀疑我们。"

"你们还在联系，不是吗？她都不告诉我她订婚的事。"

"那还不是因为你玩失踪？这么久你去哪儿了？短信不回，电话不接，去公司也找不到人。我都说了我不爱她，我犯错了，但是我也承认了，这道坎儿在你心里就过不去了吗？你至于吗？"

这个房子有不祥的征兆吗？为毛每次争吵都在这里，而且吵到最后都是我词穷？

怀揣着一颗不安的心跟跄着离开，我真的累了。

回到高井住处，我觉得我们吵架冷战我搬走的决定太英明了，婚前同居绝对是两人分道扬镳的加速器，同居越久越相看两厌，最初的那份美好早就荡然无存了。

到家后我走进房间，把手机、钥匙、背包统统扔在床上，拉开窗帘，让窗外星星点点的灯光透进来。抬手碰到桌上的Zippo火机，这是我在很久之前因为魏清风的生日特意在百盛买的，可惜发生了一些意外事故，终究没有送出去。

银白色光面上雕刻着一瓣花朵的轮廓，拿在手里，透心地凉。

在这样安静的夜里，太容易胡思乱想了，我从烟盒里摸出一支烟点上，玻璃窗上映照出一张寂寞苍凉的脸。

一簇温和的微火静静地燃烧细长的白色烟身，发出刺刺的声音，有些寂寞的优雅。

这种绝望到想死的心情，只有夜深人静独处的人才有机会体会。

忽明忽暗间，我看到桌上那顶被我冒冒失失带回来的帽子。我差点儿忘了对于夏秋生那么重要的东西还在我手上。

此刻，小夏子在干什么呢？那个稳重温和、幽默阳光、善于隐藏忧伤的大男孩儿，是怎样的心情才会那么生气那么着急中途下车想找回他的帽子？失去孩子的父母大抵也就那种心情吧。

我拿起电话，有点儿战战兢兢，犹豫了一下才拨出去。

"对不起，您拨打的电话已呼转至人工台。"

我提起来的心放回原处，对着帽子暗自腹诽道：你也看见了，这可不怪我啊，我没地址，也不知往哪里寄啊，那就等你的主人联系我好了。

生日

时间是一列永不停息的列车，我们都是赶车的人。

彼时的清风事业已经如日中天，马上要由市场部总监荣升为副总经理了。

为了表示歉意，他频繁地送我化妆品和衣服，每次收到这些奢侈品，我虽满心欢喜，却都要抱怨半天。

而我们的清风说，钱不是省下的，生活已经很累，不是该讲究一下品质吗？

我们的价值观、人生观也出现了比较大的分歧，对于未来也很无力、很迷茫。

他在位于通州区梨园地铁的位置贷款买了一个二居室，等待装修，但是，我们之间好像有什么东西真的变质了。

虽然我们勉强和好，我重新以女朋友的身份自居，因为有前车之鉴，我开始对他的生活强加干涉。我会经常查他的QQ聊天记录、通话记录、微信记录，一切跟其他女人有联系的蛛丝马迹都不放过。也许是我开始仰视这个从外貌到事业都有光环的男人，而自卑自己的平庸黯淡，也害怕这一切再次失去。

繁忙的工作、社交让他疲于应付我的蛮不讲理，"随便你"成了他的口头禅。

我们陷入彼此相爱，却彼此伤害的冷战中，并拒绝和谐沟通。

而夏秋生也似乎从我生命里消失了，没有发地址让我邮寄帽子，电话关机，留给我的QQ号也从未亮过。我多次试图联系他都无疾而终。有时，我甚至怀疑他究竟有没有在我的旅途中出现过，是不是我在逃避清风和素素带给我的伤害时，虚拟出来的一个英雄人物。

可是那顶挂在我储物柜里的帽子，一直提醒我不能欺骗自己这一切不曾发生过。

这些烦恼和疑问无人诉说的时候，我就写在微博里。

转眼到了我的生日。我调休到这天。清风还记得这个日子吗？我抱着侥幸心理，窝在家里傻傻地等，无聊得快发疯了。

我们认识的第一年那个生日我记忆犹新。那时候，他刚开始做广告业务员，还没什么钱，给我买了一个冰淇淋蛋糕，因为临时加班，蛋糕拿回家的时候已化得惨不忍睹。我们俩依偎在地板上，你一勺我一勺喂对方，说着比蛋糕还甜的悄悄话。我记得他问我，晓啊，我没给你买礼物失望吗？我傻乎乎地点头佯装生气，好失望呢。他马上把自己的工资卡拿出来交到我手上，无比认真地说，以后我赚的钱都给你保管，我一定会在北京买一套大房子，然后把你爸妈我爸妈都接过来一起住，给你一个温暖的家，我要用一辈子好好爱你。

人生若只如初见，该有多好，可是这句空话在现实面前真是扯淡。

电话突然没有前奏地响起来，对方自称是快递公司："请问是黎晓小姐吗？您有包裹，因为地址看不清，所以无法送达。"

我一猜八成是骗子，没好气地说："看不清？那我就不要了。你们扔的时候小心点儿，别是炸弹，炸到自己。"

"黎小姐，不要哪儿成？好大一个包裹，还保了价的，真是寄给您的。"

我反正也无聊："那就送来吧。"

我报了地址。

拆开后里面居然是束花，沉甸甸的，九十九朵玫瑰，大红色，鲜艳欲滴，还带着露水。送花姑娘却拒绝提供任何送花人的信息。卡片上只有简单的四个字：生日快乐！

是清风跟我开了一个玩笑吧？我激动得说不出话来。

我抓起手机要打给清风。

这时候，电话响了："傻大姐，生日快乐！"

磁性的男中音，略带疲惫。

"是小夏子？是你吗？怎么会是你？我还以为你人间蒸发了呢！"我惊愕地抓住电话问道，生怕他又跑了。

"我回来后，马上有封闭培训，不能跟外界通信，所以这段时间都在忙工作。"

"你是怎么知道我今天生日的呀？"

"你微博写的，求礼物，全世界都看到了。"

"你还送我红玫瑰，还九十九朵，我不是做梦吧？哎呀，你是要感动死我啊！艾玛，让我平静一下。"

"我说傻大姐，真的至于吗？"

"要是你拿着生日蛋糕，出现在我面前，跟我说一声'Happy birthday'，可能感觉更好。电影里都是这么演的啊。"

"傻大姐，你傻就傻在太聪明了！快开门。"

"你说什么？什么？"我碰见这么个人，我一辈子的惊讶、惊奇、惊喜都用光了。

门铃叮咚叮咚地响起了。

"你怎么来了？"我拉着门把手，突然就手足无措了。

"你微博上许愿让我来的。"

"那你怎么知道我的地址？"

"送花的告诉我的。"

"送花的怎么知道的？"

"你自己说的啊。还真是个傻大姐。"

其间清风打来电话："今晚没有应酬，晚上你来我家做饭，我不想在外面吃了，都是地沟油。"

"今天是什么重要日子，你还记得不？"我特意强调了"重要"二字。

"不会是素素订婚的日子吧，没这么快啊。提前了？她就这么迫不及待？"

清风还在说着什么，但是我的心一直在往下沉，沉到无底的深渊里，还没等他说完，我就挂了电话。

收拾好心情，我说："小夏子，你难得来一趟，我陪你逛逛京城吧。"

他说他喜欢名胜古迹，所以我们去了故宫。

在参观养心殿的时候，他兴致勃勃地跟我说历史，好像亲身经历一般。一圈下来，我有点儿气喘吁吁了。快出去时，我若有所思地回头看着这些金碧辉煌的建筑，问他："你说，古代从太和殿拖一个犯人到午门斩首得多长时间？这么远呢。"

他玩世不恭地说："所以皇宫里都会有刀下留人这出戏嘛。"

这个答案好别出心裁，只有小夏子才会想出来吧。听完，我呵呵一乐。

晚上我们去西单全聚德吃烤鸭，排到第六十多个号，然后是各种饿。

果木烤鸭的香味飘来飘去，对于吃货简直是一种酷刑。等了一个小时还没轮到，夏秋生看不下去了，出去买了四个肉夹馍。刚吃饱，就轮到我们了，面对一桌鸭腿、鸭胗、鸭架、鸭汤、鸭片，我俩面面相觑。

夏秋生说："我给你讲个笑话吧，在飞机上看报纸看到的。说在北京的大街上，一车鸭子跟一车鸡相见了。鸭子说，喂，鸡婆，你们这是要去哪里啊？鸡婆说，去肯德基啊，你们呢？鸭公公说，我们要去全聚德啊，只有来生见了。"

"好冷的笑话。"

"你还好吗？"隔着桌子，夏秋生定定地注视着我。

"嗯……还行……凑合，就那样吧。"如果是别人，我可能希望努力掩饰我的悲伤，可是我对他有一种欲言又止想倾诉的欲望。

"A爱B，B爱C，你觉得谁幸福？"

我想了一下，回答道："应该是B吧，因为B幸福，有喜欢的人，并且被喜欢着。"

"咱俩心态明显不同，我的观点是做个幸福的C，因为他不用爱别人，没有牵绊。"

"那，小夏子，你身边也有B吗？"

"有吧，也是同事，可是我在努力劝她回去找A。"

"为什么？你不希望有人喜欢你吗？"我诧异地问。

"我还是一个人比较好吧，我不想辜负喜欢我的人。"

"哦，你这次来找我，是来取帽子的，对吗？"

"和我们副局长一起出公差，后天就回去了，顺便……来看看你。你知道吗？失去才知道有多痛，痛过才知道思念有多浓。我之前以为我肯定割舍不下这份感情，帽子寄存在你这儿的日子里，因为白天繁忙的工作，晚上酒精的麻醉，我已经没有想象中那么痛了，伤口结痂了。我的世界现在是一潭死水，所以未来也激不起任何波澜。"

"你这是要看破红尘，出家的意思吗？"

"我没有看破红尘，只是看淡了感情，像烟花，像流星，那些抓也抓不住的，都不是真的。"

我销售做得那么棒，不是一个嘴笨的人，可是为什么嗓子眼儿像落满了灰尘，啥也说不出来？失落、沮丧、压抑、无能为力、不开心，很不开心。

有种绝望叫人想哭。

这是个以伤感开场的秋天。

走的那天，我去机场送他，他的同事都已经入了安检口。他走在最后，站在人群中，身着警服，英姿飒爽，眉宇间还是淡淡的忧伤。

"走了，傻大姐，珍重，可能我们一辈子都不会再见了，人海茫茫，旅途中认识你我很高兴。"

"能不能答应我，回去后尝试找个好姑娘？"我红着眼圈期待地问他。

"呵呵，我这辈子可能都不会再有喜欢的姑娘了。"

"那你该不会从此改变性取向，喜欢男人吧？"

"嘘，这都被你知道了，还让哥在人民公仆的队伍里混不？"

我心疼地伸手摸摸他的肩章，说："抱一下吧，再尝试一下喜欢女人还是很美好的一件事。"

他回头看看周围，不好意思地笑着把我拉进怀里，说："好吧，抱一下。"

我有点淡淡的伤感和遗憾。

因为，他说，他的心，死了。而我的心，也在和清风的彼此冷淡中逐渐死去。

他没有提出要带走帽子的要求。我知道他肯定不是忘记了。他原本以为自己不能没有帽子，但是回云南的这段时间，发现帽子不在身边的日子，伤口结痂得快一些，所以他默认了这种疗伤方式。

你看傻大姐也有聪明的时候吧。

9月是丰收的季节，我们公司在网络新炒作的一款美白产品销售非常火爆，零售和代理忙得不亦乐乎。因为代理商比较多，一度管理混乱，网上铺天盖地都有卖的，价格参差不齐，所以，为了避免出问题，公司宣布暂停代理。

肖雅说："老大，有个想做代理的很有诚意，打了十多个电话了，你看要不要……"

我一边查看销售数据一边说："不是已经宣布暂停放货了？老客户都不够了，等政策完善了再通知吧。"

"嗯，好吧，我回复她。"

"她是哪里的？"我漫不经心地问。

"云南。"

"啊？云南？云南！等等，把她电话给我吧。"我想起了小夏子，终究是带有一己私欲的。

就这样，我认识了周香姐。

她在云南开了几家连锁美容机构。我给她走了后门铺了货，没事的时候就在网上和她闲聊。通过她，我对云南由最初的贫穷落后、贩毒拐卖等单纯恶劣印象，转变成满大街都是孔雀，出行可以骑着大象。那里云很白，天很蓝，空气很清新。

我呼吸着雾霾，对她描述的美景各种羡慕和向往。

我跟夏秋生发微信说：我们有经销商在云南，她说你们家乡很美。

他回：当然，她不说，也很美。

我说：你不欢迎我去云南旅游吗？

他回：我谨代表云南旅游局欢迎你，欢迎你为促进云南旅游事业的发展贡献你微薄的力量。

我抱着手机咯咯地笑了：那你呢，欢不欢迎？

他回：我也昧着良心欢迎你来为促进云南旅游事业贡献你微薄的力量。

我说：你够了，我心碎了。

我心里升腾出一种暖暖的感觉，脑子里晃动着他玩世不恭的样子，有那么一刻，我希望时光倒流，静止在越南美奈。

清风去上海出差了，回来的当晚，我准备去他家找他。

我加完班赶过去的时候，清风已经躺床上了。我一边帮他整理行李一边跟他说话——

"你一个人去的？"

"嗯。"

"给我带礼物了吗？"

"没。"

"哇，还说没，这不是吗？是泳衣哎，还是三点式的，你怎么知道我喜欢这样的？"我颤抖着打开泳衣，好像高兴得太早了点儿，"不对不对，还是湿的呢，尺码也不对！魏清风，你赶紧地、麻利儿地给我起来！"

"啊，啊，我看看。"他显然慌神了，看到证据，仔细端详，"我能说是别人放在我行李里的吗？"

"别人？放你行李里？这无异于在寡妇家里发现了男人的大裤衩，你这解释太牵强了。还是湿的啊！"

"我跟我的秘书韩玉一起去的，你也知道我们这个行业，攻单都在酒桌上，有时候需要使用一点儿美人计。"

"这么说，这三点式内衣是她的？"

"是泳衣！昨天晚上陪客户一起泡温泉，然后装的时候就放一起了。"

"你刚才还说一个人去的，韩玉是怎么回事？内衣是怎么回事？"

"我是怕你误会，所以才说一个人去的。"

"你不说我才误会呢，你现在说这些我能相信吗？"

"随便你！"

"你敢不敢让我打电话亲口问问她？"

"随便你！"

不知道从什么时候起，魏清风开始多了句口头禅，今天这种吵得面红耳赤的场合，这句口头禅又隆重登场了。我知道再争论下去已经没有意义了。

外面电闪雷鸣，雷雨交加。本来我一进门就洗了澡，穿着他宽大的衬衣，此刻，我背对着他一件件换回自己的衣服。如果没有这个插曲，该是多么美好的良辰美景。

这是我曾经那么依恋的魏清风吗？以前的他，在我印象里从没有撒过谎，可是现在连吵架他都疲于应付。那时候他还是个普通的销售员，住在城中村的时候，每次从公共厕所排队回来我就跟他抱怨，老公，我想要可以在屋子里拉尽尽的房子。现在愿望终于实现了，为什么我却怀念那个时候呢？

那时，我们也吵架，但每次吵完都有一个人主动示好。我记得有一次不知什么原因吵架了，我把他刚买回来的西瓜摔在了地上，红色的西瓜瓤四下飞溅，然后我一个人跑到通惠河边坐到很晚。等我回家的时候，小台灯亮着，地上的西瓜清理干净了，蚊帐也放下来了，风扇在悠悠地转着。但屋里没人。我心里那么慌张，抓起手机发短信给他：清风，对不起，你在哪里？快回来。很快我接到电话：丫头，我在外面到处找你，你怎么没带手机？饭在电饭锅里保着温，我买的水饺，是你最爱吃的芹菜肉馅儿的。

你看，记忆中就连吵架都那么温馨。那，我们的感情是从什么时候开始变质的呢？以至于让素素有机可乘？

我一边回忆一边往回走，清风居然没有追出来。回到家后我全身都湿透了，脸上分不清是雨水还是泪水。刚入秋的北京，却让我感觉到入骨的寒意。

我就这样湿答答地坐在电脑前，打开QQ音乐，听一些应景的歌。

"嗨！傻大姐！"头像一闪，居然是夏秋生。

"你怎么在线？"我戴上耳麦，接通了语音聊天请求。

"我不能在线吗？那我自动消失。"

"别啊，我心情不好，给我讲个笑话吧。"

"荤的还是素的？"

"素的来半斤，荤的来半斤。"

"傻大姐突然想听笑话本来就是个笑话啊，哈哈哈。"

对着电脑我就这样傻呵呵地笑了，眼里却泪流成河。

"为什么心情不好都不联系我呢？"他问。

"你若不忙，就会和我联系；如果你正忙，我为什么去打扰你？"

"哟，傻大姐还有这么知性、善解人意的一面呢。我通常没有任务和训练的时候都不忙，欢迎打扰。"

我幽幽地说："你不忙都不主动联系我，我还打扰你干吗？"

"这伶牙俐齿的，我都无言以对了，这不是考虑你有男朋友，怕他误会嘛。"

"别提他，我好不容易心情好一点儿，找死啊你。"

"好，好，好，踩雷了，我错了。"

"小夏子，"我把头埋在臂弯里抽噎着，"我只想要属于我的小幸福，我都这么拼命了，我都这么容忍了，可为什么就是得不到啊？你告诉我为什么？"

"那看你要什么了，你的小幸福是什么样的呢？"

我看着窗外星星点点的光芒，点了一根烟："你别笑话我，我曾经在心里勾画过我和他理想中的未来。"

"哦？你理想中的未来是什么样的呢？"

"嗯……我组织一下语言哈。"

"来了，来了……嘿，傻大姐，对不住了，先暂停，改天聊，我要照顾我妈妈了，她病了。"说完，小夏子就急匆匆地下线了。

婚礼之前，
与你告别

我想去云朵
最深的地方看看你

我们终究不能一直待在喜欢的
地方和喜欢的人玩耍。

Before
the wedding
Say goodbye

订婚

素素还是订婚了！一克拉的鸽子蛋熠熠生辉，戴在手上好不刺眼。让人大开眼界的不止这些，酒席一共八桌，有一桌聚齐了模特一样身材、妖精一样脸蛋的女孩，据钱勇介绍，都是朋友。气氛怪异极了。她们互相留联系方式，分别八卦对方跟钱老板的关系，钱老板送的内衣、包包、鞋子，床上感受都有交流。

这不禁让人感慨：贱人到处有，这里特别多！

公司同事基本上都在素素邀请之列。肖雅今天刻意打扮了一下，年轻就是好，真水灵，圆溜溜的大眼睛四下张望，直到宴席开始。

"哎，老大，那谁怎么没来？"肖雅嘟着小嘴失望地问道。

"我怎么知道你说的是谁。"

"这小妖精的前男友刘宇啊。你看人家准新郎这么多前女友，他也不来帮小妖精撑撑场面。"

"是你惦记人家吧。"

"那怎么了？大叔如果来，我肯定做他的坚强后盾，不让他在这种场合下黯然销魂。"

其实，刘宇昨天打电话给我了，我告诉他我要陪魏清风来，让他另外凑一对，结果人家说，我就不凑那热闹了。

丰盛的海鲜自助，味同嚼蜡，我相信这也是清风的感觉，因为他眼睛里写满：心疼！

我不知道清风是因为真心疼素素，还是因为对上过他床的女人都格外怜悯，总之，他的这种表情让我很是不爽。所以，我们此刻看起来貌合神离也很正常。

这个穿着白色婚纱、面容憔悴、强颜欢笑的女人，拿着话筒在台上致辞，说她终于找到了她的挚爱、她很幸福等言不由衷的屁话。我分明记得不久前她还泪眼婆娑地说她只爱清风，今天她就这样轻而易举地把自己交到一个她不喜欢的男人手里。我的心里五味杂陈，脑子里都是她抱着我的脖子痛哭的样子。

我的思绪飘回到两个月前。

那是我知道他们滚床单后的没几天，清风说约我谈一谈。那家茶餐厅叫"遇见"，在东四环边上，是一家很有情调的茶餐厅，靠窗的木桌上放着一张点餐单，反面是一首小诗：

我努力想象六月的模样

雏菊是不是刚好抬头在外婆家门口

雨滴懒洋洋地敲打绿瓦片

像心上人静悄悄地坐在你左右

四处闲逛的风　是你余生里最好的观众

飘忽不定的命运　我们可以随时做朋友

飘忽不定的命运，不正是像现在？像我们？还能做朋友吗？我这样想着，心里像打翻了醋坛子，还顺带弄脏了最心爱最昂贵的裙子。

透过窗户，我看到缓缓停下的车，倒车熄火拉手刹一气呵成。下来的人正是清风，清瘦，还新剪了头发，崭新的帕萨特在阳光下发出耀眼的光芒。

我飞快地编了一条短信：东四环，住邦2000，遇见茶餐厅，速来，请吃大餐还有帅哥看。编辑好发给素素。

素素很快回复：来喽。

寒暄了几句，清风落座，服务员上茶。清风说："你这半年多都不接你爸妈的电话？不管怎样，他们都是你最亲的人。"

"你怎么知道的？"

"你妈妈给我打电话了，说她后悔了，不该阻拦我们在一起。"

"这样啊，她后悔得是不是晚了点儿？"

"不晚。如果是这样，我想我们是不是可以重新考虑一下结婚的问题。你爸妈不是嫌弃我没有房子吗？我现在的情况足可以在北京首付买套两居室，然后……"

我打断了他："素素呢？素素怎么办？事到如今，你还能装作若无其事的样子，我真服了，我都知道了。"

他大吃一惊，说："你知道什么了？素素说什么了吗？可是，不是你想的那样。"

"那是怎样的？"

"我来说吧。"素素是坐火箭来的吧，快得让我始料未及。她胸部起伏得厉害，楚楚动人。这真是一个好看到妖娆的女人。如果我是男人，也心甘情愿被她勾引。黑色露背连衣裙性感到极致。她就这样踩着高跟鞋站在我们面前。因为是长条桌，我们谁也没动，她略作沉思，便选择坐在了清风那边。这个选择让我心头一颤。

今天三方对峙，我想输的是三个人。就我们三个这点儿破事，我都不好意思拿出来说，老得像掉牙老太太的裹脚布那么臭，那么长。

"我承认我喜欢清风，从你上班，我第一眼从你相册里看到他的照片时起，我偷偷加了他的QQ，每天看你们在QQ上打情骂俏，更新照片，举案齐眉，我就好生羡慕。直到我离开公司那天，我们一起吃饭，我更确定他是我喜欢的人。你们因为家长不同意，吵架闹分手，我成了最忙的人，接待受伤的晓晓，安慰失意的清风，还要淘宝卖货养活自己，我一个女人家家的……"

"能不跑题吗？说重点，你还诉起苦了你。"我无可奈何地打断她。难怪她从来不问我关于我和清风的细节，我以为这就是闺密，虽然我在胡言乱语，你却懂我在说什么，失意的时候默默注视，借个肩膀给你靠，却从不开口问你为什么。

素素又说了很多，大多是她的心理活动，委屈、不满，大概意思就是：清风在我们吵架后拜托她多关心我，可是她关心错了对象，经常去照顾萎靡不振、自暴自弃、烂醉如泥的清风，最后直接关心到了床上。

原来我错得很离谱，明修栈道，暗度陈仓的两个人赤裸裸的画面浮现在我眼前。

素素说，我来就是想问问清风，你爱我吗？哪怕一点点。

原来，她希望得到一个答案。如果清风回答"是"，那我就没啥好纠结的了，成全这对贱人呗。

我们同时看着沉默不语的清风。他静静地听着，品着茉莉花茶，好像在听一场免费的相声，你一句我一言，却始终面无表情，欲言又止。

看这情形，我待着比较尴尬，就站起来拿包，说道："魏清风，殷素素就交接给你了，刚才的那段买房的台词现在可以正式开始了。我先走了。"

"等等，我有话说。"他放下茶杯，叹了口气，沉重地说，"晓，素素，我错了，错得很离谱。"

哪里错了？我们用眼神询问他，既害怕他说出不想听的答案，又期待他揭开谜底。

就像小时候打碎了家里的花瓶，然后捡起来藏在床底下，等着妈妈来盘问的心情。

人格分裂得很。

"我爱晓晓，从来都没改变。对于素素，我只能说声……抱歉。"

尼玛，你再鞠一躬，我们还以为这是"非诚勿扰"，两个女嘉宾为你争得头破血流，哭哭啼啼，等着你来牵走一个，然后现场还放着忧伤的音乐：离开的时候，有些话没亲口说……

素素显然不甘心，给自己拉了拉票："你一定要这样对我吗？我哪里比不上她？你不是喝多了的时候说你爱我吗？你不是说你要娶我的吗？"（眼泪汪汪）

清风说："素素，那可能是我把你当成晓了，我不能欺骗自己。我真的很抱歉，我给不了你未来，所以不敢许诺你的现在。"

（孟非：请说出你要牵手这位女生的理由。）

他看着我一字一顿地说："这个女孩在我最清贫的时候陪在我身边，给我洗衣做饭，毫无怨言。她能等我到深夜12点一起吃饭，从不舍得买衣服；她一直寄钱给我的父母，她生病的时候还要坚持上班；她渴望有个家，所以拼命攒钱；她为了对抗父母，选择割腕自杀，她的手臂有条最美的伤疤。她是我魏清风想用一辈子去呵护的女人。她单纯善良，所以我这么努力，这么拼命，都是为了她。如果不是她父母反对，我们已经结婚了，也不会出现这种事情。"

我以为他都忘了，我真的以为他都忘了！突然，我泪如泉涌，那么久的委屈像山洪一样暴发。不经提醒，我还真想不起我有这么多优点，过去为他做过那么多的事情。单纯？善良？哦，这个，就算了吧，我还是很腹黑的，比如，在这种场合把素素弄来。

素素看着我的入情表演，想想自己的悲惨命运，突然跑到我面前，趴在我怀里，抱着我的脖子呜呜地哭了起来。

这个动作吓到我了。我还以为她要扑过来厮打或者毁容。

看着清风泛红的眼圈，我的心剧烈地疼痛了一下。

四年，我们怎么就在彼此心里留下那么多故事，有那么多让人心疼的过往？

我拍了拍素素的背，一句话也说不出来。

她说："我知道，可是我不甘心。我那么掩饰，我拼命忘记，我试着跟别人谈恋爱，可是我做不到不想他。我以为得到他的人，就可以得到他的心。我错了，我错了，我是个笨女人。"撕心裂肺，起起伏伏，哭了很久。

我挥手示意清风先走。茶餐厅的人多起来，正是晚饭时间。那天晚上，在一个叫"遇见"的茶餐厅，吃饭免费送情景剧，煽情，催人泪下，剧情俗套，但演员表情生动到位，所以赢得了较高的回头率。

素素的心碎得稀巴烂，而我也不好受。虽然她得到了魏清风的身，却没有得到他的心。可是，出过轨的男人，我还能不能要，我们心里就真的没有芥蒂吗？

那个在公共场合因为一个男人抱头痛哭的动作，能让我和素素还像之前一样聊天、逛街、吃饭、看电影，但绝口不提那个男人吗？

这就像黄金档电视剧拖着不给观众放结局一样，吊人胃口。素素这样想，我亦如此。

我不知道之后素素是否联系过清风，但我没有接他的电话，也没有回过短信。

人家说，出轨的人就像掉在粪坑里的钱，捡起来嫌脏，不要又可惜。

我没有想好怎样捡这张钞票，不想让素素被沼气熏到。原来，我在意这个死女人，尽管她在我没防备的情况下睡了我的男人。

其实是特的的三败俱伤，我们走着走着，都迷路了……

素素走了订婚这步险棋，其实是做给我和魏清风看的，一来给自己挽回面子，二来让我和魏清风好好过日子。可是，我跟魏清风的日子到底还能不能相安无事地过下去呢？

我双手抱胸，沉重地叹了口气。

肖雅放下筷子，给我和清风分别舀了半碗鸡汤。

"喂，清风姐夫，你打算什么时候迎娶我们老大？"

我狠狠地瞪了一眼肖雅："别瞎操心，八字还没一撇呢。"

"随时，只要晓晓同意，我随时奉陪。等房子装修好了，这个事儿就提上日程吧。"魏清风说着，把期待的目光投向我。

我没有接茬。

订婚宴结束，清风问我要不要跟他回去。如果是往常，我肯定低眉顺眼地同意了。以前，我们每次小吵小闹都没有互相道歉的习惯，基本上在床上一个回合就如胶似漆了。可是现在，我们之间已经伤筋动骨、心生嫌隙了。所以，我说，改天吧，我有事儿。清风也就没再勉强，自己开车走了。

我再一次感觉到果然是一场秋雨一场寒啊，由内而外地冷。

我说的事是刘宇没来。这种场合，我知道他来了也会难受。我打算去他家看看他。

刘宇的房间烟雾弥漫，一地烟头，有一种大火刚被扑灭的凌乱不堪。

看见我来，他说："挺关心我啊，还知道找我。"

"废话，我这么有爱心的人，丢只苍蝇都要四处找找，更何况丢条狗。"

他撇撇嘴问："素素的订婚宴办得怎么样？风光吗？"

"你是因为这个才在家放火的吧？"

"她都是过去式了，我就是看不惯她攀富贵的现实样儿，早晚有一天要吃亏的。"

"你想开点儿，每个人都有自己的活法。"

"要不然咱俩凑合凑合得了，反正你未嫁我未娶，闲着也是闲着。"

"你快得了吧，我可没进你家门儿的福气。我可听素素说了，你妈可挑剔了，只有国务院领导级别的姑娘才配得上你，我没有素素那种胆量跟你妈斗智斗勇。"

"我妈是不喜欢素素，但不代表不喜欢你。我打电话让我妈过来面试一下？"

"你快饶了我吧。不过，我手里还真有一个合适人选，等有机会给你介绍介绍吧，就是上次在KTV喝酒的那个丫头，你还记得吗？那个90后，叫肖雅，今天还问起你呢，看样子挺关心你的。"

"不要。我都是大叔级别的人了，等下人家说我老牛吃嫩草，多自讨没趣。"

"你什么意思？凭什么我才比她大几岁，咱俩就配？你的潜台词是说我老呗。"

"我可没这么说啊，我是说咱俩思想意识在一个平台上，没代沟，就思想上啊。形象上嘛，如果咱俩像兄妹，那我跟90后在一起，会被误认为是父女关系的。"

回到家，给手机接上电源，发现有小夏子的未接来电。

我回拨过去说："你知道吗？她今天订婚了，我有点儿惋惜。"

"那你们呢？"

"我们？未知数，还在反复拉扯，找不到分手的理由，也没有继续下去的动力。我该怎么办？"我无比迷茫。

他用淡淡的语气说："不要委屈自己，尊重自己的内心，要清楚你自己想要什么。"

"唉，感情上我是个被动的人，我也在等月老告诉我一个答案。你最近怎样？"

"我姑妈给我安排相亲了。真无奈啊。"

"哦，挺好的啊，你也不能一直单着，对吧。"

"我不喜欢这种没有感情的接触。弱弱地问一下，你们女人心目中的白马王子是什么样的？"

"我不喜欢骑白马的，那不是唐僧吗？弱爆了。"

"难道你喜欢八戒？"

"对啊，八戒，我喜欢你，你这个笨猪怎么才知道呢？"我们逐渐从沉重的气氛里解脱出来，仿佛回到了在美奈的海边，我们互相朝对方身上泼水的欢快氛围里。

"八戒我也对娘子倾慕已久啊，那接下来是不是就可以配上猪八戒背媳妇的音乐了……"说着，他就哼上了。

如果我们没有开玩笑，没有提八戒，那夏秋生，你真的倾慕黎晓吗？

"黎晓，我问你一个问题，你要老实作答，可以吗？"

我突然心跳加速，这么正式的提问，会是"你喜不喜欢我"之类的问题？我是做肯定回答，还是否定回答，还是模棱两可合适呢？

"其实上次就问过，你梦想中的未来是什么样的？"

"这么开放的一个问题，我得好好想想，想好再告诉你。"这个有点儿偏离我思考的范围，所以脑子有点儿短路。

我梦想中的未来是什么样子呢？我窝在沙发里陷入沉思。

给我个表现的机会煽情一下吧，我是认真的，好歹我从小学起就是语文课代表啊。

我想，有一份属于自己的事业，一个爱自己的人，一个温暖的小家，有一个院子可以养花种草，一个可爱的孩子，一个有亲人朋友相聚的周末。

女人应该有自己的事业，哪怕很小，但是要用心打理，是自己喜欢的，不过分依赖男人，但是也不可以强过男人，有自己的社会价值、自己的朋友圈子，保持思想独立。

一个爱自己的人，知道你的小心思，容忍你的小脾气，委婉地纠正你的小毛病，陪你逛街，跟你聊天，你哭泣的时候拥你入怀，做错事的时候坦诚道歉，不欺骗，不隐瞒；跟你吵架，不管对错，会马上哄你开心；不管早晚，会一直心里挂念你；喜欢吃你做的饭，喜欢你买的衣服，喜欢随时给你点儿小惊喜，足够了，太多了。

一个温暖的小家，关键词是：温暖。可以跟自己的亲人住在一起，互相照顾。温暖是因为爱，没有血缘关系，但是真心爱着彼此。小或大，又有什么关系呢？

一个可以种花养草的院子，有躺椅可以在午后陪爱人、父母，喝茶、聊天、看书；给孩子讲故事，陪朋友聊天；结束一天的工作，安静地看着夕阳发呆；种上彼此喜欢的花，吊兰、竹子、蝴蝶花、夜来香、栀子花、蔷薇等。这样满眼都是姹紫嫣红，在北京的冬天看不到的景色，这里可以一览无余。

一个可爱的孩子，听话、懂事、有爱心、调皮、有梦想。其实，父母是孩子最好的老师，你想让他成为什么样，首先你要自己做到什么样。尊重他，呵护他，但是不溺爱，分得清楚善恶、美丑、富贫。让他接受适合他的教育，不干涉，不强加，把我们遗憾没有从父母身边得到的都给他。

一个有亲戚朋友相聚的周末，享受亲情、友情、爱情，融入到对方的朋友圈里去，喜欢他们，帮助他们，时刻提醒自己感恩。

让自己的时间规律，有时松弛，有时紧张，有时安静，有时奔放。

这样的日子，会是我心中最完美的人生。可这是不是太贪心了？

我把这段文字放在了我的QQ空间里。

生活看不到希望的时候，夜深人静的时候，工作小有成绩的时候，父母在耳边唠叨的时候，孤单无助的时候，人都会憧憬，或许会有，或许成真，或许很快，或许很久，至少想过，至少是梦想中的未来。

夏秋生在某个深夜，来访我的空间，并附加评论：第二条我都很符合，你要考虑一下吗？

我回复了一个：考虑什么？

那时候已经凌晨了。他打来电话，声音很平稳，波澜不惊。

他说："我问了身边很多人，我想，这是我最想要的答案。我庆幸是你给的答案，我又难过怎么是你给的答案呢？生活的认知感为什么如此一致？"

"我哪里知道你心里也是这么想的。"

"真没想到，傻大姐还能写出如此条理清晰的文字、对未来如此美好的向往，分明不傻嘛。如果我用尽全力给你想要的生活，我能做那个人吗？"

"哪个人？"

"就是……就是……跟你一起组成一个小家，给你一个有花花草草的院子，制造一个可爱的孩子，周末陪你跟亲戚朋友聚会的那个人啊。"

"等会儿，你确定你没喝酒？"

"我在单位值夜班，喝什么酒。"

"再等会儿，我看看日历，不对，今天也不是愚人节啊。"

"好吧，你赢了。不早了，快睡觉去，睡醒再好好考虑一下。"

"啊？喂……"我还没说完呢，他就迫不及待地把电话挂了。

我一个人对着惨白的天花板，脑子里是万马奔腾后的凌乱。

次日，我收到了小夏子的微信留言，是一句莫名其妙的歌词：难以忘记，情非得已。那一刻，我泪如雨下，没来由地心酸。

他是要用这种隐晦的方式表达他的情感吗？

周末睡到下午两点，我起身换衣服，想找个人逛街，脑子里先蹦出来素素，果断放弃，最后决定约肖雅。

在皇城根儿长大的小妞就是娇气，一百个不乐意。这么好的天，非要宅在家里。最后，我以介绍帅哥为诱饵她才欢呼雀跃，屁颠屁颠地赶着来赴约。

周末的地铁里，人潮涌动，摩肩接踵。人们匆忙的脚步根本不允许你做多一秒的停留。地铁里暖气很足，裹着大衣挤在人群里，额头沁出细细的汗珠。

风尘仆仆地赶到西单，肖雅已经在大悦城的肯德基里风卷残云地搞定了两杯奶茶、一个汉堡和N只鸡翅，正撸着袖子对着一盒薯条下手。

"鸭鸭，你这是做甚？"我看着一桌子的残渣，迷茫地问。

她一回头，紧张地看着我身后，并未发现有人，松了一口气。

"不是要见帅哥吗？我现在吃饱，约会的时候就吃不下那么多了，不是看起来更淑女一点儿？"她眨着忽闪忽闪的假睫毛问我。

我一拍脑门，完蛋！帅哥只是借口啊，怎么办？小花痴当真了。

肖雅从座位上站起来，我这才发现，这小妞今天真的是奔着相亲来的。

标致的瓜子脸略施薄粉，森马的休闲羽绒服里配阿依莲的粉色公主裙，小脸不知道是冻的还是擦了腮红，红扑扑的，樱桃小嘴嘟着，可爱之极。

可是我去哪儿给她整一个帅哥呢？我决定拖延一下时间。

"鸭鸭，我先问你，你真没男朋友？"

"天地可鉴，我如果有干吗还藏着掖着？"

"你喜欢什么样的？"

"深沉沧桑、幽默智慧乐观，最好有房有车有存款，有稳定工作。"

"死鸭鸭，你这要求太特么高了！百度一下，怕结果可能是军师诸葛孔明在银行里下象棋。"

"谁说的，上次那个……大叔，就很合适啊。"说着，揉着围巾，羞涩地看着我。

"啊哦，原来是特指啊。该死，姐都没领悟到你的意思。看你表现喽。"

我心里琢磨上了，这肖雅的心思一目了然，但是刘宇不这么想啊，我都试探过几次了，根本对90后不感兴趣。剃头挑子一头热，这可如何是好？我只能再利用逛街拖延一下时间了。

大好的周末时光差点儿就白白地耽误了过去，时针已然指向16点，话不多说，抓紧时间扫荡商场。累得腰酸背痛腿抽筋，居然也相中了几身满意的衣服，价格有点儿小贵，足足费了一个月的薪水，但是豁出去了，好好待自己，在饰品区，还给肖雅买了副兔毛手套。

"天都黑了，大叔呢？"观光梯到商场一楼，肖雅不死心地问。

"哎哟，差点儿忘了。我给你问问。"

我装模作样地在手机通讯录上翻啊翻，最后找到刘宇的电话，锁定目标。

"刘宇，江湖救急，给个面子。"

发完短信，我吸了一口气，却不知道怎么吐出来。要是今天刘宇把话挑明了，伤了肖雅，那可如何是好？我想，得等他看完短信，在适当的时候再给他打个电话。

没想到，刘宇的电话居然先打过来了。我跟肖雅炫耀说："看看，大叔自己着急了。"

"怎么了？出什么事了？你在哪里？"刘宇问题一个接一个，还喘着粗气。

"我没事，在西单逛街买了很多东西，提不动了，你快过来一起吃饭，顺便谈谈心，聊聊天。必须来啊，有美女介绍给你。"

"有美女？还是介绍给我的？没开玩笑吧。"

"你先过来西单再说，快点儿啊，高峰期开车小心。"

"我总结一下要点，是不是去西单请你吃饭，再帮你送货回家？"

刘宇啊刘宇，你丫装傻一次能死吗？

我跟肖雅挑了一家看起来档次相当不错的韩国料理店，喝着香气四溢的大麦茶等他。

我一边瞟着窗户正对着的直升梯，一边跟肖雅说："如果他说什么难听的，你可别失望啊，主要是他怕跟90后有代沟。"

"代个屁啊，杨振宁教授跟翁帆差五六十岁呢，人家还不是很幸福？他就比我大十来岁，怕啥？就算有代沟，我也愿意被他带到沟里去。"

切，这小花痴！

"你不是缺少父爱吧？"

"我父母都健在，还很恩爱，谢谢。"说完，她白了我一眼。

可是刘宇一出电梯我就放心了，这家伙是刚从拆迁工地回来的吧，灰蓝色妈妈牌粗针高领毛衣，随意的黑色休闲裤，还不老实地抢着胳膊挥舞着手里的羽绒服。这身装备还不如餐厅门口拿对讲机的领班。

他问了领班12号桌的位置，踢着步子走了过来。

走近一看，毛衣上还粘着些许鸭绒，再近一点儿，下巴胡楂儿也没刮，邋遢得不像样子。我根本不想说认识这个人。

"黎晓，请吃个饭这么大排场，破费了哈。"

我不得不收回假装看菜单的目光，狠狠地瞪了他一眼，才碰碰肖雅说："随便点，请客的人到了。我再次隆重地给你们互相介绍一下……"

"咳咳，我来。"刘宇清清嗓子说，"我是黎晓闺密的前男友刘宇，你是她同事兼美女妹妹肖雅对吧？今天呢，咱们就算正式认识了，请继续叫我大叔。"

肖雅直愣愣地看着他嘀咕："KTV的光线太暗了，没发现你这么帅啊！大叔长得像林志颖，气质像钟汉良，发型像邓超。"随后，盯着刘宇那张无赖的脸猛看了几秒钟，反应出奇地热烈，"腾"地站起来手舞足蹈，"大叔，你好，你可以叫我鸭鸭。"

刘宇也相当礼貌："鸭鸭好。黎晓也太不像话了，也不提前正式通知我有美女，早知道是这样，我就好好梳洗打扮一番。今天这一身太随意，实在不得体。大叔级别的人了，平时呢，也不怎么讲究。"

尼玛，我是有多丑，多不上档次，约你吃饭就不值得你梳洗打扮。

"哪里啊，大叔，你知道吗？我就喜欢怀旧版的，有一点儿文青气息。听出来了，你也是北京人儿。家住哪儿啊？"

"夏家胡同。你呢？"

"新街口豁口。"

"不远不远。"

俩人从地理位置聊到家族姓氏，再到北京历史，最后发现居然是同一所小学毕业，只不过刘宇早了八年毕业。八年，好嘛，抗战都结束了。

"早知道我小学就多留级几年，等等你再毕业，然后一起上中学，考大学，青梅竹马多好。"

肖雅被他的瞎贫乱侃深深地吸引了。看来刘宇今天心情不错，伤疤好得也挺利索。

我的任务就是扮演一个吃货的角色，衬托一下肖雅的高贵优雅。刘宇这兔崽子难得这么开心，我就示意服务员拿菜单来，加一道贵一点儿的菜。

这家伙终于忍无可忍，一把夺过菜单，愤愤地说："你也给人家鸭鸭看看想吃什么。"

"我平时晚上都不吃东西的，因为我最近在减肥。"肖雅下午的一顿肯德基果然没白吃，她假惺惺地说。

刘宇皱着眉头，左右打量了一下，评论道："你的身材挺好，不需要减了，脂肪分配得都很到位，都长在该长的位置了。"

我两手油光，端着大酱虾仁汤，差点儿没喷出来。

肖雅也不好意思地笑了。

我大快朵颐的同时，几次看见肖雅咽口水，却为了装淑女，只能就着大麦茶吃几口泡菜、几根萝卜条。我心中狂笑。

那顿饭就在他俩愉快的调侃中完美地结束了。

刘宇开着他那辆雪佛兰送我俩，先到的肖雅家。小妞临下车前，俩人留了一切能联系的方式，包括手机号、QQ、微信、微博、电子邮箱、MSN。我是汤足饭饱打瞌睡。一路上，刘宇都哼着欢快的歌。

毕竟吃人家的嘴软，我也不好打断，伴随着不着调的歌歪在后排睡着了。到楼下被叫醒了，我揉揉惺忪的睡眼，对刘宇说："怎么样，今天这姑娘?"

我以为他要感谢我八辈祖宗,帮他找到疑似传宗接代的人,谁知他诅咒了我的列祖列宗。

"你奶奶的,是什么居心?你大爷的,我想不通,都说肥水不流外人田,你就这么迫不及待地要把我这么一个优良品种往外推?"

"你俩聊得不挺好的吗?还都是北京的,不存在地域差异,很门当户对,以后串亲戚也方便。"

"可是我真心不喜欢这款。咱俩认识这么久,你觉得这是我的菜吗?叽叽喳喳的,闹心。"

"你倒说说谁是你的菜?"

"成熟稳重,浑身散发知性美。嗯,妩媚一点儿我也不介意。"

"听你这意思,说的还是素素吧。来来来,我请教一下,男人为毛都愿意拜倒在她的石榴裙下?"我强压怒火,咬牙切齿地问。

刘宇一边发动车子,一边嘀咕:"要捅马蜂窝了!姑奶奶,您先回去歇着,改天约。"

彩礼

次日,我高烧不退,可能是逛街着了风寒,烧糊涂了,就开始胡言乱语。清风请假陪我,每天熬粥炖汤,嘘寒问暖,陪我下楼散步购物。那几天日子很恍惚,让我觉得如果我们结婚了,这就是我们的婚姻生活了吧,绵长细腻,也会磕绊硌脚。

如果早知道是这样的待遇,我宁愿一直病着,甚至残着。我也终于明白清风喜欢的是小鸟依人型的，而我，敏感强势。

病好没几天，清风的妈妈来北京，正式商量我们的婚事。

"阿姨，我爸妈应该不反对了，我也是大人，能自己做主。"

"那好，闺女，阿姨跟你说，俺会按照俺们老家的规矩，风风光光地把你娶进门。彩礼一万块，俺都带来了，你能让你爸妈也来北京一趟不？亲家见个面。"

"阿姨，多少？"

我问的时候，抬头询问清风。清风赶紧解释："我们老家的规矩，就是彩礼一万块，好人家的自然多一点儿，晓晓，走个过场哈。"

"嗯，阿姨，都是一家人，我跟您直说，我跟清风在一起，肯定是想好好过日子，不要彩礼都行，可是我父母那里，我有点儿……因为在我们老家，彩礼基本都是六万八万，好一点儿的十来万这样……"

"啊，我们家娶媳妇，当然按我们家的规矩办。清风的弟弟前年结婚，就是一万块彩礼。当然，可以涨一点儿，猪肉都涨价了，前年十五块，现在都涨到十八块五一斤了。就一万一吧，万里挑一的意思。俺们农村穷，我们家这水平已经算不错了，清风又在城里买了房子，你算享福的喽。"

"阿姨，您说得对，您看这样行吗？家里拿一万，剩下的，我补四万，凑够五万，我父母就我一个闺女，心里才……"

"闺女，这……这让阿姨的脸往哪儿搁啊，哪儿能让你拿钱。你的意思我明白了，我回去跟你叔叔商量商量。"

老人话语里透着的凄凉让我一下子悲伤起来。吃饭时她默默无言，然后被清风的妹妹接走了。

我开始收拾碗筷。

清风拿了凳子坐在我身边，一本正经地问："晓晓，等下再洗碗。我问你,你爱我吗?"

"爱。但是在现实面前,光有爱,够吗?我们不都得面对双方父母吗?"

"你不光敏感,还很虚荣!你伤了老人的心了。"

"不是说是一家人吗?一家人不能说实话吗?我心里不难受吗?我爸妈把我养这么大,你家出一万块钱就掳走了,他们心里怎么想?老了以后怎么办啊?"

"你有理,随便你!"

"请问清风同志,你还有其他口头禅吗?说出来听听。"

记不清这是最近第几次争吵了,双方各执一词,很难分出胜负。我不觉得自己说错了什么,心乱如麻地从屋子里冲出来,站在路边,突然不知道该何去何从。

我胡乱地翻着电话簿。

首先想到的就是夏秋生。

其实,从越南回来后,我已经不知不觉地把他当成我的垃圾桶了,小到早餐吃了什么、白天上班干了什么、晚上几点到家、做了什么噩梦,大到跟魏清风的争执、有一次过天桥踩空崴了脚,等等,他真是一个很好的倾听者,总能在你有需要的时候给你春天般的温暖。

可是今天,夏秋生没接电话。小夏子啊,在这种悲愤交加的时候,你怎么能不接我电话呢?

接着,我打了肖雅的电话。这个重色轻友的家伙,在跟刘宇一起消夜,不方便谈心。

那刘宇也不用联系了。

关键时刻,连个倾诉的人都没有,以前,我的任何心事都是先听清风分析，再让素素总结，现在一切都变了。

不找个人吐槽我能憋死。这时，小岳的电话号码突然蹦出来了，这个半生不熟的人，将就一下吧。

"小岳哥，我记得你说你的老家也是××市，是不是？"

"是啊，怎么了？"

"你们老家娶媳妇一般彩礼多少钱？"

"这个，要看家庭情况，条件好的十万八万，差的一两万意思一下。你干吗问这个？"

"我男朋友他们家只愿意出一万彩礼，我无所谓，我怕我爸妈接受不了，就说我自己拿几万补上，结果他说我伤他妈的心了。我还没过门就跟他家人闹成这样，怎么办啊？"说完，我忍不住抽噎起来。

"别哭了，再好好沟通一下。如果他爱你，一定会协调你和他家人的关系的。这么好的姑娘，他怎么舍得让你伤心？真是的。"

"可是我心里好难受，我还觉得委屈呢。"

"你在哪儿啊？我去找你吧。"

最多十分钟，小岳的车就停在我面前。

我猫腰钻进副驾驶，车里开了暖气，有淡淡的烟草味儿。

"你第一次主动给我打电话，我感觉像过年一样开心，就赶紧过来了，货都没打包完。"

我好不容易才擦干了眼泪，又不受控制地哭了起来。他右手握着方向盘，左手夹着烟，什么也没有说。

我们聊了很久。大风吹干了我潮湿的心，我已经能跟着CD轻轻地哼歌了。

小岳说："心情好点儿了吧？"

我感激地说："让你见笑了哈。我请你吃夜宵吧。"

那晚，我们吃了很多烧烤，意犹未尽。

小岳说："前面有家汽车电影院，我再陪你去看场电影，把那些烦心事都忘得一干二净，希望明天看到的还是第一次见面时的那个晓晓。"

"第一次？帮你搬货那次吗？有什么特别的？"

"当时我拉了很多货，物管不让车停在消防通道上，刚好你跟同事路过，就让你们帮我卸货。没有什么特别的，但我从此记住了活泼开朗热心肠的黎晓。"

车缓缓地驶入汽车电影院。小岳的车后备厢里装了很多啤酒，我们一边看电影一边喝。

微醉的我，双眼迷离地对小岳说："谢谢，你对我真好！工作那么累还陪我看电影。"

"切，这有什么，我以前经常带我老婆来看。"

"哦，你都结婚了？嫂子呢？"

"我跟我老婆感情一直不和，上个月她回老家了。因为是媒妁之言，要不是有了儿子，我们可能……"

"你跟我差不多大吧？你都有老婆孩子了，我的婚事还没着落呢！"

"呵呵，我二十岁就结婚了，儿子已经四岁多了。有空来我办公室，我有照片给你看看啊。"

我羡慕地说："嫂子真挺幸福的。你脾气这么好，又有钱，事业小成，又懂得照顾人，又浪漫。"

"唉，我对她是挺好，可是她不领情啊。不知道怎么回事，我俩在一起就抬杠，都说和气生财，她就故意跟我对着干，看我哪儿都不顺眼。我也不是对谁都好，怎么说呢，我只对我喜欢的人好。"

说完，他华丽地吐了一个烟圈，我本能地咳嗽了一下。

他说："对不起啊。"然后，递了一张纸巾过来，顺便把手搭在我的后背上轻轻地拍着。

也许是酒精作用，一切太突然了，他斜过身子，将满是酒精味儿的嘴巴凑过来，双手按住了我的手腕。我有点儿蒙了，使劲地反抗。他的力气大得惊人，雨点一样亲吻我的脸颊、脖子，喘着粗气呢喃："晓晓，哥早就喜欢你了。"

我的头很晕，用仅存的理智挣扎着，嘴里含混不清地说着："不要，不要这样，小岳哥，我是很尊重你的。"女人的力气毕竟很小，我浑身软绵绵的。这似乎激起了他更大的欲望。他费力地用舌头撬开我的唇，然后堵住了我的嘴。我心里陡然起了激烈的抗拒，不可以，真的不可以！我终于知道我在做什么了。他是有老婆有孩子的，而我跟男朋友结婚的事也都提上日程了，我仿佛看见他老婆铺天盖地地扔过来的破鞋。

我猛地用尽全身的力气咬了他的嘴唇。

"啊——"激情戛然停止在他的惨叫声中。

"小岳，你怎么能这样对我？！我看错你了！"说完这句话，我愤怒地裹好围巾下了车。

我漫无边际地奔走在深夜的马路上，泪水肆无忌惮地流淌。我脑子里非常混乱，小岳开车追上我的时候，我已经走得筋疲力尽了。

他把手搭在车窗上一遍遍地说："对不起，对不起，晓晓，我他妈的不是人，我浑蛋，我不该这样。我发誓，我再也不会这样了。"

我木然地摇着头，不说话，怎么会这样？怎么会这样？男人都一定要这么浑蛋吗？

接下来的每天，我都尽可能地加班，赶末班车回家，倒头就睡的感觉真好。

每当这时候，我的老板就会假惺惺地看着我，然后柔情地说："小黎啊，你这样拼命，让我太心疼了。"末了还不忘加一句，"你们部门今天的销售情况怎么样？"

我跟清风关于彩礼的冷战还在持续。

其实，不关乎钱的事儿，我不是贪财的人，我跟他认识的时候他一穷二白，彩礼只是宽慰一下我妈的心。说起我妈，我又要伤心了。我妈嫌弃清风家里穷，反对我跟他在一起，过年把我骗回家相亲。我还上演了苦肉计，闹自杀，至今胳膊上还留着伤疤。

在这种心情复杂的时候，素素竟然叫我去找她。

我预感不妙。

今天的素素抱着大腿坐在床上，目光呆滞。

"你今天怎么没有守着淘宝店啊？"问完我就觉得多余，也是，马上就要当地主婆了，谁还稀罕淘宝店这仨瓜俩枣。

我进屋踅摸了一圈，厕所、厨房、储物柜，问道："怎么没看见钱老板？"

我怕他又突然莫名其妙地钻出来。

素素冷笑一声："怎么可能在我这儿？我不是不想下床，是被狗咬了，膝盖破了皮儿，疼着呢。"

"公狗母狗？"

"母的，还追上门来，说找我要打胎的钱。"

"钱勇承认吗？他怎么说？"

"承认了。他说是他干的，当时嗑药了。"

"他还嗑药？吸毒哇？"

"你怎么不听重点啊？是说跟女的搞破鞋，把人家肚子搞大了的事儿！"

"人至贱则无敌，这种贱人只有贱人才配得起，你就别凑热闹了啊。"

她沉默不语。

特么的，男人都这熊样，找个有钱的愁，找个没钱的照样愁，没有一个省心的。

这下我的心病更严重了，本来是来跟她唠唠我的伤心事，却只能执手相看泪眼，竟无语凝噎。

扑空

我在暴雨来临前起身离开，车窗外大滴大滴的雨水顺着玻璃瞬间流下，在凹槽处汇集，一直流到裙子上，瑟瑟地冷。泥土的腥气扑面而来，繁杂的城市终于有了冷清的感觉，清新，湿润。

这让我想起在越南美奈的海边，步履凌乱的沙滩。很久没有出去了，很久了。那种向往和渴望让我重新找到想上路的感觉，会是哪里？会去多久？

内心的暗涌就像等待巨大的风浪来临。

有一部老片子，《一米阳光》，虽然悲情，但是台词很经典。第七集，川夏说，她设计了整个人生，却轻慢了脚步；她设计了完整的浪漫，却忽略了琐碎的现实。第八集，小武说，太阳不赶，也会下山；光阴不耽搁，也会过去。呵呵，我使劲理解，可能说的就是顺其自然吧，遵循规律。

咳咳，其实要说的重点是川夏跟小武去的地方，是丽江。那里的风景美极了。

周姐最近也频繁更新说说，我还比较感兴趣，一条条地点击来看。

我在云南丽江。

在丽江，最值钱的是阳光，最不值钱的是时间，最珍贵的是爱情。

每一座古城，都是一个时间的意外。有人在这里邂逅，有人在这里疗伤，有人在这里艳遇，有人在这里流浪……

我不在丽江，就在去丽江的路上！

我在QQ上跟周姐说："我也想去云南，看看丽江。"

周姐回复："妞，建议你不要来……"

"为什么？"

"因为它会把你留下。这里如此宁静，是上帝专门安置流浪的灵魂的地方。"

"安置流浪的灵魂的地方？"

一、二、三、四。

一共出现四次和云南有关的电视画面，在一个小时内。一个新闻联播，介绍城市开心指数，昆明55.1%；一个是旅游节目，介绍大理白族的风土人情；还有一个娱乐节目，男孩跟女孩说，我希望能陪着你到丽江那样的城市快乐地生活；还有一个是天气预报，昆明晴，18~27摄氏度。

这种感觉，就好像你是个孕妇，走在路上，就会特意关注孕妇或者小孩；你买了一辆新车，你就会特别留意同样的牌子。

好吧，我承认；我想去丽江，想去云朵最洁白的地方，顺便看看小夏子……

我得想个合理的办法，再威胁老余，我怕不好使。

适逢旺季，周香姐的美容院生意非常好，我们的产品在她的美容院很畅销，供不应求。余总的脸灿若桃花。

"余总，云南姓周的老板娘要进京面圣，召见呗。"

"嘛事？"老余在大班椅上眯着眼，懒洋洋地用手指叩击着扶手。

"产品培训的事儿。她不是卖得挺好的嘛，还说咱们库存的那些积压产品都可以帮咱搞定，不能得罪哇。"

"培训？来几个？"

"五个美容院店长，咱全程接待呗。"

"那得多少钱啊，还不如咱去一趟。那老板娘长得漂亮不？"

"嗯，比凤姐好看那么一点儿，有点儿矮，黑，还有点儿胖……"

"那个，黎晓啊，我太忙，就不去了，还是你辛苦一趟吧，你去我放心，去财务那儿拿差旅费，全报销。"

"啊？这……"我面露难色，心里却乐开了花，这回不用请假了，出的是公差，公差哈！

这个好消息，我第一时间告诉了周香姐。

周姐兴奋地问我："你是假公济私，来艳遇的吗？"

我诡异地答："艳遇太俗了，我是来偶遇的。"

从一开始，我就没打算让夏秋生知道。

那个下午，我的心情和昆明的天一样，闲散的云，温柔的风，灰蓝色的天幕，淡淡的，不炽烈，不耀眼。从踏上云南这片土地开始，我就感觉到从没有过的平静。

周姐来机场接我，身材姣好，皮肤白皙，波浪卷发风情妖娆，米色的棉麻衣裙休闲知性。

"这，是云南本土的贵妇？"我打趣道。

"还腊肠呢。小样儿水灵，漂亮，不错哦，姐保证你凑够一个连的艳遇再回去。"

"你这是要拉皮条吗？你看妹妹值什么价？"

"随行就市。我先打个电话找人来看货。"她上下打量一番，然后佯装拿电话。

"讨厌。"

没有任何过渡、任何客套，像平常那样开玩笑、谈工作，像老朋友那样闲聊。

那天晚上，住在酒店里，我一直辗转反侧，怎么也睡不着。

睡不着的人就容易胡思乱想。关于怎样给夏秋生一个惊喜，我琢磨了N个版本，又一个一个地删除。快凌晨1点了，我知道我的安眠药在夏秋生那里，便爬起来，翻身拿手机，小心翼翼地拨了他的号。居然是个女人接的，接得非常快，好像随时在等我的电话，声音非常美，好像经过专业训练。她说："您好，您所拨打的电话已呼转至人工台，请在'滴'声后留言。"

这一晚上，我在心里问候了夏秋生他大爷二十多次。

第二天，去周姐的美容院做了一期产品知识和销售技巧的培训。一天忙完，腰酸背痛，时不时拨一下夏秋生的电话，一直是呼转至人工台。

我又不是来讨债的，至于吗？也许真的如他所说，我们这辈子都不可能再见了。

第三天，百无聊赖，我盛情邀请周姐跟我一起奔赴丽江。可惜她有个新店马上就要开张，让我碰见比较老一点儿的扎辫子带有忧郁气质的帅哥给她带回来。

这个复杂的审美让我很是惊恐。

选择飞机还是火车去丽江这个问题，让我纠结了很久，最终选择了安全系数比较高的火车。这个选择好比在幸运52现场砸中了一颗有特等奖的金蛋！

我正在火车站排队买票，忽然听见身后有一个男人叫我的名字："晓晓？是你吗？"这个声音如此熟悉！

我一阵惊喜！小夏子！我在心里欢呼，扭头一看："小……小……岳！怎么……怎么是你？！"

"真没想到，居然在这里碰上了！你怎么来云南了？"

"我还想问你，你怎么来了？你跟踪我？"

"我没有那么卑鄙，我是陪我老婆来的。"

说话间，他老婆就出场了。穿的什么没记住，长得怎样没记住，但是目光犀利而直接，让人不寒而栗。

"介绍你俩认识一下，这是我老婆于芳，这是我在北京，呃，认的妹妹，黎晓。"

"嫂子好。"出于礼貌，我打了个招呼。

"嗯，你好。"

"你们是出来旅游的？孩子应该上幼儿园了吧，怎么没带出来呀？"

"小岳，你妹妹对我们家的内部构造很清楚呢。"她跟小岳说话时，却死死地盯着我，看得我直发毛。

"是你？"她定定地看我有三十秒，好像电脑死机，卡死在一个页面上回不了神。

"嫂子，我们……好像没有见过吧。"

"你第一次见我，我倒是经常见你，在我老公的手机里。他手机里保存了三个女人的照片，虽然你模样还可以，但是也只能排第三，因为还有俩，一个是范冰冰，一个是饭岛爱。"

"啊？"我不是吃惊小岳有我的照片，而是讶异这是怎样一个奇葩的女人，小岳又是怎样hold住的。

"别胡说了，一张嘴没有个把门儿的。"小岳生气地朝于芳嚷道，又转头问我，"晓晓，你这是要去哪里？"

"丽江。你们呢？"

"我们刚从大理回来，要回老家办点儿事。"

"不，我改主意了，我也要去丽江。"于芳捋了一下额头的刘海，挑衅地看着小岳。

"你没事儿吧？不是说好了直接回老家办手续吗？"

"我们是离婚旅行的，马上你就自由了，可以大胆追求你的梦中情人了，你就不能让我也在丽江喝瓶风花雪月，艳遇个好的下家？"

"你们这是要闹什么？没听懂。"我苦笑道。

"唉，回头跟你解释。"小岳无奈地回答。

就这样，我们三个人上了同一列开往丽江的火车，在同一个车厢，同一排座位。我和于芳就这样一左一右坐在小岳身边。座位上或者有刺，或者小岳痔疮犯了，反正他一直坐立不安。

到丽江天已经黑了，大研古镇的夜生活还没有真正开始。

该怎样形容我眼里看到的这个古镇呢？

前面我推荐过越南美奈，趁这个工夫，我隆重介绍一下我的旅行路线第二站：丽江。

纵横交错的老街，沧桑古老的青石板路，年代久远的水车，错落有致的阁楼，悠闲漫步的游客，清清的泉水缓缓地贯穿整个古城，时间也在静静流淌，守着眼前的翠绿。阁楼墙角淡淡的雏菊，远处的雪山，谁磨的咖啡在飘香，灵魂都开始自由自在地飘荡，让人感觉时间都要停下来。远离大都市的喧嚣，仿佛置身柔软的梦境，无论走到哪里，都能听见四下回荡着一个叫侃侃的滴答滴答的歌声。

有人说，丽江是一种毒，即使远远地看，隐约地听，也会中毒。

有人说，丽江是一种病，稍一触碰就会感染，即使逃离，也会留下后遗症。

有人说，丽江是心的家，在这里，会遇见另一个更美的自己。

还有人说，丽江是一个梦，萦绕心间，隐约浮现。

有人在这里遗忘，有人在这里疗伤。

问：那为毛我的心平静不下来？

答：因为我身边还有俩妖孽，我得想法子摆脱才行。

我说：“我已经订好了客栈，先去休息了，你们慢慢逛，后会有期。”

于芳叫住了我：“妹子，我想跟你住一家客栈，你一个人呀，多个人多个照应，这样你小岳哥才放心呀。”

“是你才放心吧！”小岳没好气地说。

就这样，我们三个人又住在了同一家客栈。当然，不是同一个房间。

瓦蓝客栈，瓦蓝是老板娘的名字，老板叫别人，所以瓦蓝说，她是别人的老婆。

瓦蓝院内树木葱翠，门前有流水，躺椅上有一只懒洋洋的大猫，慵懒而惬意。

晚上我们一起吃了纳西烤鱼。不看他俩的时候，我吃得很香。

吃完，小岳去结账。

于芳说："去酒吧坐坐吧。"我一听喝酒就发毛。

我笑笑说："算了，我要洗洗睡了，有点儿晕车。"

于芳说："我都要离婚了，让贤了，你就不能舍命陪嫂子喝两杯？"眼神里写满惆怅、失落，还有仇恨吧。

五一街是很有名的酒吧一条街，网上攻略说不来五一街，枉自丽江游。好多的名字，应接不暇。于芳和小岳各自想着心事，选酒吧的活儿就交给了我。38号、我在丽江等你、小房子、三分地、班达、日光倾城等，随便选了一个酒吧，名字不记得了。跟其他喧闹的酒吧不同，这是静吧。歌手沧桑的歌声伴随着优美的吉他，火塘红红的炭火围满了有故事的人。这是一个宽容的地方，你想在这里做什么都可以，就算你裸奔，大家也最多在你走后小声说：这人有病吧……

酒吧的墙上贴满了各种小纸条。借助手机微弱的光，我随便看了几条——

丽江，我走了，我把身体和灵魂一起留在了这里。

我们约在丽江，在这里相见。离开再重逢，那些绽放的花，便是我们相认的凭证。

佛说我们今生会相见，了结前世一段尘缘，于是我流浪人间，等待你出现。

我在心里默念：小夏子，我流浪在丽江，等待你的出现，你听见了没有？

于芳跟小岳因为要一打还是两打啤酒的问题上争得面红耳赤。

我说："三打吧，我请客，一人一打。风花雪月精啤，全打开，我陪嫂子不醉不归。"

小岳为了活跃气氛，小声地跟着吉他手哼着："如果有一天，我老无所依，请把我埋在，埋在春天里……"

"别唱了，公鸭嗓唱个屁呀，还埋在春天里，要是夏天死的，还得给你放一年，不臭死了？"这于芳还蛮幽默的说。

我们三个一人一瓶啤酒笑作一团。小岳借口去外面抽烟，出去了。

"你们……为什么要离婚？"我打破尴尬。

"生活，一地鸡毛。我们结婚五年了，大概七年之痒提前了吧！我十九岁跟了他，二十岁生孩子，最好的青春都献给了这个家。可是真的是麻木了，麻木到连吵架都没有激情。"

"是因为他对不起你？"我心虚地问道。

"他肯定有对不起我的时候，你说呢？"

"这，我怎么会知道。"

"我是女人，我们认识这么多年，他屁股上几个痦子，我闭着眼睛都能摸到。女人的第六感告诉我，这是肯定的。你说呢？"

"这，我怎么会知道。"

"呵呵，没关系，反正我们都要离婚了，你就当我是陌生人，听姐唠叨唠叨。你知道吗？小岳的手机里，你的名字存的是'牌友老黎'。他发过很多短信给你，逢年过节、你的生日、天气预报，还有他的心情汇报，等等。"

"可是我从未回过！"

"是的。我一直困惑，是什么样的女人这么顽固地住在他心里？但是我绝不承认是因为这个原因离婚的！你不要有思想负担，就当姐是个陌生人哈。我只想问你一个很隐私的问题，你一定要实话告诉我。"她用乞求的眼神看着我。

好像下了很大决心一样，她抬起酒瓶，猛灌了一口，凑到我耳边说："其实我想问，我们那个的时候，他要求我喊他小岳哥，还要配合假装拒绝他，这不变态嘛！你跟姐说实话，这男人跟我上床的时候，心里想的是谁？"

"什么？我没听明白。"

"聊什么呢？你俩还挺投机。"小岳在于芳旁边坐定，搓了搓手。

我想，这个问题她进棺材也不会有答案，因为我压根儿没打算回答她。

"小岳，你说实话，如果咱俩离婚了，你会继续追求牌友老黎吗？"

"你又胡搅蛮缠了，都要离婚了，能不能留点儿好印象？我就受不了你这讽刺挖苦的劲儿。"

"我讽刺挖苦？我在家带孩子的时候，你在外面花天酒地、纸醉金迷、勾三搭四、不知廉耻。"

"你是想显摆你会的成语很多吗？"小岳反驳道。

我起身道："我去结账，先走了，你俩慢慢吵。"

于芳拉住我的胳膊，手很冰冷，并且颤抖。

"不吵了，不吵了，酒喝完再走行吗？钱都花了，别浪费了。以后可能再也没有这个机会了。我没白来丽江，我只是不甘心，不甘心是这样的结局。我们一起白手起家，到现在小有家底，孩子聪明，老人健康，到底问题出在哪里，我也不清楚。"

我开始同情她。都是女人，人心都是肉长的，谁甘心自己用疼痛磨砺出来的珍珠，日后挂在别人脖子上闪闪发光？

我说："其实，你舍不得，对吗？小岳也一定这么想的。"说这话的时候，我使劲朝小岳使眼色。

小岳不答话，扭过头看窗外的潺潺流水。河边有很多放许愿灯的，很热闹。一窗之隔，恍如隔世。于芳也偏过头去看。

"其实，婚姻不就像丽江古镇？错综复杂，容易迷路。下午来的时候我就观察过，这河水贯穿古镇，顺水而入，逆水而出。听人说，这是玉龙雪山融化流下来的清泉，在雪山脚下它像爱情，泉水是可以喝的；流到这里就像婚姻，哪怕清澈见底，但是你心里还是会怀疑这一路被污染过。离婚无非就是蹚过自己的河，去对岸满怀欣喜地张望，一看，呀，别人的河更糟糕，漂着牛粪，脏得倒胃口。"

"所以呢？"于芳饶有兴致地问。

"所以就尽量在自己的河里扑腾。小岳，你说句话啊，你不是挺能嘚瑟的？"

"于芳，其实我也没真想离婚，我这条河你随时扑腾，但不是折腾。你看我手机，破我电脑，盗我QQ，就差往这河里下毒，比雷达还敏感，很让人反感。"

"老公，我只是害怕失去你，我这么折腾，只是因为怕有别人来咱河里扑腾。"

黑暗中，于芳委屈的脸上泪光闪烁。弹吉他的帅哥还在忘情地歌唱，酒吧里的人越来越多。慵懒的空间，气氛也越来越暧昧，男男女女也开始寻觅猎艳的对象。

桌上我的电话就在这时屏幕亮了，来电显示居然是：小夏子！

"对不起，你俩刚才这气氛就挺好，继续聊，我接个电话。"

等我冲出酒吧，欣喜若狂地按下接听键的时候，那边已经挂了。我回拨过去，关机了。这是闹哪样？

头晕晕沉沉，趁酒劲儿还没上来，我心事重重地往客栈走。

我的地理一向不好，走错好几条街才找到。老板娘瓦蓝坐在茶桌前跟客人聊天，流浪歌手的原创音乐隐约回荡着。阁楼的走廊里都是檀香的温情，木质窗棂，棉布窗帘，房间里柔软的被子散发着太阳的味道。那一刻，我想永远停留在这里。

问老板要了Wi-Fi密码，我开始上网。

QQ上龅牙陈幸灾乐祸地说："那个穿粉色吊带内衣的女人，今天又来了！别怪我没告诉你。"

"你怎么知道的？你不是搬走了吗？"我一脸茫然地问，唯恐有诈。

"虽然我人走了，但留在房间里的摄像头没带走啊。"

我刚想说你个变态浑蛋啊。不对，满屏幕满脑子都是粉色吊带内衣的女人。于是我赶紧追问龅牙陈："是你上次拍的那个吗？"

可是龅牙陈QQ隐身了，灰色的唐老鸭头像无辜地看着我，写满了嘲讽、看热闹的表情。

我打开素素的淘宝店，店招上写着通告，寥寥数字：老公鬼混，心情不好，素（恕）不接客！

旺旺头像也不在线啊，怎么点都没有回应。

我打了清风的电话，直截了当："你在干吗？"

"大晚上的，在家，准备睡觉。亲爱的，你要过来陪我吗？"

"我过来？3P吗？我没那么奔放！"

"什么意思？"

"素素不是在你那儿吗？"

"素素？她电脑坏了，今天拿过来让我帮她看一下，没什么大问题，重新装了系统，已经走了。"

"哦。"捉奸不成，倒踩了一脚屎，这，是什么情况？

"你别天天疑神疑鬼的了，你心里有这么深的阴影，如果是这样，我表示挺累的。与其被生拉硬拽，不如痛快割爱，分手吧。"

"分手？分手……"我重复着这突然出现的两个字，不知道是不是酒喝多了，胃里突然排山倒海，赶紧冲到洗手间，吐了。

"你在哪里？怎么了？怀孕了？"

"我在丽江，没怎么，就是喝多吐了。"

"丽江，不错啊，网上说是艳遇之都。你一直胃不好，还跑那里去喝酒？我也只能祝福你有个好的艳遇。"

"你怎么不关心一下我跟谁来的？"

"跟谁去并不重要啊，重要的是最后跟谁走了。"

"清风，你要不要来，我们好好谈谈，我们到今天真的不容易，这里真的很美。四年多了，你还从没陪我看过海，爬过山呢。"

"我很抱歉没有做到这些，对不起，房子要装修，车子要加油，还有房贷压力，实在让我身心疲惫，无能为力。"

我想起小时候我跟父母讨要零花钱买冰棍儿，被妈妈拒绝，然后那种无奈悲切可怜痛心的感觉。

挂了电话，我把龅牙陈的QQ抖得震天响。

"你给我出来！"

"干吗？"他慢吞吞地回复。

"你不是说那个穿吊带的女人来了？"

"是来了，一会儿就走了，不过今天，嘿嘿，白天来的，没有穿吊带！"

"麻烦你一口气说完！你大爷的！"

把龅牙陈打入冷宫后，我怔怔地盯着电脑屏幕，开始给小夏子留言：人生比较可悲的是，我们同时在线，却都没有说话。比这还可悲的是，你有话可说，我却不在线。最最可悲的是，你不在线，我却有重要的话要对你说。

不知道是不是产生了错觉，就在这时，小夏子的QQ头像迅速亮了一下，又暗淡下去，灰蒙蒙的一片。

我之前在QQ提问里问：丽江旅游有什么禁忌或注意事项吗？

有很多网友留言，其中有两条是这样回答的——

禁忌就是：不能假公济私。你们老板喊你快点儿回来上班！这个，落款是老余。

还有一个信息量很大的回答。念给亲们听一下，是这样写的：

"当然有禁忌。在机场有司机跟你说客栈是亲戚开的，不要相信；玉龙雪山可以逃票，不要相信；银器是丽江本土产的，不要相信；酒吧里艳遇的男人都有一个好听的名字并且单身；不要相信；至于喝多了非说对你一见钟情，这个，傻女人可以相信，友情提醒，摊鸡蛋饼的不能太自信……"

这个回答没有署名，但显示是：游客。

我下意识地低头拉了一下衣领，心虚地左右各瞄一眼。呸！狗嘴里吐不出象牙，你才摊鸡蛋饼的，你们全家都是摊鸡蛋饼的！

等等，这个词好像很熟悉，似曾听过。在哪儿呢？我快速启动大脑搜索功能，想起来了，在越南，胡志明市。我担心夏秋生会对我图谋不轨，他轻蔑地说，对摊鸡蛋饼的不感兴趣。好吧，我以为这些记忆已经从电脑桌面清理掉了，没想到在垃圾箱里又蹦出来了。

于是，我给小夏子留言：小夏子，我知道你在，到底发生了什么？你出来，你敢不敢出来让姐调戏一下？

打完以后，我觉得这样说太客气了，删掉重新来：你是要闹哪样？我虽然傻，但是我不笨，你就是怕我蹭你一顿饭嘛。

白天出去四处游荡，一个人静静地想着心事，拍拍照片，游客在身边走来走去，享受难得的清闲时光。抬眼傻傻地琢磨熙熙攘攘的行人，看过往的人悠闲的样子，一个人也会傻呵呵地笑出声来。

有句话怎么说来着？偷得浮生半日闲。

丽江的夜，睡不着的人们，发呆、看书、聊天、上网、泡吧……

我想颓废在丽江柔软的时光里，停住时间，处处都是静谧，也处处都是安详。

晚上，我坐在河边的藤椅上，在灯笼幽幽的光晕里，和着潺潺流水，给小夏子留言——

小夏子，我今天去束河了。如果说大研古镇是大家闺秀，那我更喜欢束河的小家碧玉。清河畔听水，纳西古院赏花，露天酒吧喝茶，听流浪歌手弹吉他。你有没有觉得你眼中的傻大姐还挺有文采的？

（无回复，一脸黑线）

小夏子，我今天去木府了。你还记得我生日那天去的故宫吗？虽然木府没有故宫那么气势宏伟，就让我用"卓尔不群"来形容吧。这里的人们可以一边享受着慵懒的阳光，一边感受丽江浓郁的文化。

（无回复，一脸黑线）

小夏子，我今天去阿哩哩家吃土豆饺子了，这个味道让我终生难忘，终于让我挑剔的胃得以安放。我还去阿夏丽驼铃店买了一串驼铃，我要带回去挂在阳台上，有风吹的时候，一定很动听吧。

（无回复，一脸黑线）

小夏子，我今天去拉市海了。骗人的，根本不是海。能看见对岸远山，能清晰望见水草，坐在船上听见撑竿划拉水流的声音。我有个愿望，想嫁给船夫，一辈子在这里喂马劈柴，粗茶淡饭，远离城市喧嚣。

（无回复，一脸黑线）

小夏子，我今天去玉龙雪山了。从来没有一个地方在我与它渐行渐近时让我有按捺不住的激动，一点一点震撼，直至不能言，玉龙雪山做到了。我兴致勃勃地观看了张艺谋导演的《印象丽江》。姐花了一百八十块钱看的，让我想两句词儿点评一下吧：气势宏伟的场面、惊心动魄的场景、空旷悠远的音乐、愈下愈大的雨，涤荡灵魂的饕餮盛宴，震撼着每一个细胞，很久很久都沉浸其中回不过神。你看过吗？

（无回复，一脸黑线）

小夏子，和我一起来的朋友本来是相看两厌来离婚旅行的，现在如胶似漆欢天喜地地回去了。原来丽江有这么大的魔力，呵呵。我也要回去了，不用感谢我夸赞了你的家乡，因为我没有夸张。祝我一路顺风吧。

（无回复，一脸黑线）

去机场的路上，出租车司机气定神闲地开着车，我闭目养神。

大红大绿的锦缎、巍峨起伏的山、烟雾缭绕的云、古老幽静的古巷、香气扑鼻的米线、善良质朴的人们、似笑非笑歌手的眼神，只要闭上眼睛，这一切，都在眼前晃动。

《印象丽江》姐毕竟是花了钱的，就让我再回味一下吧。结尾的时候，纳西村民用他们的热情呼唤：这里充满灵气，叫天天应，叫地地灵，我在丽江等你们，你们还会再来吗？

我还会吗？我还会吧，我想。

至于夏秋生，呃，想起来就感觉像下水道堵塞。这么说吧，咱是有素质的人，继续文艺范儿。我总结了一下，人生很像坐火车，过去的景色那样美，让你流连忘返，可是你总是会离开的。退后的风景、邂逅的人，终究是渐行渐远。就像小时候，我们终究不能一直待在喜欢的地方和喜欢的人一起玩耍。

这个人，从此翻篇儿了，谁再提我跟谁急。

"珍重。"

在机舱里，伴随着空姐的温馨提示，我准备关机时，收到这条来自夏秋生的短信。

生平二十多年的脏话在脑海里翻涌，但我只是惆怅地按下删除键，然后关机。

重温

到北京已经是午夜了。初冬的北京晚上有点儿瑟瑟的冷，一下子我还有点儿适应不了。我找出在丽江买的锦缎披肩，却发现在这样的都市里显得很是突兀。看着人们疲惫的身影、匆忙的脚步，我恍然大悟，有些景色有些人，终究是用来怀念的。

清风来接我，一路沉默不语。路灯孤独地照着寂寥的高速路，稀疏的车，安静得可怕。我想兴高采烈地跟他说：亲爱的，我想死你了！或者煽情地说：这么晚你还来接我，感动死个人了！或者坏坏地说：你和你弟弟哪个更想我呀？

总之，潜台词就是，忘掉那些不愉快，我们重新开始吧。

但是一坐上副驾驶，有点儿冷，清风开了暖风，车内循环。本来心里暖暖的，我的味觉却不识趣地出卖了我，刚才那些台词都被pass掉了。我脑子里挂满问号，车上的香水味道来自Dior的毒药，还是午夜毒药，那么熟悉，于我却是那么刺鼻。

好吧，我承认我太敏感，可是，我知道这个味道是因为素素，你敢说不是太巧合太狗血？我们一起上班的时候，她用的就是这个味道的香水，就好像小时候家里做的红烧肉那个味道一样诱惑。十九岁发育成熟后，第一次知道有些味道对于味觉是那么受欢迎，用素素的话说，衣服可以不值钱，但女人要有属于自己的独特的并且适合的味道，这样你俩扒了衣服在床上他才记得住。我十分不解地问：那你是要追求个什么效果呢？素素鄙夷地看着我说：以后这个男人不管跟谁上床，都会在关键时刻想起你的味道。

我表示我中毒了。

无聊的时候你玩单机小游戏吗？我怕玩扫雷游戏，明明知道有雷，提示就在旁边一格，手贱非要去点，结果炸得满天飞。关键是还要重新再来，再炸，反复几次，我厌烦了，不玩了。我想打电话给素素，能不这样玩吗？

唉，手机没有电了，也开不了机了。

我侧身看着身边驾驶座上这张英俊的脸，这两年岁月又给他平添了一些成熟和果敢。他也借看右后视镜的机会，看了我一眼，然后腾出右手摸摸我的头，说："傻丫头，怎么了？是不是累了？"

我从来都是没有城府的，好像如鲠在喉，有话一定留不到过夜，上学的时候人送外号：直心眼子，为这事还挨了不少白眼。我一直琢磨怎么能不提素素，但是又暗示我知道素素把"毒药"和荷尔蒙的味道留在了清风的车上……

我安慰自己，是不是我想多了，可能他的同事或者客户刚好用了和素素一样牌子的香水？就算是素素，会不会电脑又坏了来请清风帮忙修？素素都跟钱勇订婚了，不会那么没有节操又一次犯错误的。

"谢谢你俩来接我。"我说得很委婉，如果他说还有谁？我就说还有素素啊。素素虽然没到，但是她的香水跟你一起来接我了。我之所以不直截了当，怕等下吵起来，他说一句"随便你"，就把我撂高速上了，前不着村后不着店的，我不担心劫色，关键是黑灯瞎火打劫的眼神不好看不清，万一误判到美色的一类就比较危险了。

"大半夜的，别吓人好不好？说得我毛骨悚然的，小坏蛋。对了，忘记告诉你一件事，我弟弟来了。"

我目光下移四十五度，果然看见安全带下行十厘米的斜坡位置，牛仔裤支起了小帐篷。

"呃，看见了。"

他瞟了我一眼，突然大笑起来，说："嘿嘿，想哪儿去了，我是说我老家的弟弟，以前跟你提过的，清阳，刚毕业，来找工作。"

"清扬？瞧你们哥儿俩这名字，一个卫生纸的牌子，一个洗发水的牌子，你家是开日用品超市的？"

"我之前还真没注意这个，我还要告他们侵权呢，这俩牌子加起来没我哥儿俩历史长啊。"

好好地点着火，正按照我的预想在一点一点地冒烟，突然被人一脚踩灭了,再也不好意思点了。不过,现在这个氛围我还挺受用——如果忽略那个该死的香水味道的话。忍忍吧。

"清风,我们离开高碑店有多久了?"

"三年了吧。我们俩认识都快五年了,时间过得真快啊!"

"你还记得我们是怎么认识的吗?"

"记得。那时候我刚学会上网,申请了个QQ到处加好友,然后有一次莫名其妙地就点开了摄像头,我一看这小妞还挺水灵,就聊天了。那时,你在魏公村帮你亲戚卖衣服。"

"然后呢?"

"然后有一次我特意跑去魏公村打台球,就见面了。"

"然后呢?"

"然后?你怎么了?从云南回来问这些奇奇怪怪的问题,失忆了吗?"

"你是不是经常用这一招勾引小姑娘?"

"还真是,不过,只有一个傻丫头上钩了,我就收线了。"

"我们见面的那天是2008年1月24号。"

"你怎么记得这么清楚?"他伸出右手,放在我腿上细细地摩挲。

我的脸泛起红晕。

那个冬天的晚上,我们第一次见面,他带我去吃了人生第一顿自助餐。我欣喜得像个小孩儿。然后,在他租的没有暖气、狭小而潮湿的房间里,他帮我焐着手,放在嘴边哈气:"冷吗?"我头点得像小鸡啄米,心里像被羽毛挑逗,痒痒的,又说不出到底是什么感觉。洗脚水烧好了,暖水袋已经放在被窝里了。然后,他不容拒绝地帮我脱鞋,让我坐在床上。我把头埋在围巾里,不敢看他,心里像有无数只小鹿乱撞。他说,把外套脱了吧,然后把手停在半空,看我点头就帮我摘了围巾,解扣子。

显然，他是个有经验的男人。他开始把我的脸放在他的胸口，然后低下头来吻我的额头。我想挣脱，却没有力气，感觉浑身软绵绵的。他毫不犹豫地来试探我的嘴唇。我闭紧嘴巴，屏住呼吸，不敢动弹，浑身僵硬。对于接下来要发生的事，我有点儿害怕了，所以低声哀求："不行，不行啊魏清风。"

　　他在我耳边低低地说："你不试试怎么知道我不行？"

　　有一丝的好奇、甜蜜、紧张，我心跳加快，五味杂陈。

　　隔壁传来开门、脱高跟鞋、开电视机的声音。我奋力挣扎，他捂着我的嘴，小声说："墙壁很薄，不隔音，别说话，乖。"

　　就这样在半推半就、肢体碰撞搏斗中，他褪去我的内衣，终于找到入口。

　　那一刻，就像接通电流，我不敢挣扎，全身绷紧，死死地抱住他。他的头埋在我的胸口，用舌尖在我胸口画着圈圈。一阵酥酥麻麻的感觉好像蚂蚁爬过，下面传来生硬的疼痛。他感觉到我的不适，放慢速度问我："还好吗？"

　　我已经不会说话了。他握着我的手背，亲了一下，然后低吼一声就瘫软在我的身上。

　　就这样，在一间破平房里，一张嘎吱乱响的破床上，我跟一个见第一面的网友失去了我的第一次。

　　这真是一个荒唐的认识过程，很狗血很艳俗很随意，但是在北京，你敢说，这样的故事不是每天都在上演？我承认我的情商发育还是比较晚的，上学时代一片空白。而当时遇见清风，只是因为寂寞吧，还不懂爱的年龄，懵懵懂懂地遇上了，在陌生的北京相互取暖而已。

　　前两年，我对清风的感觉好比：心情不错的一天，大街上溜达，草丛中捡到一块石头，手贱带回家，想着抵门角合适，冲洗干净，哎哟，还不

错，做观赏石吧。仔细打磨一看，哎哟哎哟，是块上等的鸡血石啊，如获珍宝。当然，得来也全不费功夫。

谁能料到，几年以后，这块玉现在变成了我人生中烫手的山芋。因为他，我才把自己的生活过得鸡飞狗跳。

"清风，你还爱我吗？"

"当然爱。你知道吗？我们住在高碑店的时候最爱你，我常常怀念那个时候的我们。"

我叹了一口气，看了看窗外黑乎乎的一片，问："我们到哪里了？"

"到慈云寺桥了。"

"右边下桥，拐到四惠出口，我想去高碑店通惠河看看。"

"好。"

这是我们最默契的一次。清风没有问为什么，也没有拒绝。也许，他也怀念这里了，有我们最初记忆的地方。

月光如水啊。

虽然是午夜，虽然刮着风，虽然很疲惫，但我的心里升腾出一种奇妙的感觉，居然暖暖的，好像过年回到了家乡，好像见到久别的朋友，好像钱包失而复得，好像一个赏心悦目的男人恰好也觉得你赏心悦目。昏黄的路灯把我们的影子扯得很长，水面倒映着隐隐的光晕。

这样安静的夜里，迎着凛冽的风，我们并排坐在几年前互相撩水的台阶上。

清风把他的外套脱下来披在我身上，带有他体温的Hush Puppies休闲西装的质感一下子让周身温暖起来。我突然意识到，他再也不是那个在大红门批发市场随便一件夹克衫就能打发的小男人了，而我也不再是因为弄丢了五十块钱就撕心裂肺地痛哭的小女孩了。

我们就这样背靠背坐在河边。他说，你还记得你买完菜忘记把自行车骑回来的事吗？我说，你还记得你兴冲冲地洗肉末，结果发现全冲到下水道的事吗？他说，不记得洗肉末了，我怎么只记得我给你洗澡这回事呢？我们还说了很多很多话，关于彼年，关于我们。

清风说，陪我唱首歌吧。

我说，好。这个时候不唱《光阴的故事》多可惜。恰好我们都喜欢。

春天的花开秋天的风以及冬天的落阳

忧郁的青春年少的我曾经无知地这么想

风车在四季轮回的歌里它天天地流转

风花雪月的诗句里我在年年地成长

流水它带走光阴的故事改变了一个人

就在那多愁善感而初次等待的青春

发黄的相片古老的信以及褪色的圣诞卡

年轻时为你写的歌恐怕你早已忘了吧

过去的誓言就像那课本里缤纷的书签

刻画着多少美丽的诗可是终究是一阵烟

流水它带走光阴的故事改变了两个人

就在那多愁善感而初次流泪的青春

……

作为当事人的我们，只是在纯情怀念，怀念的都是过去的自己、过去的爱人，或者说是过去那段没有杂念欲望的光阴的故事。

好吧，如果你路过这里，一定要说这是一对半夜发骚偷情的男女，我也不跟你争辩。

对于这份感情，我知道他也有诸多不舍，我们都希望能修成正果。至于那根鱼刺，我硬生生地咽了下去，以后再谨慎小心一点儿就是了。

思前想后好几天，我决定约素素周末去看海。之前她跟我提过几次，想让我陪她去，我也正好趁这个机会侧面打听一下香水的事。

我之所以不敢大张旗鼓地问，是因为我没有证据。万一跟素素没关系，我们好不容易重新建立起来的友谊会再一次坍塌。

大清早，她应该还在睡觉，我按了拨出键又挂了，万一正做着春梦，被我这一搅和，岂不是欠了她一次高潮？

等到中午12点，她的淘宝店旺旺头像精神抖擞地变蓝了，我赶紧按了手机重播键："咱俩找个有山有水的地方散散心？"

"马尔代夫？"一听这亢奋的声音我就知道昨晚高潮得挺完整。

"你瞧瞧这钓了个金龟婿，张口就是阔气，你也不问问我的腰包同意不同意。"

"我请客。"

"算了，还得请假费嘴皮子，近点儿的吧。"

最后定在了青岛。

清风说以前出差去过，那里的海总是澄清，雪白明月照着大地……

周五一下班，我们就在机场集合，一个小时后飞机就在青岛落地了。

海边，扑面而来的海腥味果然不同凡响，青岛人民很热情，问路不仅免费，还追了二里地要把我们送到目的地。

我俩异常兴奋，把行李放在宾馆，直奔栈桥海滨浴场。

素素说："怎么没有传说中赤条条的男人啊？这些都裹得跟粽子似的。"

"你大爷的，这大冬天的，还下着雨，你咋不赤条条的？"

我们来得极其不是时候，唯一的收获就是四大皆空地坐在海边，听海哭的声音。

第二天，我们起了大早，去海边捡海星螃蟹，我居然拾到一个小瓶子，瓶口密封，粘着细细的海底植物——现实版的许愿瓶。

我赶紧拔出木塞，打开纸条，上书：我怀疑我闺密跟我男朋友搞在一起了，要不要戳破？

这信息量得多大，我们捋一下头绪，闺密，还男朋友，搞在一起？

素素用复杂的眼神看着我："黎晓！我这抛家舍业地陪你来快乐地玩耍，你居然设套！"

"没听懂，不是我写的。你看这瓶子，你看这么丑的字，再说，我在海底也没有投递员啊！"

等她平静一点，我尴尬地说："实在是太巧了哈，真不是我干的。我百分百信任你俩。"

"呵，别说这种话，有时候连我自己都不信任自己了。"她蹲下，伸出纤细的手指在沙滩上画圈圈。海浪涌过来抚平，她再画，再抚平，然后我俩站在渐渐涨潮的海边，鞋子全湿了。

晚上吃了夜宵，喝了点小酒，我们吹着海风，一路走回酒店。素素在卫生间哗啦啦地冲澡，我开始思考，为什么素素看了许愿瓶反应那么大？

夏秋生居然又像往常一样在睡前打来电话了。

"为什么？"我急切地开口问，"你能给你失踪的这些日子一个合理的解释吗？"

"真的对不起，我是有苦衷的。"磁性而沙哑的声音充斥着我的耳膜。

"好吧，你有这个自由，我有什么权利问呢？"我佯装生气地说。

"别这么说，等我处理好事情，一定给你解释。"

我话题一转，拿着手机走到窗边，说："小夏子，你听，海浪的声音。你猜我在哪里？"

"你确定不是洗衣机放水的声音？"

"切，你以为只有跟你在一起才能看到海啊。我在青岛，我现在站的位置白天能看到一望无际的海，真的好想美奈。"其实我还想说，我也很想你。

"你自己去的？"

"不是的，你猜。"

"那你们玩得开心点，再见。"说着，他就语气黯淡地挂掉了。

素素裹着浴巾出来了："跟清风啊？这么甜蜜。"

"呵呵，就不告诉你。"我拿了换洗衣服进洗手间，准备洗澡。

"喂，方便吗？我想跟你说说话。"隔着玻璃门，我听见素素打电话。

"我在外地散心，明天回北京，你还好吗？"

"你这么说我很开心，说明你心里是有我的，对吗？"以上三段都是出自素素之口。对方说了啥我没听见。

以前我听刘宇说，素素在床上就是老佛爷，她喜欢什么姿势你就得配合，还喜欢角色扮演。

眼前的素素是傲娇的老佛爷吗？分明是娇滴滴的小宠妃勾引皇上求翻牌啊。

直到我冲完澡出来，她才极其不情愿地挂掉。

我问她："谁啊，深更半夜的？"

她支支吾吾地说："我打给钱勇查下房，我怕别人的鸡把蛋下在我床上。"

鬼才信。

突然，素素打破沉默，莫名其妙地问我："晓晓，你说钱勇跟清风那方面PK到底哪个强啊？"

"哪方面啊？"我明知故问。

"哎呀，就是那方面。"

"我不知道。"我恹恹地说，"这道题不是无解的嘛！猜了有毛用，我又没睡过钱勇。"

话音刚落，她突然坐起来揭了谜底："肯定是清风啊，傻帽。你别看钱勇长得五大三粗，但是那方面实在不行，八成是粉儿吸多了，肾虚。"

她自个儿笑得在床上打滚儿。

"好笑吗？"我脑子里浮现他俩滚床单的样子，好有画面感，一股无名火朝脑门上蹿。

虽然没开灯，但是透过电视微弱的光，我也看得清楚，素素头上写着一个大大的"囧"字。

这到底是有心还是无意？我再问香水的事就是自取其辱了。

原来她还惦记着魏清风，我俩也因为这个心照不宣的秘密，导致这次旅游乘兴而来，败兴而归。

想不通，为毛别人的故事精彩纷呈，我的故事却狗血淋头。

婚礼之前，
与你告别

你那么好哭的人，
我怎么忍心把悲伤强加给你

我不敢离你太近，
我怕我会爱上你。

第 三 章

Before
the wedding
Say goodbye

葬礼

周三一开完早会，我就感觉右眼皮突突地跳，一上网就发现夏秋生于凌晨更改了QQ签名：生命不能承受之痛。这闷骚的男人，伤感都文绉绉的，恨得我牙根痒痒。

这句话于他，又暗含了什么意思呢？难道他还在缅怀帽子的主人？

活着的人，都不好好珍惜，你一辈子就在那个阴影里过吧。愿上帝保佑你，阿门！

手机里存满了照片，内存卡不够用了。我导到电脑上，喜欢的一张张地看，不喜欢的一张张地删。

越南的放在一个文档里，丽江的放在一个文档里，生活记忆放在一个文档里，剩下杂七杂八的放在一个文档里。只有这样，时间才会呼啦一下子流逝。

我还看到之前在越南拍的夏秋生的证件照，眉宇间淡定的神色，目光炯炯有神。虽然是大头照，却让人看了肃然起敬——云南省公安局缉毒队第×支队侦察员夏秋生。

鬼使神差地，我打了个电话到114，查到了他们单位的电话。

很晚了，我只能试试运气。

"您好，缉毒队值班室。"

"您好，你们这里有个叫夏秋生的人吗？"

"有。你找他有事吗？"

"请问他今天是否上班？"

"没有，他请假一个多月了，家里有事。请问您是他什么人？"

"我……我是他一个远方亲戚，表妹。最近经常联系不上，想问一下。"

"他母亲病逝了。您是参加他母亲的告别仪式的吗？后天上午10点，市殡仪馆。"

"什么？您能再说一遍吗？"

一定是我的耳朵出了问题，嗡嗡作响。有一架飞机刚刚距离我头顶一英尺的位置轰鸣而过。

原来，死亡离一个人如此之近，一年之内带走了他最爱的两个人。老天爷，你告诉我，你是不是幕后黑手？你也嫉妒英才？

比起夏秋生的痛，我的这点烦恼简直不值一提，生命也必须承受得起。

我冒着被老余开除的危险，再一次奔赴云南。

那真是黑色的一天，我十点半赶到昆明市殡仪馆的时候，有很多人都在忙碌，进进出出。有小声哭泣的声音，有低沉寒暄打招呼的声音。大厅里播放着的应该是贝多芬的《悲怆》，如泣如诉，不绝如缕。

灵堂外，道路两旁摆放着亲朋好友送的花圈、花篮和挽联，正门布幔上悬挂着白底黑字：奠。大厅正上方黑纱上写着：李瑞秋一路走好，2012年12月8日与世长辞，享年四十九岁。黑纱下面是偌大的匾额，满眼都是白色、黄色的菊花。大厅前方的高台上，有很多绿植，百花中间赫然陈列着遗像台。

二十英寸的镜框里是一张和蔼的面孔，消瘦，短发，有着和夏秋生一样的眉宇，高挺的鼻梁，淡定从容的神情，笑而不语。

半窗残竹带风号，白马素车愁入梦。

我身着黑色的风衣，惨白的口罩，定定地站在人群中间，紧锁着眉头，泪眼迷离。我很怕我会在一群陌生人面前失态。

　　我在人群中搜索到夏秋生的身影。这是我们第三次见面，这么近，那么远。他穿着一身黑色的中山装，胸前别着一朵白色的孝花，左边臂膀上戴着孝袖。我看不清他的表情，但是步伐有点儿跟跄。

　　追悼会进行的最后，是孝子致辞。

　　夏秋生接过主持人的话筒，环顾四周，深鞠躬。

　　"各位领导，各位来宾：

　　"感谢各位在百忙之中参加我母亲的追悼会，我谨以孝子的名义，代表我的父亲，向前来参加我母亲遗体告别仪式的嘉宾表示感谢（鞠躬），向最近先后到医院和家里进行探望的各界领导、长辈、乡邻、同人，表示衷心的感谢（鞠躬），向三天来料理我母亲丧事付出辛苦的朋友、乡邻表示感谢！"

　　他的语速很慢，每次说完"感谢"，就会深鞠一躬。

　　"子欲养而亲不待，身为母亲的儿子，我感觉到羞愧，这是我有生之年最大的遗憾。她被病痛折磨多年，临终前没有留下任何遗言……"

　　后面那些我再也听不下去了，我摘下口罩，把手握成拳头放在嘴里咬住，不让自己哭出声来。那一刻，我想起我的母亲，有一天她也终将离我而去，我想，那种痛苦用"撕心裂肺"是不足以形容的。而此刻的夏秋生，你能不能告诉我，你有多痛？

　　仪式结束，宾客逐渐散去。

　　我怔怔地站在那里。他在小声地跟长辈交流。而他的身边，有一个纤弱单薄的姑娘，眼圈通红，一直在帮他忙前忙后摆物品，送宾客。我听见有人叫她瑾。

　　"瑾。"我用沙哑的嗓音轻轻地唤她，"请把这个交给他。"

　　我把一个U盘递到她冰凉的手上，握住。

"我觉得你长得好熟悉啊。你是梅雪的亲戚？秋生哥知道是什么东西吗？"她惊讶地问。

我轻轻地点点头。

是越南街头偶遇的意气风发的夏秋生。

是在酒吧报警抓骗子一身正气的夏秋生。

是拉着我在街头暴走的那个朝气蓬勃的夏秋生。

是俯下身帮我挤脚上水泡温柔地贴创可贴的夏秋生。

是在胡志明市教堂双手抱拳放在胸口一脸虔诚的夏秋生。

是在美奈的海边一边扔石子一边呐喊幸福的夏秋生。

是站在有很多人的台前唱歌的时候深情投入的夏秋生。

是订好玫瑰，提着蛋糕突然出现在我家门口的夏秋生。

是在故宫侃侃而谈纵横清宫历史故事的夏秋生。

是在西单地铁通道借来吉他席地而坐假扮流浪歌手的夏秋生。

是在全聚德等候就餐吃着肉夹馍帮我擦嘴一脸满足的夏秋生。

是在机场离别温情拥抱还不忘幽默调侃暧昧的夏秋生。

是我独自在丽江看到熟悉背影假想出来的夏秋生……

我虽然不知道你为什么不希望我联系你，我只知道此刻默然离去也许是最好的方式。

我重新戴好口罩，裹紧风衣，回头深深地凝望此刻无限哀伤的男人。

我才知道我是这样一个感性的人。在北京的时候，我会拼命省钱挤公交车挤地铁，吃廉价的食物，穿便宜的衣服，买论堆甩卖的蔬菜，但是我却可以为仅有几面之缘的朋友在我认为他需要的时候不顾一切地奔赴而来。

　　再见吧，云南。再见吧，夏秋生。咫尺天涯，还你一句：珍重！也许我们再也不会相见。

　　站在路边，我打车去机场。

　　"晓晓。"

　　我告诉自己不要回头。

　　"黎晓。"

　　我踩着小碎步，头也不回地一路向前狂奔。

　　"你非逼我喊你傻大姐呀。你别跑了，我现在，实在没有力气了。"

　　我心一惊，猛地回头。他靠在路边围墙栅栏上，无力地望着天，颓废之极。

　　这还是我认识的夏秋生吗？好吧，鉴于今天这么特殊的一天，我原谅你。

　　那天晚上，夏秋生在他的家里安置好了骨灰盒，上好香，摆好祭祀物品。安顿好一切，他带我来到离家不远的海埂大坝。

　　夜风习习，虽然是冬天，但是昆明这个四季如春的城市并不觉得冷。滇池的水面很平静，偶尔有一两只迷路的海鸥在水面临波盘旋。

　　"有一首长联说，五百里滇池，奔来眼底。披襟岸帻，喜茫茫空阔无边！说的是这个滇池吗？"我开始没话找话。

　　"是的。"

　　"对岸是什么山？"

　　"西山睡美人。"

　　"睡美人？还真像，睡着的美人，能隐约看到鼻子、嘴、脖子、身子、脚，比例还非常好。大自然真是巧夺天工。"

"那些QQ留言我都看到了，一条一条铭记在心。我本想，有些事你不知道，就当没有发生过好了。"他看着我，眼里写满抱歉。

"你为什么回避？为什么不告诉我你妈妈的事？你没把我当朋友。前几天我就在云南啊，我可以陪你一起照顾阿姨，陪她走完最后一程。"

"你那么好哭的人，我怎么忍心把我的悲伤一次次强加给你？"

"可是，可是……"我果然开始高度配合他的话，抽噎着不能正常言语。我伤心他失去了亲人，我更伤心他没有把我当成朋友。

"黎晓，你知道吗？我曾经剿过毒枭的老巢，我曾经经历过魔鬼般的训练，我曾经规劝了毒瘾发作的瘾君子，我曾经三次立过二等功，我曾经面对过真枪实弹的考验，我曾经站在刀口浪尖卧薪尝胆。可是……可是我看着我最亲的人承受着痛苦的病痛折磨，我却救不了她。"

这个堂堂七尺男儿，一字一顿地说，压抑地隐忍着自己的泪水。他把手撑在滇池边的水泥围栏上，路灯下，他的眼睛里流淌着迷茫无助而无比悲伤的波光。

我惊讶于他有这么多不为人知的曾经，却说不出一句完整的话，继续小声抽噎。

"黎晓，你能理解'子欲养而亲不待'的那种痛苦吗？"

"小夏子，好了，好了，不难过了，不是你的错。也许，这……对于你母亲是一种解脱。"

"黎晓，从今以后我只能管一张照片叫妈了。"

"你还有傻大姐我啊，除了伺候你爸，你妈能做到的，我想我也能。"

我想我真是母爱泛滥了。

那天晚上，我们在海埂大坝上疯狂地踢着啤酒罐，在大风中奔跑，像两个贪玩的孩子，祈求忘记青春期的所有烦恼，屏蔽掉老师布置的所有作业，只想痛快地发泄、疯玩儿。

第二天一大早，我去突击了周香姐的新店，店在东二环边上，很气派，装修风格很是富丽堂皇。美容师的头衔都改成×老师了，美容院也不叫美容院了，而是按照当下时髦的叫法，是爱莎美容美体管理有限公司，来做个普通的脸部面膜都叫九十分钟水润理疗课程。适逢开业头几天，非常忙，办理各种优惠打折卡。我手忙脚乱地帮着招呼客人。

中午吃饭的时候，周姐说："妹妹，你不是回去了吗？怎么又来了？你艳遇上瘾了？"

"姐，不要取笑我了，我有个坏消息要告诉你，我有预感我快失业了。"

"那是好事啊，你来帮姐姐管理俩店怎么样？我忙不过来了。"

"好是好，前提是你把分店开到北京去。"

"哈哈，没那个打算，我不喜欢那种拥挤喧嚣的城市。我会去旅游，但是不会生活在那里。我会去学习，但是不会创业在那里。我会去看你，但是不会停留在那里。因为那里永远也找不到家的感觉，心永远都在流浪。相比而言，我更喜欢昆明这样的二线城市，步调缓慢，有时间安静地吃早餐、逛街、喝茶、看书、爬山、旅游、晒太阳。"

"可是，我在北京待很久了，就像盲人需要拐杖，我也依赖上瘾了。"

下午，周姐给员工开了个会，听新店长汇报工作，强调美容手法、进店接待礼仪，统计办卡数量，总结销售额，安排消毒卫生。我坐在一角安静地听。这个乐观开朗、精明能干的小女人思维非常敏捷，处理问题果断明了，我心里不禁暗暗佩服。

夏秋生打来电话，用沙哑的嗓音说要带我去翠湖，看海鸥。

我说："这种时候就算了吧，你先忙你家里的事。"

他叹口气说："差不多忙完了，几个姑妈在帮忙。你好不容易来一趟，上次对不住了，让我补偿一下吧。"

他开了一辆白色现代，穿着黑色的毛衣，黑色肩章风衣，单薄的身材，疲惫的眼睛暗藏淡淡的忧伤，就算这样，仍然掩盖不住英俊。

一时间我竟然不知道该说什么好，沉默间就到了翠湖。

昆明相比北京，真的很小。

早就听说，每年的11月至翌年2月，海鸥便会云集昆明翠湖公园。那种壮观景象，在全国早已闻名遐迩。这些从西伯利亚远道而来过冬的红嘴鸥，也成为昆明一道美丽的风景。

漫步在翠湖边，有一种"闻道钱塘天下胜，阮堤知否是苏堤"的感觉。即使是冬季，翠湖也绿波荡漾，始终被绿色环绕。

比起我的想象，还是出乎我的意料了。

夕阳的余晖懒懒地照在湖面上，那成千上万只浑身雪白的红嘴海鸥正在高声欢叫，互相追逐嬉戏。有的旋上高处，有的沿着湖边，有的快速掠过头顶，有的优哉游在水面，与水里的鱼儿相映成趣。

我把面包撕成小块，向空中一抛，只见海鸥一个俯冲，摆出得意的滑翔姿势。吃饱了的海鸥，大多飞到公园内的亭台楼阁上闭眼晒太阳，甜甜地继续做西伯利亚那无边的森林和新月形的贝加尔湖的梦。

岸边漫步的人们，一份休闲，一隅清幽。人声喧闹处，人鸟共处。

夏秋生说："你看，如果不在这里，你知道人和鸟是会这样和谐相处的吗？会知道大自然离我们如此之近吗？"

我竟然有一点被和谐的画面感动，尽情地沉醉在海鸥带来的无穷快乐和无比震撼之中，也刹那间体会到为什么很多外地人要留在这里的原因。

黄昏的地平线划出最后一道光晕，城市进入浅夜。

周姐打来电话说忙完了，晚上一起吃饭。夏秋生把位置订在了翠湖边上的大理白族馆。

他们用云南方言寒暄，我一句也没有听懂。

我一向不喜欢点菜，周姐看了菜单，点了牛肉切片、酸辣鱼，之后，就把点餐单递给了夏秋生。

他居然合上菜单，脱稿点了一堆：邓川乳扇、烤饵块、干香拼盘、弥渡卷蹄、烤茶，一看就是常来的熟客。他再三嘱咐一定少放辣椒，严禁放小米辣。我知道小米辣是辣椒中极其辣的一种。

作为云南人，肯定无辣不欢，但他知道我是不吃辣的，让我在心里为他的细心点32个赞。

等待上菜的工夫，他似笑非笑地看着我和周姐聊天，并不插话。

当然是很美味的一餐。

吃完饭，周姐跟夏秋生抢着结账，最后夏秋生以绝对的固执胜出。

周姐见他走向收银台，低声说："快！坦白从宽，抗拒从严。"

我简短地把我在越南的经历跟周姐做了陈述，没有添油加醋。

"去越南？这个，艳遇？这种概率真不是人人都能碰到的，有意思。"

我摇头说："我俩纯属偶遇。我百度了，艳遇基本都上床那啥了，我们在越南，一身清白，两袖清风，比白面还干净，一点儿杂质都没有啊。"

"不来电？"

"嘿嘿，绝对的好人，柳下惠，就算我是潘金莲也束手无策，更何况我的角色扮演更像拉皮条的王婆。"

"那只是你认为的，那你俩也有故事，我预告一下你俩的节目。"

"拜托！我俩的节目在越南就闭幕了，快别拿妹子逗闷子了。他一直说我傻，居然管我叫傻大姐，我也懒得解释。我那是大智若愚，假装的，让这种智商不高的人滋生一点骄傲的资本。"我嘟囔着表示抗议。

"不不，他看你的眼神都是含情脉脉的，你承认吗？他点的菜都是你爱吃的，他给你的鱼肉都是挑过刺的，他给你倒的饮料都是服务员加过温的。凭姐三十多年的人生经验，他喜欢上你了，傻大姐！"

"什么？你确定？"我被这突如其来的罗列细节砸蒙了，才发现周姐说的这些，除了眼神是主观判断，其他的这些都是客观事实。神经大条的傻大姐表示伤不起！

"只能说明他比较细心而已。"

嘴上这样说，心里却像中了头彩一样，居然有按捺不住的激动，毕竟被人喜欢，还是被自己也欣赏的人喜欢，这算是一件相当光彩、非常幸福的事情。

"唉，喜欢有个屁用，我们隔得那么远。"

"你没想过来云南发展？"

我果断摇头，没想过。

每个人有自己的生活方式，我习惯了依赖某人，也习惯了待在北京，虽然空气不好，虽然治安很差，但是这几年北京见证了我的成长，我离不开。

不知道夏秋生什么时候站在了我的身后。

"你还是考虑一下吧，我给你介绍个去缅甸卖白粉的活儿，怎么样？可挣钱了。"

"你这毒蝎小人，你敢不敢再坏一点儿？这样你就可以把我逮起来，钓鱼执法，我这条命早晚搭在你手里。"

"傻大姐，你这智商瞬间提升，说明云南的空气质量指数真不错，有益大脑发育。你快多呼吸几口，等你走的时候我装袋子里，给你带回北京，云南正宗特产。"

周姐就这样看着我们你一句我一言，特别豪放地笑个不停。

夏秋生，让你排挤，让你调侃，只要你能暂时忘却痛苦，怎么着都行。

吃过饭，周姐要赶晚场约会，也可能是借口有事，先走了。

我跟夏秋生趁着月色正浓，沿着翠湖外围散步。

"那些海鸥哪里去了？"

"人家是白天来翠湖表演混口饭吃，晚上自然要回家睡觉。"

"啊，是这个样子的吗？"

在翠湖边上，有个巨大的米黄色四合院，大门是哥特式的门楼，中西合璧的建筑，门头匾牌上写着"陆军讲武堂"，不过大门已经紧锁。我趴在门缝朝里看，黑乎乎的一片。

"这是干吗的？博物馆？"

夏秋生卖弄文采的好时机来了，在北京故宫的时候我就知道，他擅长讲述历史。

果然又开始了。

"是清王朝为编练新式陆军，加强云南边防，对付民族民主革命而设立的一所军事学校。虽然只存在了二十六年，但是培养出各类军事人才将近一万人，从中产生了四十位上将、七十二位中将和数以百计的少将。"

"你说话负责任不？知之为知之，不知为不知，这些数据你都确认？不要乱讲哦，误人子弟。"

他淡淡地说："开什么玩笑，也不想想这是谁的地盘，我在这儿都生活二十多年了，你若想了解昆明这座城市的文化底蕴、厚重历史，从了解我开始就可以了。"

哇，真是越走近这个人，就越佩服，越佩服这个人，越想走近他，怎么办？

"当缉毒警察是不是很酷？我从小就有制服情结，很羡慕哎。"

"有啥好羡慕的，晴天一身灰，雨天一身泥，比民工更辛苦，也更危险。"

"你知道吗？要不是周姐告诉我云南本来的样子，我还一直都不敢来呢，哈哈。给我讲讲你们警察的英勇故事呗。"

"呵呵，故事？我们每天都在上演出生入死的故事啊。很多人认为云南毒品泛滥，但他们并不知道这是历史和地理原因造成的。作为缉毒警察，我们一直在竭力禁毒，很多同事甚至付出了生命的代价。在边境地区，常常有一线人员负伤甚至牺牲。半年前，她就是这样离开我的。"

我肃然起敬，好像又碰到他疼的地方了。

约定

"那……那天你是怎么知道是我，追出来的？"

"你进来的时候我就看见你了。虽然你戴了口罩和帽子，但是从你走路的姿势、摆臂的动作，我就认出你了，这是职业习惯。当时我很惊讶，也很温暖，在越南没白救你，还算有良心。"

"那你自始至终都不跟我说一句话。"

"我用眼神问候你了，你来了？你怎么来了？你何时来的？你为何而来？"

"我在丽江的时候你为什么不理我？"

他沉默了半晌。我们一步一步地往前挪步，鞋底发出嚓嚓的摩擦水泥地面的声音。他突然停下脚步，侧过身，倚靠在湖边汉白玉雕花栏杆上。

"我实话跟你说，除了我要在医院守候我妈，还有一个原因，你知道，因为我的职业性质，随时有危险，我不敢离你太近……我怕我会爱上你。"

"你这话说得，我知道你是警察，我又不是毒贩子的女儿，你爱上我会让你很难堪？"

顿了一下，我又说："你这种担心是无谓的，因为你都说了，你不喜欢摊鸡蛋饼的，虽然这是先天生理缺陷。"

"女人心，海底针，你还记仇啊？都多久了，你还记得！你这小脑容量蛮大的，多少G的？"

哼，我记一辈子！我在心里说。

"明天你有什么计划？"

我说："云南境内，还有哪里值得你推荐的？"

"嗯，我想想，梅里雪山还不错。"

"梅里雪山？是一道云南名菜吗？听着就不错。"我故意说。

"啊？哦，是一道名菜，是梅菜爆炒里脊，最后撒上秘制白糖，出锅。"他表情严肃，坏坏地说。

"你会做吗？"

"你想吃吗？"

"不开玩笑，说正经的，我已经旷工了，做好了被炒鱿鱼的准备，我想趁这个机会徒步去梅里雪山。我之前看你空间里的照片，觉得很美，所以我想去。"

"徒步？"他撇了撇嘴，"开什么国际玩笑，你一个女孩子徒步去梅里雪山？你确定？"

"当然。昨天晚上我在酒店可是做了功课的——距离昆明八百多公里，位于迪庆和西藏交界处，最高峰是卡瓦格博，海拔六千多米，是云南最高点。"

"说你傻你真傻，你知道徒步要多久吗？"

"内转山，三到五天吧，驴友说的。"

"驴友有没有说，最佳季节是2月到7月，秋季经常云遮雾罩，冬季去容易大雪封山？你听明白了吗？"

"啥？看雪山不是冬天去吗？你咋啥都知道？"

"我在越南把你救回来，当然有义务提醒你，你别跑到云南境内命丧梅里雪山，那不是很悲惨？"

"那去不成，多遗憾啊！"

"别有遗憾，等有机会我带你去，但不是现在。你这么瘦，一看就病快快的，回去锻炼身体，多跑步，锻炼肺活量，等我再完成一个新的任务，前提是我能活着回来。"

月光下，我看不清他的表情，但他云淡风轻的口气好像在说一件无关紧要的事。

"这么危险？我表示很震惊，这个概率有多大？"

"比中彩票难点儿吧。我活二十多年还没中过彩票，因为，我从来不买。"他狡黠地说。

"这么严肃的问题，不要贫嘴，那你答应我一定平安归来。"

"你是喜欢我，所以担心我？"

"哪里，你别自恋，我现在最大的心愿就是去梅里雪山，去不了我会死不瞑目的，所以我指望着你活蹦乱跳地回来，帮我完成这个心愿。"

"哎，说句我爱听的能死吗？好吧，勉强答应你。"说完，他勉强扮了一个难看的鬼脸。

就在这时，我口袋里的手机一直不停地振动。我拿出来挂断，又振动，我又挂断，反复几次烦不胜烦。调成振动就是不想有人在这个时候打电话给我。我其实很怕夏秋生的手机响，然后单位说有任务什么的，他就得马上集合。

屏幕上的一串数字，是小岳。

虽然我没有存名字，但是号码我认识。

紧接着，我收到短信：黎晓，我是小岳的老婆于芳，接电话，呵呵。

后面这个呵呵让我断定她心情不错。

接起来，一串来自于大嗓门的爽朗笑声作为开场白。

"黎晓妹子，我是于芳姐，你干吗呢？"

"我吃完饭散步呢。你俩咋样了？"

"我俩重归于好了，这多亏了你哦，谢谢你。"

"那就好，没有什么比夫妻间互相沟通、包容理解更重要的了。"我抿了一下嘴唇，说。

"呵呵，是啊，你呢？找到对象了吗？抓紧找一个吧，要不然我和你小岳哥也不放心啊。"

"我……我找到了，你们就把心放肚子里吧。"

"啊？是吗？我听你旁边有人，是他吗？让姐跟他说句话，快，快！"

我捂住话筒，跟夏秋生说："帮我打个圆场吧，就说……"

他马上心领神会，没等我说完，就接过电话说："你好啊，我是黎晓的男朋友，我们预计过年前后请你们吃喜糖。"我不知道于芳又说了什么，只见夏秋生已经合不拢嘴。我马上扑过去夺手机，嘟哝着："满嘴跑火车。"

挂了电话，我问："她说什么了？"

"你这朋友够热情的，很关心你的终身大事，祝咱俩早生贵子！还说会告诉她老公，让他包个大红包。"

我没有解释什么，虽然于芳言不由衷，但我还是希望她踏实安定地生活。

心里想起一句话。

这句没来得及说出口的话是：于芳，我怎么忍心做你眼里的那粒沙、肉中那根刺？请相信自己，没人能取代你的位置！

就这样慢慢溜达，夜风起，有点儿冷了。我打了一个喷嚏，身上只穿着一件米色的针织毛衣。白天太阳出来还是有点热，没想到昼夜温差这么大。我缩了缩脖子。夏秋生很自然地把外套脱下来披在我身上，无限暧昧地说："来，亲，穿上就不冷了。"

过马路的时候，他会很小心地挡在车来的方向。这些小小的细节都让我的心像冰激凌一样在慢慢融化，变得黏糊，拎不起来。

"小夏子，我住的那个云上四季酒店是在哪条路上？"

"南屏街，前面就是。这是昆明最繁华的一条街，最中心的位置。"

"哦，南屏街，这个名字我很喜欢。"

这是一条非常热闹的步行街，小青石铺路，有点儿仿古的味道。街道中心有古铜色的情景雕塑，地面浮雕是昆明的地图，有草帽状喷泉水景。虽然接近晚上11点，但是人头攒动，好一番热闹的景象。街头卖唱是每个城市都有的保留节目，水池边上很多悠闲的人在喂观赏鱼，露天的咖啡吧座无虚席，电影院排队买票的人络绎不绝。

街心的雕塑一共分为五组，真人大小，表情生动，栩栩如生。我惊讶得嘴巴张得老大。

"这些雕塑分别反映了老昆明人的民俗风情，遛鸟、挑水、照相、吆喝、跳海牌。"

"小夏子，有啥是你不知道的？我纳闷啊，这些人明天都不需要上班吗？"我看着来来往往的人问道。

"呵呵，这就是云南人，慢生活是一种态度。你多待一段时间，估计都不想回北京了。"

"真好，可惜了，我明天就要走了。"

"这么着急？你喜欢这里吗？"

"当然。"

"我想替云南问问你，有没有能留得住人的地方？"他看着远处的霓虹灯，目光飘忽。

"那，你也替我问问云南，有没有值得留住的人呢？"

这两句含蓄且意味深长的对话，后来，很多时候都盘旋在我的脑海中，成为无解的问题。

我们都没有给对方答案，好像两个转文的哲学家探讨无关紧要的八卦。我们都小心地试探对方，却都犹如隔靴搔痒。

　　酒店一楼大厅，夏秋生嘱咐我锁好门，早点儿休息。

　　"不上去坐一下？"

　　"大半夜的，孤男寡女，实在不好共处一室。"

　　"哎呀，小夏子，你是怕我非礼你吗？"

　　"呵呵，这世界上啊，男人分两种，一种是好色的……"

　　"那你肯定是第二种。"我毫不犹豫地说。

　　"不要着急选择嘛，第二种是非常好色的。"他一脸无辜地说。

　　我一翻白眼，尴尬地说："那我也不改答案了，知人知面不知心。"

　　"所以我不陪你上去了，明天我不能送你了，请假这么久，单位有很多事要处理。为了多陪你一会儿，我今天出来手机都静音了。"

　　手机都静音了？这个不小心透露给我的消息还是让我有一丝窃喜。

　　"就此别过吧。"

　　短暂的惊喜，心里马上又空落落的。

　　"好好生活。"

　　我们都没有说"再见"，也许我们都清楚，那么遥远的距离，再见是一件多么奢侈的事。

　　我们就站在空旷的酒店大厅里，他张开怀抱，连同他披在我身上的衣服，一起裹进他的怀里。我闭着眼睛，努力记住那一刻，属于我的，小小的、纯洁的、鼓励的、温暖的拥抱。

　　几秒钟而已。

　　"好了，晓晓，上去吧，我要回去陪我父亲了，他一个人……"

"嗯。记得保住小命，某人说要带我去梅里雪山的。"

我把他的外套脱下来，递给他，一股透骨的凉意袭来。

站在原地，我看着他笔直挺拔的背影，慢慢地离去，渐行渐远，在即将消失在黑夜里之前，没有回头，抬起右臂，轻轻地挥了挥，那个离别的动作突然让我倍加伤感。

我木然地刷开房间的门，进来后，渐渐地感觉到暖意。开壁灯，酒店准备好的新鲜玫瑰花瓣鲜艳欲滴。这就是彩云之南鲜花的故乡才有的待遇吧，让我暗暗给这里多加一分。舒服地泡了一个热水澡，回到床上翻来覆去烤烙饼。

打开手机上网，清风给我留言了：你这几天去哪里了？打电话不接，去哪里之前能不能先告诉我，你还是高碑店那个晓晓吗？

我也想回：难道你还是高碑店那个魏清风吗？打完，还没发出去，就删了。算了。

我总结出这样一个规律：在恋爱的过程中，最伤人的两把剑第一就是赌气说随便你，这样暗含的意思就是：你试试！

第二种就是：难道……这样的反问句很容易让矛盾升级，比如接着刚才的话题举个例子。

如果我说：难道你还是高碑店那个清风吗？

他会说：难道我不是了吗？

我再说：难道你自己不知道是不是吗？

他又说：难道你就是奔着分手跟我吵架的吗？

我说：难道你一定要吵架的时候提分手吗？

他肯定总结发言：随便你！

何必呢，我们都背对着彼此渐行渐远，为什么不能留个好的背影给对方？

收回思绪，接着看留言。

来自肖雅的留言：么么哒……

来自小岳的留言：恭喜你……

来自刘宇的留言：哪儿混呢……

来自老余的留言：死回来……

还有一些你们不认识的，文中没有提到的，就不抖搂隐私了。

这些比疑难杂症还难处理的留言，一条都不让人安生，所以，睡着四百八十块一晚的带着太阳味道的大床房我又悲催地失眠了。

第二天一大早，周姐就开车到酒店门口等我了，送我去机场，因为当时的机场还在市区，巫家坝，路程很近。

上午8点以前的昆明还不存在早高峰，那些临街的店铺除了卖早点的，都还没有开门，显得格外冷清寂静。整个城市都还在沉睡中。周姐把奥迪飙得飞快。我俩也做了最后分别总结发言。

"今日一别，不晓得什么时候能再见到我亲爱的姐姐。"

"等我有时间去北京看你。"

"真的吗？我回去想找我男朋友好好谈谈。经过夏秋生母亲去世这件事，我才知道没了才是真的没了，活着就要好好珍惜。毕竟他是我的初恋，四年多了，不想随便放弃。人生有几个四年呢？"

"妹妹，我总结了，找对象就像买鞋，要多试几双才能知道哪双更适合自己，别死心眼儿。你记住，不管怎样，身边必须有个男人，再强大的女人不穿鞋是走不远的，就像你姐夫，一直在背后默默支持我一样。"

"嗯，好，铭记姐姐教诲。"我貌似真的懂了。

"对了，关于小夏，人不错，但是警察这个职业不行，经常跟毒贩打交道，是非常危险的，崇拜归崇拜，但是牵手走一辈子你得慎重考虑，别一不小心就变成了烈士遗孀。"

"姐，没有的事，别乱点鸳鸯谱，我俩八字还没一撇，简称没戏。"

"不，不，你俩这眉来眼去的，我觉得靠谱。未完待续。"

"怎么可能？天各一方，以后没有什么事，我就不给航空事业添麻烦，作贡献了。再说了，我在北京有男朋友。"

周姐轻轻地摇摇头："我看人很准，天机不可泄露。"

"真把自己当成算卦的？"

"你才知道？我爸爸、爷爷都是靠这个吃饭的，祖传的。"

我把玻璃滑下来，头伸到车窗外："快来，天上有头牛在飞。"

周姐也非常淡定地配合说："那是因为你姐我会吹。"

这一趟回去，周姐给我准备了很多特产，云南十八怪、普洱茶、官渡粑粑、鲜花饼、宣威火腿，还有一大扎香水百合，满满几大包，满载的情义，让我非常感动。

在颠簸的飞机上，我居然迷糊着睡着了。困死了，空姐连叫几次都没叫醒，以至于连餐点都错过了。

危机

一下飞机，我顶着两个硕大的黑眼圈迎接了老余的召唤。他苦口婆心地告诫我三点：以工作为中心；不要胡思乱想工作以外的事情；对得起他的信任还有干股。提炼一下中心思想，那就是好好工作。最后强调了跨年会，让我提前一个月做好准备工作，包括优秀员工的奖品还有红包，组织选拔文艺节目暖场，以及慰问各地经销商并邮寄老余同志亲笔签名公司全线产品宣传册一份。

下班的时候，我意外地接到清风的电话，他要开车来接我，说刚好见完客户路过我们公司。一想起车我就想起香水，一想起香水我就想起素素，一想起素素我就如鲠在喉，所以我借口加班回绝了他。

冬天的夜总是来得很早。

华灯初上，下班高峰期的路上，堵在路口的车子，尾灯像咧开嘴的石榴，发出诱人的光芒。我坐在窗台上静静发呆。

肖雅把头伸到门口说："老大，你还不走？"

"鸭鸭，你先走吧，我再等等。路上小心。"

"前两天小妖精来公司了。"

"谁？素素？"

"嗯，是啊。"

"来干吗呢？"

"来看看余总，也可能是来炫富的哦。不过，她问起你了，我说你去云南度假了。她都开上宝马7系了。这小妖精真不简单，勾引男人有一套。"

"嗯，挺好的。"

过了一会儿，肖雅又折回来："老大，我在楼下看见魏清风了，越来越帅了，是不是等你啊？"

我说："你等会儿去告诉他我加班呢，让他先走。你也快回去吧。"

肖雅噘着小嘴扭捏着："老大，你什么时候有空帮我问问刘宇哥哥他是怎么个想法呗。"

"他不是对你挺上心的嘛，你俩周末都厮混在一起，搞得我想约你看场电影都没机会。"

"可是他不表态啊，含糊其词的，急死我了。"

"哎哟哟，咱还小，沉住气行不？年轻就是资本，跟他耗呗，明明他个老男人该猴急才对。"我笑盈盈地踱步到肖雅跟前，"去，给姐冲杯咖啡提提神。"

"那不行，现在最吃香的就是三十来岁的男人了，事业稳定，心智成熟，虽然刘宇哥哥工作不咋地，但是集睿智、帅气、正气于一身。

"你知道吗？就因为他是拆迁办的，经常被人骂以后生孩子没屁眼儿，笑死我了。

"你看看，我都冒着生孩子没屁眼儿的风险追他，他还矜持上了。"

说完，屁颠屁颠地去冲咖啡了，再三拜托我去探探刘宇的口风。

我又上了会儿网才关电脑回家，出电梯发现清风还在大门口，玩着手机，斜倚着车门等我。我心里还蛮感动的，只好乖乖地跟他回去。

到楼下，清风说："你拿钥匙先回去吧，我停好车就来。"

开门后，我先看见客厅电脑后有个脑袋，戴着耳机在打游戏。

对方听见动静，站起身来。

这是一张清秀的脸，等等，我想个合适的词儿，乳臭未干，不，稚气未脱，不，眉清目秀，凑合用一下吧，总之年纪不大，鬼精鬼精的，眼睛明亮有神，大概不到二十岁的样子，T恤上有一个大骷髅头，裤裆掉到膝盖上，嘻哈风格的衣服有点儿非主流，放荡不羁的。

"你是黎晓吗？我叫魏清阳，是清风的弟弟。"

我打量了一下他的一头碎发，都能扎起个小尾巴了："嗯，你的确可以给清扬做广告，这么飘逸，这么拉风。"

"嘿嘿，有头屑千万别找我，人家是阳光的阳。"

"这些菜都是你做的？闻着挺香啊。"我迫不及待地看着桌上这一桌的鱼香肉丝、麻辣鸡丁、酱香茄子、红烧带鱼，直咽口水。

"你快尝尝，哈哈，这些菜都是我叫的外卖，庆祝一下我找到工作了。"

"啥工作？等等，根据你这城乡接合部的二B气质，我先猜一下，网吧管理员？或者酒吧服务员？"

"哇，我怎么就那么不上档次没有实力？非要跟管理员、服务员扯上关系？"这张有点儿小帅的脸器官重新排列组合了一下，充满喜感、不服气的表情。

"那对不起，我有眼不识泰山，还以为是驴粪蛋儿外面光呢，到底是哪座庙烧了高香请你这尊活菩萨？"

他骄傲地大声宣布："哼哼，就知道你猜不到！我哥他们公司的广告业务员！"

切！

清风进来的时候，我装作漫不经心地问："清阳住哪里啊？"

"以后清阳和他女朋友住在这里。"

"女朋友？你不是说你弟弟前年就结婚了？离了？"

"乌鸦嘴。这是我最小的一个弟弟，我安排在我们公司做广告业务员，过两天去人事部报到。"

"清阳，你女朋友哪儿去了？快喊来吃饭啊。"

"网吧修炼去了，后半夜才回来，我们先吃吧。"

这时候我才搞清楚，清风家四个孩子，俩弟弟一个妹妹，基因都不错，长得都还对得起观众。我暗暗佩服人类的繁育能力。

周末素素约我去小汤山一起泡温泉，我带着无比复杂的心情赴约了。不知道她葫芦里卖的什么药，那就借驴下坡给她个郑重警告。

本来素素说开车来接我，我拒绝了，因为我仇富。于是，我倒了三趟公交车，还换乘了破摩的才风尘仆仆地赶到目的地。在温泉馆门口停车场遇到她，她刚好停好车，BMW的标志还是闪晕了我的眼，浑身散发的珠光宝气衬托着我烟花般的苍凉落寞。

因为周末，人很多，又是冬天，各个池子都像煮汤圆饺子似的开了锅。

我跟素素在两百米长的冷水泳池里欢快地游来游去。从浅水区到深水区，再游回来。我会游泳是清风教的，而素素会游泳是我教的。

清风有两个爱好：台球和游泳。还记得我第一次在泳池哆哆嗦嗦地不敢下水，清风站在水边台阶上，让我趴在他的背上，一个蛙泳蹿出好几米，那种快感让我尖叫不已。我紧紧地用手臂圈住他的脖子，因为安全感带来的幸福实在太容易知足。

我教素素的时候，也学着清风的样子让她趴在我背上，我才发现，水的阻力真的好小啊，我居然也能用狗刨扑腾一小段距离。素素对游泳很有天赋，泳圈都没有用上，第二次下水居然就在浅水区畅通无阻了。也许那些男人注目她性感比基尼的火辣眼神儿让她成就了自己。

我还培养过素素其他的爱好，比如去欢乐谷坐过山车。

她在九十度下降过程中的号叫配合着尖尖的指甲掐进我的肉里，让我以为半夜在坟场历经鬼片现场直播并且被踩了尾巴。

当恐怖的几分钟停止后，素素已经行动不能自理了，把早上吃的豆浆鸡蛋连同绿色的胆汁都吐出来了。

我问素素："以后你还会陪我坐过山车吗？"

素素有气无力地看着我，一脸煞白地说："晓晓，只要你喜欢，我就陪你。"

我轻轻地抱着素素的肩膀，闻着她发梢海飞丝的香气，心疼地说："素素，有你真好。"

这个爱好最终也没有培养起来，因为我不舍得看素素惊慌恐惧的表情，我安排她在休息区帮我拿包兼买水呐喊助威。

此后在清风忙工作的日子里，我和素素经常周末约着去游泳。我以为这是我们唯一的共同爱好。

当然，如果没有清风的话。

几圈下来，我们不胜体力，都有点儿气喘吁吁了，靠着池边的台阶扶手，彼此欲言又止。

我们所在的位置是1.5米的浅水区，水淹没到我们的脖子，旁边有人来回游过，水波荡漾，水花溅落在我们脸上。

我捧起素素那张小巧干净的脸，说："素素啊，你跟钱勇什么时候结婚啊？"

素素一脸抱歉地说："我已经尽力了，真的，晓晓，我今天找你来就是想跟你说，我特么的还是忘不了清风。"

"咱不闹了，还是好姐妹，行吗？我知道你喜欢清风，你也知道他不懂拒绝，可这是私人用品，你借来借去，我有点儿没办法接受。"

　　素素沉默很久，伸手摘下我的泳镜，怯怯地说："晓晓，你看着我好吗？我希望我说完这些话，我们还是好姐妹。"

　　我一听她的第一句开场白，心就开始下沉，沉到无底的深渊。完蛋了，我知道她这回是来真的了。

　　"我浑蛋行吗？我爱上你的男人，这让我很羞愧，可是爱有错吗？我敞开心扉爱他的时候，你们因为家长不同意已经闹得快分手了。我从未求过你什么，都是你求我把好看的衣服借你穿，唯独这一次，姐能求你吗？午夜梦回，我常常问自己，是不是因为得不到才觉得是最好的。这段时间我都快把自己逼疯了，都快抑郁了，我确定，我真的不能没有他，没有他我活不下去……"

　　我只想说，我不知道没有他怎么生活，素素却是没有他活不下去。她不仅抢了我的台词，还用了升级版加以强调。

　　我想素素一定看不见，也一定猜不出，我脸上除了水珠，还有泪水，我咋又没出息地哭了？

　　"感情不能勉强，你确定清风他也爱你吗？"

　　"我知道他现在爱的人是你，不过，我就喜欢他的重情义。前段时间我头疼，他抛开一个很重要的合同送我去医院了。"

　　"所以呢，你还顺便把香水味留在他车上？"

　　她沉默，期期艾艾的眼神让我顿觉有一种罪恶感。剧情有变，好像我才是王母娘娘，把董永贬去放牛，把织女弄去织布了。

　　她像犯错的孩子一样低下了眉眼，不看我。

　　"生病还不忘整得香喷喷的，你当谁傻呢？你不怕钱勇知道吗？"我有点儿愤怒。

　　"我也这样问清风，你怕钱勇知道吃醋吗？清风说，他是男人，不会怕一个不是男人的人。这个答案我真的好喜欢，你呢？"她楚楚动人的表情还有点儿期待我的赞许。

我咬着嘴唇，木呆呆地看着她，半晌蹦出一句："你怎么不叫钱勇送你去，他可是你的老公！"

不提还好，这一提，素素的眼泪就像决堤的海："我头疼就是因为他气的。我劝他不要吸粉了，他居然往我的水杯里下药，还说什么让我也体会人间极乐世界。我气得要疯了，我们厮打起来，我以报警威胁了他，他潜逃到西巴丹岛去学潜泳了，能不能活着回来都是个问题。"

接着，她还重重地叹了一口气："他只是我电视连续剧里面的广告插曲而已。虽然像治脚气去口臭割包皮做人流的恶心小广告一样不好看，但是确实给我带来了经济效益。"

我的心像被揪着一样疼，内脏像被东拉西扯一样疼，不禁让我潸然泪下。

"你现在是什么意思？你要一边享受钱勇这支广告带来的经济效益，一边开始播放追求真爱的电视连续剧吗？"我逼问道。

"我……我也不知道该怎么办了。晓晓，我也恨自己，我怎么能在我闺密的男朋友身上找到真爱呢？如果是这样，我宁愿我们根本不认识。我跟清风，我们第一次在一起的时候，虽然他喝多了，但他确实叫的是我的名字，还说爱我，要娶我。"

"第一次？你的意思是，还有第二次、第三次？或者更多次？"我凌乱了。

她看着我期待答案的眼神，沉默不语。

"你倒是说话啊，素素，我保证不生气。"我想起小时候燃烟火的导火线，明明心里十分害怕，还非要去冒险。

"我在回忆啊。"

哎哟我去，到底是多少次，还值得你这么长时间去回忆、回味！

"好吧，你赢了。"我别过脸去。远处的人都在后退，变得遥远模糊，吊顶的水晶灯、落地窗的雕花、罗马立柱、高大的椰子树、休息区的小卖部，这些都开始混沌不清，只有素素那张无辜又让我疼惜的脸无比真切。

我抹了一下泪眼模糊的脸。

"晓晓，我开玩笑的，你说你不生气的。"

也许是冷水，也许是冬天，也许是心寒，也许是……

原谅我吧，形容词不够用了。

我战栗着顺着泳池的台阶拾级而上，每一步都走得很轻，每一步都走得很小心。

在更衣室，我默默换好衣服，迎着凛冽的北风，打了辆小摩的，又倒了三趟公交车，风尘仆仆地回家了。当然，是我自己的家。

我快崩溃了。

我把这俩人启动冷处理模式。我每天处在梦游状态中，日子平淡而无趣，生活两点一线，除了上班就是回家上网睡觉，拒绝接触陌生人，上班，行尸走肉；下班，醉生梦死地生活，有点儿混日子的感觉。

我从云南回来以后，开始频繁地收到小夏子的问候，有时候是早上7点，有时候是凌晨3点，有时候是午饭时间，有时候是下班路上，他都会用彩信发一束玫瑰花，附言写上一句话：傻大姐，你还好吗？傻大姐在干吗？傻大姐吃饭了吗？傻大姐，我感冒了。傻大姐我出差了。

我就在接收彩信等待打开的瞬间咧嘴笑笑，我想，这可能是唯一值得我期待的事情。然后，我看他修改了QQ签名：12345……

我说："小夏子啊，你的签名是什么意思？"

他说："每次想起你的时候，我就会发条彩信给你，等我发够九十九个，就履行承诺，带你去梅里雪山。"

哦，他说的是想起你，而不是想你，我听得很清楚。

他还展示了发彩信的规则，不管我收没收到，他说发出去就算。随即，他的签名数字就变了。

我掰着手指算了一下，那要猴年马月呢？想到这些，我就仰头看着北京灰突突的天，无奈地叹气。

周末，我躺在床上胡思乱想。夏秋生的彩信还是一束玫瑰，在午饭时间如约而至，附言是：傻大姐，你那里下雪了吗？QQ签名的数字已经改成"11"。

他打来电话说："这是一个有纪念意义的数字，所以想上网看看你。"

这是我们自云南分别数日后，第一次视频。

摄像头点击接通的一刹那，我的鼻子有点儿酸。

他说："你瘦了，也憔悴了，比在越南第一次见你的时候瘦了。"

我苦笑一下："说明我们公司的减肥产品效果好啊。"

还是那张消瘦俊朗的脸，高挺的鼻梁，目光炯炯有神，眉宇间透着一股凛冽的英俊。能看得出，他已经逐渐从失去亲人的伤痛里走出来了。他握着拳头放在嘴边，不停地咳嗽。

我说："你感冒了？"

"嗯，受了风寒。"

"离摄像头远点儿，别传染给我。"

他就傻×似的呵呵地笑了。

然后谁都没有说话。那个沉默，据摄像头记录，持续了十分钟之久，像看一张动态的图片。不是情人，不是恋人，觉得说什么都不合时宜。眼睛都酸涩了，他的表情冷峻带着笑意，眼神犀利中透着温柔，我实在害怕他读懂我狼狈的近况。

远隔千山万水，纵使我有千言万语，最终只汇成一句："没话说，我关了啊，浪费表情。记得去买感冒药吃。"

"等等，眼神也是一种交流，通常我们审问顽固型犯人时，都要眼神交流，直到对方崩溃。"

"哎哟，我说你看啥呢。我没打算贩毒啊，您就别犯职业病了。"

"你，还好吗？"我们意识到视频马上要结束了，急忙异口同声地开口问对方。

当时，我的电脑在播放背景音乐《谁是谁的谁》。

我坦白我是一个怀旧的人，我听的也都是老歌，不喜欢的请略过。我发现一个奇怪的现象，每一种状态都能找到合适的歌来表达心情，真心向词作者曲作者表达敬意。

看着身旁的人一对对/想起谁心痛在作祟/你看窗外山花开得那么美/真想牵你的手化蝶翩翩飞/我以为爱过就不会后悔/每一次醒来的时候眼角还有泪……

我又开始大段的空白，因为无从说起，谁让谁伤悲，谁让谁憔悴，谁又说得清楚呢。

他眯着一只眼，双手在摄像头前比画了一个手枪的动作。我迅速截图，然后关掉对话窗口。鼻子酸得不行了，某个器官有液体马上就要汹涌澎湃地开闸了。

翻箱倒柜找出从丽江淘到的碟片，偶遇丽江，最大的收获就是爱上侃侃的歌。静静地听，心一下子就能沉下来。歌声有种穿透时空的力量，仿佛河流舒缓地在心头流淌，洗尽喧闹。神灵赋予，天籁之音，回味悠长。

周一早会取消。老余背靠在宽大的自动按摩老板椅上，非常严肃，脸拉得像便秘，神情有点儿像密闭的沼气。

"黎经理？"

这是老余第一次这么严肃地称呼我，虽然他封我当经理已经有两年了，但是平时都是小黎啊小黎啊这样地叫。我还有点儿不太适应，伸头往储藏室、卫生间的方向到处找了找，还有别人吗？是不是叫我啊？

"余总。"我低头看着脚尖，努力地酝酿着情绪。

本来我想好了很多说辞，拿出死猪不怕开水烫的精神，再梨花带雨撒娇，老余最受不了这个，也就糊弄过去了。

"你坐下吧，别站着了。"他点了一根烟，猛吸一口，眯着眼睛吐出一个大大的烟圈，在他的头顶慢慢盘旋，然后消散。

"公司碰上危机了。我们的产品百分之八十从网络上下架了，零售这一块儿基本停滞不前了。现在互联网跟前几年已经不同了，形势很严峻。卫生部门严查资质，我们的产品资质有套牌的，不过硬。通知已经下来了，几大主流门户广告已经不符合审批标准了。"

"那网上不能宣传，是不是意味着这些产品不能做了？"互联网瞬息万变，太突然了。

"我们得调整战略方向了。这是一次大洗牌，能找到方向突出重围就能找到活路，突围不出去就只能坐以待毙。"

"这么严重？"

"嗯，这个消息要封锁，不能让经销商知道，毕竟实体店的影响还不严重，但是在网上看不到广告可能也会惊慌，所以你也得出方案应对，以防经销商退货过多。货款都投入到新产品的生产上了，新产品到时候销不出去，资金就压进去了，那就陷入死循环了。"

这几年跟着老余冲锋陷阵，一直觉得他春风得意马蹄疾，从没见过他如此的失落彷徨。从老余办公室出来，我也陷入沉思中。

下班的时候，大家都走了，我还在整理各个门户网站发来的广告调整通知，查看这段时间的销售数据对比，还有联系小网站广告商的补充方案。

清风打来电话："干吗呢？"

"加班。"我塞上耳机，并未停下手里的工作。

"什么时候结束？"

"不知道。"

"今天一起吃饭聊聊吧，我总觉得你最近不对劲儿。请你看电影，好莱坞大片。"

"改天吧，我今天公司有事。"我冷冷地说。我也真想跟他聊聊，可不是今天，今天这心情跟上坟似的。

"那好吧，我走了。"

我有一点儿难过。我跟素素谈话的内容就在嘴边，他只要多问一句，我就脱口而出了，可是我问他又有什么用，他肯定说我又翻旧账，这样只会再次制造世界大战。

空旷的办公室里，我听见老余缓缓放下百叶窗帘的声音、磕倒烟灰缸的声音，还有咳嗽的声音、来回踱步的声音、叹息的声音……

我的心情也跟着沉重极了。

偷拍

收拾好一切，肚子已饿得咕咕叫，准备回家时，刘宇在QQ上发视频请求。我一边整理表格，一边点了接受。小伙子还挺精神，满面春风，新剪的小碎发，一笑还有俩酒窝，当真有点儿林志颖的感觉。再看小头像里的我，面色惨白，头发因为没有时间打理，随便扎的马尾，蓬乱着，颓废之极。我看着摄像头，极不自然地撇撇嘴。

他说："你丫没失踪啊，还是刚失踪被找回来？"

"去云南了，刚回来。"

"你一去外地就这德行，面无血色，是严重肾虚的体现啊。能不能不便宜外地人，当我是死的吗？"

"狗嘴里吐不出象牙。姐心情不好，公司加班呢。"

"人生苦短，及时行乐，等着啊。"然后就匆忙下线了。

十五分钟后，我就听见办公室哐哐敲门的声音，老余听见动静也探出头来，询问我是谁。我摇头，开门一看，居然是刘宇，不由分说就把我拽下楼，塞进车里。

"干吗？我电脑都没关，心情不好，别惹我。"

"我知道你心情不好，素素都告诉我了，让我安慰安慰你。"

"她？让你安慰我？"这妞还挺细心的嘛，那一刻，我居然又打算原谅她了，心里有一丝暖意。我怎么就恨不起来呢？

"那你也没必要拿加班惩罚自己。我中彩票了，先带你去簋街吃麻辣小龙虾，补补身子，然后再去三里屯找个特色酒吧放松一下。"

"肖雅呢？你俩发展得咋样了？"

"就那样。太黏人，还是太小了，那个思维跳跃得啊，我都反应不过来。还有喜欢玩过山车，半空中我把胆汁都吐出来了。我这把老骨头可折腾不起。"

"那是青春有活力，你懂什么，如果可以，我也想穿越回去，重走青春，没心没肺地活一回。"

"切！拉倒吧。咱俩从认识以来，就肖雅这一件事上谈不拢，没有共同语言。"刘宇加大油门，对我说的话嗤之以鼻。

有人说，凡是历史悠久的城市，必定有一些名字很奇怪的老街区。

北京也不例外。

凡是名字很奇怪的老街区，必定蕴含着一些有趣的或者动人的传说。

簋街也不例外。

凡是有趣或者动人的传说，必定有人会忍不住打听。

这个字念guǐ，是一条小吃街，各色小吃品种繁杂，但是大多数饭店都会推出一道名菜，那就是麻辣小龙虾。

关于龙虾，有些地方的做法是把虾整个放进锅里用清水煮，煮熟之后蘸佐料吃，称之为"风味虾"，而有些地方的做法是剥去小龙虾的头部，用热油爆炒，佐以料酒、姜、葱、蒜等传统佐料。

簋街的做法大致是用调好味道的汤汁先把虾煮熟，然后捞出，再把油加热，同时在油中放入花椒、辣椒、大料等佐料一起爆香，最后把这热油淋在煮好的小龙虾上面，就可以吃了。

在吃货的眼里，对美食是没有任何抵抗力的，想想就流口水。麻辣鲜香，嫩滑爽口，扒了虾壳，一咬都是汁，辣得过瘾，爽到不行。这一顿，我俩吃了将近八十只小龙虾，还有各式小菜点心饮料，加起来四百多块。

刘宇说："你能不能含蓄一点儿，淑女一点儿？这样我也比较有面子。"

"不能，话说我一天都没吃东西了，含蓄的淑女怎么可能来簋街吃小龙虾啊！"

然后我俩揉着肚子，打着饱嗝，开车直奔三里屯。

云盛酒吧，据刘宇说是经常来混迹的地方，小小的木头房子，被五光十色的霓虹灯点缀得生机勃勃。这里也是三里屯风格最为显著的摇滚吧。

"百威精品啤酒一打，黑俄罗斯两杯，绿茶圣代一对，各种零食美女喜欢的都呈上来。"

"这么大方？你中的彩票是多少钱？"

他缓缓地伸出五根手指头，抖了抖。

我一哆嗦，从转椅上把自己抖了下来。

"五百万？"

"No，再猜！"

"五十万？"我小心翼翼地询问，"那也行啊，少奋斗好几年啊。"

"五十块，嘿嘿。买了七十多块钱双色球，就其中一张中奖了。"

"啊？！"我失落地说，"你这么败家，'容嬷嬷'知道吗？"

"你不提'容嬷嬷'还好，她一天到晚念叨，问我什么时候把女朋友带回去。说正经的，你什么时候跟我一起回去交个差呗，我的七大姑八大姨都知道我有女朋友了。"

"谁叫你丫天天拿我当挡箭牌，你直接带肖雅回去不得了？你这是鸿门宴，我去蹭一次饭，我能蹭一辈子吗？"

"欢迎啊，你敢来蹭，我就敢做，我愿意给你做一辈子饭。"

"还是算了，肖雅等着你一句话呢，只要你点头，我看她就能给'容嬷嬷'生个健康的大孙子，让她有生之年好好享福，你也落个耳根清净。"

"大孙子这事儿是迟早必须有的啊，至于是不是管肖雅叫妈，我得慎重考虑一下。"说完，还冲我直眨眼。

"对，好好考虑一下她。那个，我就算了，你别瞎费劲，咱俩认识的过程太奇葩，我心里有阴影。"

"那啥，咱今晚也先不提肖雅，就说说你那一堆破事吧。你别撑着了，心里苦就朝哥哥吐，素素都跟我说了。"

"她说什么了？"

"没说啥，就说让我多陪陪你，我觉得这是老天给我机会呢。虽然我嘴很滑，但我心不花，我没遇过几个动心的姑娘。"

"你还没喝两口，不会醉了吧？"

"没有，我在KTV第一次见到你，就觉得你跟其他女孩子不一样，说不出来哪里不一样，反正相处下来感觉就跟亲人一样。我失恋一直都是你安慰我啊。"

"反正咱俩是因为素素认识的，想想我就郁闷。"

"咱俩就当在酒吧重新认识行不行？"

他居然假装拿着酒杯走到我跟前："小姐，一个人啊？能喝一杯吗？"

我没好气地说："看你酒量啊，有本事就把这一瓶都喝了。"

我把一瓶啤酒推到他面前。

他二话没说，拿起来，用牙咬掉瓶盖，咕嘟嘟一口气见底。

我是佩服得五体投地。

我们再没提不开心的事，配合着酒吧劲爆的音乐凑在一起讲笑话，对方没笑就罚酒，然后刘宇就一杯杯地喝。

虽然喝得不少，但是我很清醒，因为脑子里一直惦记着公司的事。刘宇喝得太多，临时找的代驾，先送的我，看我安全到家他才走。

第二天，我的头很晕很沉，不得不提早爬起来洗澡上班。一天都焦头烂额，也没理出个头绪。

下班的时候，清风的车停在公司楼下，一脸铁青。我也没给他好脸色。

"昨天加班了？"

"嗯。"

"在公司？"

"嗯。"

"还嘴硬！"说着，他把手机扔到我怀里。

"这是什么？"

"自己看。天天怀疑我跟谁怎样怎样了，你也看看你自己都干了些什么！"

我诧异地拿起来。昏黄的镁光灯下，我和刘宇贴着脸在吧台喝酒的照片，一共有十来张，各个角度都有，每一张看起来都很暧昧，有一张刘宇把嘴凑到我耳朵边说话，从背后的角度看真像亲吻。

我仔细看了一下时间，午夜12点40分前后，就是我们快离开的时候拍的。

这是谁拍的呢？

我理了一下思路。刘宇为什么来找我？是因为素素说我心情不好，让他来安慰我。

哦，那吃他妈的小龙虾、三里屯喝酒都是素素安排刘宇这么做的？

然后素素在酒吧偷拍，把照片发给清风，让他误以为我跟刘宇鬼混？

这个贱人！老娘一忍再忍，你就蹬鼻子上脸了。我的男人还没打算不要，你就开始使手段迫不及待地来抢了，是可忍孰不可忍！

我疾步快走，在路边打了一辆车："师傅，去动物园旁边的德宝新园小区。"

在路上，我给刘宇打了电话，确认一下我的揣测。我跟自己说，淡定，淡定！

"亲爱的，你考虑好从我了吗？"刘宇懒洋洋地问我，好像还在跟周公幽会。

"从你妈啊！我问你，昨天晚上是不是素素让你来找我的？"

"是啊。"

"那我们去的那个酒吧，也是她安排的？"

"没有，我没告诉她我们去酒吧。她让我根据你的心情自由行动。"

"那就是她跟踪我们了？"

"啥意思？跟踪？"

"你最好啥也不知道，是被她利用的，要是被我知道这是你俩的阴谋诡计，你死定了！"

素素家的门虚掩着，我一脚踹开。

"晓，你怎么来了？"她怯怯地看着我，轻轻地说。

"素素，你为什么这么做？"我的眼神是把刀子，想立刻把她碎尸万段。

"什么？"她无辜的大眼睛一直眨巴眨巴的。

"你怎么可以这么贱？你要的男人我本来都打算让给你了，你还让你前男友配合你演戏陷害你闺密，你怎么可以这么极品？人至贱则无敌，领教了。"

"我真不知道你在说什么。"

"装，我让你妈的装！"我一巴掌扇在她瘦弱的瓜子脸上。五个鲜红的手印清晰地印在她嫩白的皮肤上，我要是男人都心疼。

她没有矫情，也没有叫出来，更没有捂着脸哭，而是平静地看着我说："如果这样你能解气，你就继续。"

我刚准备继续，胳膊就被钳子一样的大手捏得生疼。我一回头，是清风。

他居然跟踪我到了素素家。

他冷冷地说："有什么不能好好说吗？照片的事情你还没有解释清楚，你来找素素撒什么气？！"

"什么照片？我不知道啊。"素素说。

贱人就是矫情！

"你心里比谁都清楚，你这么有心机的女人，我怎么没看出来啊，我眼瞎才会把你当闺密。从今以后，不是了。"

"黎晓，照片跟素素没有关系！你不分青红皂白就动手打人，太过分了！"他看着素素的脸愤怒地说。

"你还护着她？你居然护着她！这种时候你怎么可以护着她？！"

"你不要不讲道理，有话大家冷静下来说，照片你能先解释一下吗？"

"我跟刘宇只是普通朋友，至于为什么被人拍，殷素素，你给解释吧。为了一个男人，你也至于啊？把你身边曾经最近的人都搭进去，啧啧，你俩太配了，太配了……"

我身边曾经最亲的人——清风；曾经最近的人——素素；曾经最相信的人——刘宇，发生的这些事，这么像电影，这么操蛋，能写一本小说，扉页上还得写上：纯属实事，如有虚构，天打雷劈。

大风起兮，心太乱……

从素素家出来的时候，天已经全黑了。清风没有追出来，我一个人傻傻地坐车，竟然不知不觉坐到四惠。

从今天起，我就是一个人在北京孤单地奋斗了，那个陪我奋斗许我幸福的男人终于被我弄丢了，以后再也找不回来了。

我不知不觉地就走到通惠河边，沿着河边慢慢地走。入冬的夜那么凉，北风吹散了我的长发。我把风衣的领子竖起来，尽量让自己感到一丝温暖。

我的一切是从这里开始的，也从这里结束吧，再缅怀一下我们的曾经。

今天发生的一切实在太突然，我用尽全力给素素的一巴掌，为什么我的心也很疼？蹲下来抱抱自己，我空虚到不能自已，泪水模糊了双眼。

这时候，电话响了。我从口袋里摸出来，是夏秋生。他怎么会刚好给我打电话？是感应到我的悲惨了吗？纵有千言万语却不知从何说起，我忍不住哽咽起来。

"怎么了？我今天一天心神不宁的，出什么事了？"

"我遭人陷害了。"

"嗯？受伤了？"

"心受伤了。"

"想哭就哭出来，明天早上太阳还要升起来的，希望你还是那个活泼开朗聪明伶俐美丽大方机灵贤惠勤快并存的傻大姐。累死了，我把好听的形容词都奉献给你了。"

"小夏子，到底是谁的错我也没弄清楚，一切就那么不合时宜地、不经彩排地发生了。如果我不跟刘宇出去喝酒，素素就不会拍到照片；如果素素拍不到照片，我跟清风就不会闹误会；不跟清风闹误会，我就不会动手打素素；不打素素，就不会是今天这种结局……"

说完，我失声痛哭。

"虽然你在胡言乱语，但我大概知道你在说什么。四个人嘛，两个打酱油的活活把你俩拆散了。我想问你啊，俗话说，苍蝇不叮无缝的蛋，如果没这俩配角，你们到底能不能彼此搀扶着走到最后？"

我陷入沉思。是啊，如果没有他俩，我们到底能不能呢？

"我也不清楚。"

"那就是了，不要难过了，好好的，擦干眼泪。你看远方，有更多更好的男人向你奔赴而来，打起精神抖擞地迎接吧。"

最后，他说，记住啊，记得我在越南的时候跟你说的，爱在的时候好好珍惜，爱走了好好尊重，不要反复拉扯弄脏了回忆。这谁特么的原创，怎么这么有才？我打算作为座右铭，死了带进棺材，就当作

是墓志铭。

河面非常平静，我的心却波涛汹涌。

不知不觉我就走到高碑店的桥上。高碑店村口那家大娘水饺准备打烊了，我扶着门框站在门口的时候，老板娘有点惊讶，但还是热情地招待了我。

这是以前我和清风经常来的地方，其实作为南方人，我并不喜欢吃面食。但魏清风是北方人，每次不想做饭的时候，他都会问我想吃什么，我就会故意挑他喜欢吃的，所以，这家简朴但卫生又干净的饺子馆就是我们经常光临的地方。

那时候，八块钱一份的水饺所带来的满足感是后来任何大餐都没办法比拟的。

我用了差不多半年的时间，慢慢喜欢面食的味道时，我们搬走了。

几分钟的时间，老板就端上来了一盘热气腾腾的韭菜鸡蛋馅饺子，颗颗饱满，面薄且弹牙，馅儿的量很足，蘸汁口感刚刚好。我以为我怀念的是饺子的味道，吃完以后，我顿悟，其实是在那些青葱岁月里，我没办法一下子从记忆里抽走那个温暖过我的人。

我们把最美好的记忆留在了这个地方，离开后逐渐迷失自己，弄丢了我们都自以为最美的爱情。

我轻轻地哼着弦子的《舍不得》。

舍不得/可是时间回不去了/我们错过的/错了就错了/亲爱的/有你牵着我的那些日子/真的好快乐/我舍不得/可是时间回不去了/爱你很值得/只是该停了/没有我你要好好的

离开高碑店的时候，我深情地又凝望了一眼。这里还在上演着很多屌丝的故事，他们都向往能搬出去，住到楼房里，最后像我一样苦苦思索：为什么最初的共苦，最后却没有同甘到底？

　　末班车拖着我疲惫不堪的身子回到住处，到家时已经是晚上11点多了。刘宇的未接来电有九个。我犹豫再三，回拨了过去。

　　"晓晓，你怎么不接电话啊？心情不好，要不要我陪你？"

　　"又是素素叫你来安慰我的？快来，今天不喝酒了，直接去开房，你把房间号告诉她，让她赶紧来偷拍。"

　　"说的啥啊？你下午急匆匆地打个电话，我丈二和尚摸不着头脑，就打电话问问，关心一下。你这么快提出开房，我一点儿思想准备都没有，咱不是那样随便的人。"

　　"哼，你昨天确定没有告诉素素我们去的那家酒吧的地址？"

　　"肯定没有，我对灯发誓。如果我跟素素有阴谋，祝我生儿子没屁眼儿。"

　　"那就是我推断得没错，我们都被素素利用了。这个可怕的女人，为了得到我的男人，居然用这种下三滥的手段。"

　　"素素，应该不是这种人吧。"

　　"你还帮她说话？！哦，你也曾是拜倒在她风骚石榴裙下的男人。我真笨，你也够奇葩，你俩都分手了，还做朋友做得起劲。"

　　"我很客观地说，我觉得她虽然有一股子野气，但心眼儿应该不坏。"

　　"你凭什么这么说？你俩现在还有一腿？"

　　"不要乱说，我只是直觉。我打电话给素素了解了事情的经过，她确实不清楚偷拍照片的事。如果你还想跟你男朋友和好，我可以陪你回去跟他解释清楚，化解误会就好了。"

"好不了了，就算没有你推波助澜，素素也有其他手段。我太累了，睡了。"

扔了手机，我靠在床边的暖气片上，却丝毫没有温暖的感觉。我像鸵鸟一样把头蒙在被子里，肆意地流泪。

我想给我妈打电话，想给同事打电话，可是我却不忍心给小夏子打。这个奇怪的心理我自己也无法解释。

心死

公司的零售和代理生意一落千丈，尽管我们做了很多努力，但广告市场决定了销量，我们的努力都功亏一篑。那些积压在仓库里的货，加上经销商天天嚷着退货，让老余一夜之间愁白了头，迅速消瘦。

我自己也到了照镜子都需要勇气的地步了，总之惨兮兮的。

人倒霉的时候连大姨妈都不按时报到了，每个月都是月初来，很准时，一种不祥的预感充斥我的神经，难道……完蛋了！

等了几天还是没来，周日一早，我就飞奔药店买了试纸。试纸上出现鲜红的两杠。生活扇了我一个响亮的耳光。

我把手放在小腹上。这里住着一个小东西吗？这个小东西是何时来的？我应该让清风知道吗？这些问题一个接一个盘旋在我的脑子里。

我找了一家私人医院，犹豫再三，打算神不知鬼不觉地把孩子打掉。我们之间有这么多的隔阂、这么深的误会，再弄一孩子就更复杂了。

躺在冰冷的手术床上，我盯着天花板上的无影灯，脑子里空白一片。所有的设备都就位了，有冰冷的液体输入我的身体。我被插上氧气管。医生摘下口罩，轻轻地说："麻醉师等会儿才能过来，再等等好吗？"

我说："不，不要，请不要给我麻醉，我要清醒一点，记住这一刻。"

医生说："你确定吗？你知道有多痛吗？"

我泪眼婆娑地望着这个像我妈妈的阿姨，跟她说："我确定，那也没有我的心痛。"

我听到沉重的一声叹息。

我的双手被纱布绑在手术台的扶手上。我听见金属器皿来回碰撞的声音，听见医生指挥护士的声音，听见报血压的声音，还有滴答滴答我的心在滴血的声音。身体的疼痛才真正开始，虽然只有几分钟，但那是撕心裂肺的感觉，好像有一丝铁箅在狠命地撕扯我的子宫，然后恶狠狠地扔在地上。我的汗大滴大滴地顺着额头流下来，头发一绺一绺地粘在脸上，那个样子一定狼狈极了。很好，这就是代价，黎晓，你自己独自承担吧。我开始小声地呻吟，双腿战栗，浑身发抖。医生阿姨感觉到我的不适，急切地问我："你还好吗？怎么样？能承受吗？"

"我……"我突然泣不成声。我想说"谢谢阿姨"，为了她那个温暖的眼神。

旁边一个凶神恶煞的老护士蹿到我面前："哼唧什么玩意儿，快活的时候干什么去了？这会儿知道疼了啊？"

手术完毕，我被老护士推到了病房，术后观察。

"有家属吗？你吃什么啊？"

"没有，不吃。"我冷冷地回答。

我闭着眼睛，尽量不看她。她站在垃圾桶旁嗑着瓜子，跟另一个护士小声叨叨，每字每句都印在我的耳朵里：

"一个人就把胎给打了，不是小三儿吧，年纪轻轻的就做这种伤天害理的事，造孽啊。"

"妈，又念经呢。"这个声音如此熟悉。

老护士一拍巴掌，我听见她利索地抖搂身上的瓜子壳："你咋来了，小宇？"

我已经知道这个老护士的身份了，敢情这就是传说中的"容嬷嬷"啊！

"我来拿家钥匙，忘记丢哪儿了。"我确定了来人的身份。这俩活宝居然是一家子。

"哎哟，我的祖宗，简直是丢蛋鸡啊。跟我去拿。"

我赶紧把头往被子里捂，手臂上的针头一下子被碰到，输液管里迅速回血。

"疼，疼，疼。"我本能地叫唤。

"容嬷嬷"怨气冲天地过来。

"晓晓？"刘宇居然把我认出来了。尼玛，你是猴子请来的逗比不？姐做了手术回家以后你再出场行不？

"嗯。"我无奈外加尴尬地回道。

"你俩认识啊？儿子，你瞧瞧她这狐媚子的倔劲儿。哎呀，现在这些男人，都是些有娘生没娘养的，提上裤子就不负责任了啊。"

"谁说不负责任，我这不是来了？妈呀，你这是骂自己呢。"刘宇快步走到我床前，面色凝重地说，表情非常到位。

"哎呀，我的祖宗啊！不会是……是……是你的？"

"啊（第三声），啊（第四声）。"刘宇这句话听起来让人相当费解。

"容嬷嬷"马上心领神会："哎呀，我的祖宗，你怎么不早说？真是好样的，这才分手几个月啊，就又交上女朋友了。那段时间看你天天借酒浇愁，我跟你爸还琢磨怕你缓不过来呢。你今天终于做了一件男人做的事，儿子，你太棒了！"

说完，她偷瞄了我一眼，好像觉得不合时宜，忙拉着刘宇的手，眼泪巴巴地说："我的大孙子在我眼前儿被打掉了啊，你们咋不早跟我说啊？没结婚也可以先生下来嘛！"

"妈，我们怕你不同意啊，生出来以后再被你打死，要犯法的啊。"

"哎哟，瞧这姑娘水灵的，妈同意了，真好，以后再要也行，先养好身体，我先去给你订鸡汤，马上送来。"说着，一阵狂风一样飞奔出去。

耳根子终于清净了。

"哎，哥们儿，我怎么样？江湖救急。"他无奈地说。

"第四部还珠格格再拍，你记得给你妈报名。"

"你说的是我妈适合演皇后吗？会不会有点儿老，我怕皇上有意见。"

我幽幽地说："你能不拿一个还躺在病床上的人逗闷子吗？再牛的肖邦也弹奏不出我的悲伤。"

"说正经的，谁的啊？"

"不是你的吗？你刚才都承认了。"我面如死灰地说。

"快瞧我这头上，有没有闪着耀眼的绿光？"

"我都快伤心死了，你还在这儿瞎贫。"我眼睛一眨巴，一颗豆大的眼泪顺着眼角跳了下去。

"不怕，你一出院我就帮你找一个又帅又有钱的主儿。"

"我一个弃妇，还打过胎，谁会要我，除非一个六十岁的糟老头子。"

"此言差矣。现在就六十岁的老头儿吃香，过几年一蹬腿，就可以继承遗产，然后摇身变成富婆，再包养几个小白脸。"

"你怎么知道这么多？对社会了解如此透彻？明白了，你被包养过。"

"那是啊。我这不是自黑给你找乐子减轻痛苦嘛！"他撇撇嘴说。

广告上说手术当天随做随走，因为"容嬷嬷"的"热烈"阻拦，我不得不多留两天。

第二天，刘宇来看我，还带来了"容嬷嬷"熬制的甲鱼汤，居然还要扶我起来喝，还像模像样地吹，要喂我。我感动得稀里哗啦。

我说："快别了，搞得挺暧昧的，给你戴个过时的绿帽子我已经对不起你了！"

他嘿嘿一笑："开玩笑，得表现给'容嬷嬷'看，表演系毕业，咱得有专业的精神嘛！"

"这护工不赖，还提供其他服务吗？"

"你，还需要其他服务吗？"他狡黠的眼神瞟了我一眼。

"包月多少钱？"

"包月不贵，才三十块。"

"真够贱的，还负责端屎端尿、剔牙捏脚不？"

"不，那些是增值服务。"

"包月的都是啥？"

"陪吃陪睡陪聊。"

"哎哟我去，滚蛋。"

第三天我就出院了，感觉自己像重获了新生。刘宇好像还进入了角色，一直跟到家里，把补品一并奉上，还仔细交代了各种术后药物的用法。

我说："请回吧，刘公子。"

他装作吃惊状："你不是包了我吗？"

"快别逗了，我这残花败柳的，关键也没兴趣啊。你要缺姑娘，可以找肖雅；缺母爱，你有'容嬷嬷'。"

"缺你大爷的，那我走了啊，你照顾好自己哦，亲。"

"等等，这个事你千万别告诉肖雅。她如果知道是你照顾我，不是我死就是我伤。"

"这丫头不会真上心了吧？"刘宇抵着门挠挠头问。

"你说呢？她真的是个好姑娘，单纯，没心没肺的，好养活。"

睡前，我跟自己说：晓晓，做个内敛、惜爱的女子吧。时间会是疗伤最好的方法，渐渐地记忆模糊，伤口就没那么疼了。比起所谓的爱情，北漂的更大意义还在于实现自我的价值，俗一点说就是赚钱。

一个人也要活得漂亮。

直到凌晨，我也没有收到夏秋生的彩信。按照惯例，应该早就收到才对，这让我有点儿不安，一直抱着手机等。以为手机坏掉了，拔电池，清内存，各种测试，最后我忍不住给他打了一个电话，一直在响，但是无人接听。我陷入痛苦的琢磨中。

关于对夏秋生的念想，就是衣柜里那顶米色的帽子静静地挂着，像我一样寂寞哀怨，有点儿小遗憾，怅然所失。

这么久了，夏秋生，你忘记你的帽子了吗？我既希望你忘掉，又害怕你薄情，好像减肥期间吃的大餐，放纵后内疚的矛盾心情。

有一种坚持了很久的习惯突然被打乱的那种忐忑不安，我猜也许他很忙，也许他忘了，也许他累了，谁会一直坚持一件没有意义的事情呢？玩暧昧，谁先认真谁就输了。不要太傻了好吗？洗洗睡吧，别做梦了，我跟自己说。

晚上，我还真做了一个梦。

梦里，我只身一人在海里游泳，被大团大团的海藻绊住了脚。我努力挣脱，却怎么也挣脱不了，然后我就吓醒了，浑身是汗。黑暗中，我坐起来，从枕头底下翻出手机，屏幕发着惨白的光亮，在暗夜里如此刺眼。我眯着一只眼睛，时间显示是3点48分，这是夜里最颓废的时段，很多抑郁症患者都会选择在这个时间段结束生命。

我不寒而栗。

手机显示刚刚收到一条未读彩信，像暗夜的指路明灯，我欣喜若狂地赶紧打开，是夏秋生的第51朵玫瑰。附言是：对不起，因为公事晚了几个小时。

那一刻，我心里悬着吊桶的那根绳子，终于缓缓地放下。

原来，我的左顾右盼和我的噩梦连连，只是因为夏秋生一条迟到的彩信。

我在这种时候给夏秋生打了一个电话，内心翻滚，却说得不咸不淡。我不得不承认，他比敌人有耐心。

"小夏子。"

"嗯。你怎么还没睡？我把你吵醒了吧？"

"给你打完电话我就睡了，你呢？"

"这么巧啊，接完这个电话我也要睡了。反正一个人也是睡，一起呗。"

"呵呵。"我突然脸红了，不知道怎么接这句玩笑话，"什么时候能去梅里雪山？"

"上次你答应我要锻炼身体，你做到了吗？"

"嗯，我会的，你放心吧。"

"那好，时间另行通知，请黎晓同志时刻进入准备状态。"

"你知道吗？你在美奈唱的那首歌，时常在我脑子里盘旋，我后悔没有录下来。你能再唱首歌吗？

"嗯？这是有粉丝在向我表白吗？我平复一下心情，再满足你。我喜欢许巍的歌，为了不扰民，我就清唱几句，你凑合着听一下。

"总是在梦里/我看到你无助的双眼/我的心又一次被唤醒/我站在这里想起和你曾经离别情景/你站在人群中间那么孤单……"

唱完后，他伤感地说："总能在许巍的歌里找到我们自己想说的话。可是有些话我们宁愿烂在心里，也不愿说出口。"

夏秋生，你无法说出口的话到底是什么？

婚礼之前，
与你告别

够爷们儿，
我就稀罕你这样的

每个人的生命里总是有
那么几个让你又爱又恨的人。

B e f o r e
t h e   w e d d i n g
S a y   g o o d b y e

重逢

那年年底，我和魏清风在一个意外的场合又见面了。

公司生意虽然不好，但老余很爱面子，年终会还是在12月31日热热闹闹地召开了。员工、员工家属、老余邀请的朋友，在国贸附近的俏江南齐聚一堂，齐刷刷的五桌。

年会由我主持，一大早起来，我特意化了一个精致的妆，齐腰的长发绾起，米色的套裙、十厘米的高跟鞋，拿着手包，在洗手台前补完唇彩，习惯了素面朝天的我，凝望着镜子里另外一个陌生的自己。

老余走到我背后，挤出一丝微笑，说："就应该这样，好好待自己。"

站在俏江南百合包房小小的舞台上，音响师已经试好了音，话筒交到我手上，年会徐徐拉开大幕。

年会第一项：致辞。老余说了很多感谢的话，感谢领导，感谢来宾，感谢同仁，还有很多言不由衷冠冕堂皇的话；回顾了这一年公司的发展、伙伴的协助、经销商的支持，然后是暖场表演节目，接着是象征性的颁奖环节。

大家给老余颁的是最牛老板奖。那是我在淘宝上花800块钱找人做的水晶工艺品，一只强而有力的拳头，夸张地伸出大拇指，上书：老余，牛！

老余接过奖杯的时候，居然羞涩而谦虚地笑了。

接下来是所有人望眼欲穿的压轴好戏：派发红包。按照老余的意思，每个员工都有，两百至一千，按照级别和贡献来。我唯独没有发我自己的，因为我扪心自问，这一年来，我的表现实在不配啊。

最后是合影，大家纷纷走上台，站在写有公司名称的横幅前拍照纪念。

我宣布举杯同祝，深鞠躬的时候，老余走上台，跟我握手："谢谢你，黎晓，在这个团队，从一开始陪我走到现在的人，请接受我深深的感恩。"

那一刻，我泪水夺眶而出。

我明显感觉掌心有卡状硬物，我用诧异的目光询问他。

台下人声鼎沸，大家都在鼓倒掌，吹口哨，站在椅子上起哄："抱一个！抱一个！"

老余这个将近四十岁的男人，拘束地搓着手，尴尬地站在我对面，说："我尊重女士。"

我上前一步，摊开双臂，说："来吧，余总。"

他象征性地揽过我的肩，附在我耳边，轻轻地说："今年收成虽然惨淡，但余哥答应你的百分之十，已经兑现了。"

"谢谢。"我轻轻地回答。

这个"谢谢"意味深长。如果当初我真的跟他发生一些艳俗的事儿，也许今天又是一番别样的心情。而他经过再三权衡，在暧昧贪欲跟工作合作之间，他选择了让我留在他身边工作，这让我觉得很欣慰。因为，在我看来，这是对我工作能力的一种莫大认可。

年会很热闹，大家都忘记了这一年所有不开心的事，放任着自己的胃，大碗喝酒，大口吃肉。

老余在推杯换盏间喝多了，走路开始跟跄。在这个一年才放纵一次的日子里，大家谁都不忍扫他的兴。

马上要迎来新的一年，我告诉自己，忘记一切忧伤，重新开始新的美好人生。

从来都没喝习惯红酒，一入胃就头晕，肖雅扶着我去洗手间。

这年头儿，开年会、办喜事都扎堆儿，俏江南的生意好得不得了，洗手间都要排队。我晕晕乎乎地回房间时，手机收到一条短信：今天的你，有一种知性美。

是清风。

我顿时酒醒一半。

我冲向大厅，扫描着每一张桌子，五米开外，靠窗的位置，果然发现西装革履的清风正跟两个衣冠楚楚的男人在喝茶交谈。

那是生活以外我没有见过的清风，淡定自信，气质非凡，拿着茶壶斟茶的动作线条流畅，悠然娴熟。显然他也看见我了，投来的目光有赞许，有鼓励，我却不敢直视他。

我以为有些疼痛、有些伤疤应该好了吧，有些人应该可以忘了吧，可是刚一触碰，为什么这么疼？鲜血直流？原来他固执地扎根在那里，只要浇一点儿水就如仙人掌般旺盛生长。

我匆忙退回包房。

大家都是成双成对的，即使平时吵得狗血淋头，在这种场合却还会大秀恩爱，互相探听对方的恋爱史，什么时候结婚，什么时候买房，什么时候生宝宝。我形单影只地坐在那里，强颜欢笑，想着自己的心事。

余总举着酒杯，走过来，舌头都打弯儿，说："晓晓，你男朋友呢？怎么没来？早听说长得贼帅，怎么不带出来？"

"哦，他今天有事来不了。"我撒谎了，随即脸红到耳根。

"嫌弃我们公司小，不来捧场？太不给我老余面子。来，晓晓，你替他喝三杯。"说完，就让人拿玻璃杯把啤酒连倒三杯。刚好一瓶见底。

本是玩笑话，我却豪爽地举起酒杯，一一干尽。在场的人都惊呆了。

老余的朋友不干了，一一过来要跟我喝酒。我来者不拒，每喝一口，心就疼一下，头疼欲裂。我开始有点儿恍惚，这些眼前的人都不复存在了。

我却清晰地看见素素的各种眼神。

第一次陪我坐过山车时的惊慌失措。

第一次为了保护我，把猥琐男钉在墙上的义愤填膺。

第一次看见清风时的躲闪迷离。

第一次我们三个人面对面时，被清风拒绝的委屈与绝望。

第一次在泳池捧着我的脸，坦白她喜欢清风的苍凉与无奈。

第一次我扇她一巴掌后的冷漠与淡定……

这些在我脑海里不停地转换频道，喝得越多影像越清晰。

我一杯接一杯地喝，这一杯是敬给陪我坐过山车的素素，这一杯是敬给保护我的素素，这一杯是敬给饱受暗恋之苦的素素，这一杯是敬给被失恋摧残的素素，这一杯是为情陷害我的素素，这一杯是敬给失去闺密的素素。我为她惋惜，我唯一能做的就是成全。

灌到最后，我的听觉都出现了问题。我的世界安静极了。如果刚才不是遇见那个叫魏清风的男人，我想我可以假装这个年终会我很快乐。

我的潜意识里还在播放电影的花絮，关于我和素素以及那个叫清风的男人，假设着故事发展的N个版本。

综上所述，酒不是一个好东西，而我是一个没有出息的人。我不停地回首，一个曾经陪在我身边，走过最初艰难北漂的那个男人。

此时，我的行动已经不听大脑指挥了，我只想睡觉，仅存的一点儿意识是，我不能睡在这里。

有人扶着我往餐厅外走，双腿软绵绵的。我听见有个男声一直在问我："喝多少啊？为什么喝这么多？喝这么多难受不？"然后我上了一辆车，在车后排座椅上沉沉睡去。

剩下的都是记忆盲区，大脑的记忆神经系统故障了。

第二天早上，我睡到自然醒。醒来发现是在自己的床上，窗帘是敞开的，太阳已经升得老高，照在房间里。我看见光线里有细细的灰尘在欢乐地跳舞。

拍拍昏昏沉沉的头，从被子里爬起来，我居然穿的是我的真丝睡衣，睡衣里面啥都没有，腰带处却打了个整齐的蝴蝶结，这……比较蹊跷。我仔细观察，这不是我系带的风格啊，我的床上只有一只陪着我的大耳朵熊，是我在网上淘来暖被窝的。床底下、衣柜里都没人，到底是谁？

我马上致电肖雅，企图把我丢失的记忆通过第三方证人拼凑起来。

"鸭鸭，起床没？"

"老大，困死了。你走后我们唱歌去了，凌晨四点多才回啊。"

"那么是谁送我的？"

"设计部小恩哪。姐，我给你八卦一下，他一直暗恋你，好不容易有个表现的机会，就自告奋勇要送你回家。"

"把他电话给我，快，马上，立刻！"

"明天上班再说吧，让我再睡一会儿。这么点儿小事，还用谢吗？你也太客气了。"

我哭笑不得地说："如果有个男的大半夜帮你换了睡衣，你还打算客气吗？"

"噢，你搞错了，我们在饭店的大厅碰见你男朋友魏清风了，他把你接走了。小恩跟我们一起在KTV唱歌啊。至于你们……剩下的事我就一无所知了。"

我犹如醍醐灌顶。

我又拨了电话给魏清风。

"你好。"职业性的问候，语气听不出任何表情。

"我是黎晓，昨天你怎么会在俏江南？"

"我请客户吃饭，刚好碰上了。"

"你送我回家的？"

"嗯。"

"你还……顺便帮我换了睡衣？"

"呵呵，是啊。"他回答得相当轻松，就像在说"不值得一提，不要谢啦"。

"停！我没记错的话，我们已经默认分手了。那你有没有占我便宜？"

"这种情形下，要是占，也是你占我便宜，我没找你索要精神损失费就不错了。"

"那到底占了没有？"

"你一大早这么亢奋，是希望我占还是不希望我占啊？其实吧，昨天我也有点儿喝高了，我仔细回忆一下。"

"滚！"我抓狂。

我怎么觉得我们不做情侣的时候反而更轻松、更能和谐相处呢？这是什么原理？

我们都没有提素素，没有再追问那次酒吧的照片由来，没有亲口说分手，也没有说继续，可是生活还要继续。

假如我从没遇见你，假如我从没爱上你，假如一开始我就没认真，也许我就不会是现在这个外表乐观内心苍凉的自己。

不要问我到底对这个人还有一种什么样的感情，我自己也理不出头绪，一切交给时间吧。

年终会以后，财务盘点了账目，很不乐观，公司决定裁员。我们部门十八个人，按照老余的秘密指令，只留十个，裁员接近一半。

年底了，离家远的员工都请假回去了，只留几个业务员在做收尾工作，办公室里显得格外空旷。

老余夹着烟，来回踱步，皱着眉头，半晌才说："黎晓，你说说吧。"

我把本年度业绩表递到他手上："我想先听听余总的意见。"

以下，是他的意见——

萌萌太瘦，病快快的，看着疑似有乙肝，不要了。

段锐鼻梁上长颗大痣，相书上说不吉利。

李二琴属相跟我不合，也算了。

还有马娟，声音太粗，像个男人……

"余总，你够了，完全没有按照套路出牌啊。你选的都是业绩靠前的，都是老员工了，你觉得这样好吗？"

"就因为是老员工，都疲了，没有什么动力，一股子拧劲儿，工资都拿一万多了还不知足。我再琢磨一下，然后把名单给你，你签个字。我让甜甜电话通知，然后补发一个月工资。"

"能年后通知吗？让大家过个好年，求您了。都是老员工，多发一个月的工资也不过分。"

他犹豫半天，说："好吧。其实我也于心不忍啊，可是现实惨烈，他们倒是过个好年，我老余就不太好过。"

"我替大家伙儿谢谢您。还有，如果有一天您觉得黎晓也不合适待在这里了，请一定委婉告诉我，我是个识趣的人……"

"别说这种话，你就像我的左膀右臂，老余不是忘恩负义、过河拆桥的人，除非你有更好的出路，否则就留下来一起规划未来，来年打个漂亮的翻身仗。相信我好吗？"目光犀利而坚定。

"好，我相信余总。你若不厌，我便不弃。"

回到自己的办公室，加湿器在突突地冒着氤氲的雾气，我随便收拾了一下桌上的文件夹，靠在椅背上听音乐。

电脑提示有一封新邮件，登录后发现是刘宇发的。

无聊的人，我心里这样想，但还是忍不住打开看了一眼。

链接打开，显示超大的标题"超准爱情测试"，接着介绍了这个测试，是××恋爱研究小组历时三年的研究成果，其中对研究对象、测试精准度和测后爱情技巧都提供了相应的数据，测完后还会估算你心仪的对象是不是适合做你的终身伴侣。

需要在框框里填上最在意（爱）的人的姓名，三个，以及想要对他（她）说的话。页面上还有这样一行提示：不要犹豫，你的第一感觉是最准的，请尊重你的内心。三十秒内提交答案有效，然后还看到页面右上角的秒针倒计时。我的脑子里一下子浮现出几个人的名字，就打了上去，又删掉。我突然意识到，这可能是刘宇同学的恶作剧，于是我填上如下几个名字：吴彦祖、张信哲、任泉，想说的话是：你们是俺的偶像。

然后点击发送。

收到几个大字回复：你上当了，你中了你朋友的圈套了，你的隐私已经被人窥探了！

然后我就看见刘宇一副吊儿郎当的头像亮起，还发了一个阴险的表情："你中计了。"

我呵呵一笑："你快看看啊，谁中计了？"

过了几秒，这家伙恨恨地发来："你还懂反间计啊。不过，你的这几个偶像也透露一点你的喜好，那就是，都是小白脸儿，比较娘的。难怪你不喜好我这一款男人味儿十足的型男，悲哀，我在考虑要不要重新思考一下人生，走走小白脸路线才能入你的眼。"

"做你自己挺好，你是肖雅的菜，你是她的偶像，怀旧版忧郁气质，啧啧，天天挂嘴边，了不得啊。所谓各花入各眼吧，哪儿暖和你哪儿待着吧，我要忙了。"

删掉这封邮件之前，我也恶作剧了一把，随手群发给了我最近联系的好友。我想，总有几个脑残的上当吧。发送完毕我才看见，老余的邮箱赫然在列！

我的个懊悔啊。神啊，请保佑他眼瞎没看见。上帝，请保佑360发挥作用，把它归类为垃圾邮件。

还好，这一天都风平浪静，相安无事。

下班前，我收拾东西准备回家，只要早一分钟关电脑就没接下来这一段了。

标准的女中音提示：您有一封新邮件，请注意查收。

来自老余。

如果我知道这个近四十岁的男人相信这么幼稚的测试，如果我知道答案是这样狗血，我就不会做这么愚蠢的事。

因为老余的隐私真正意义上被我窥探了！

李莹：我心中，你最重。

黎晓：放手也是一种爱。

甜甜：不配心疼你的单纯。

三个名额一个也没空着。如果多几个名额，我猜他也能填满。这是个多么博爱的男人啊！李莹好像是他老婆，因为他小舅子也姓李；甜甜是前面提到的前台。

他的心思一目了然。

办公室门吱呀一声被推开了。我心里咯噔一下，来者不善。不敲门直接进来的想都不用想，只有老余。

我迅速点击屏幕右上角的叉叉。老徐眯着眼，呵呵笑着，眼角的皱纹像菊花一样绽放。他双手插在裤子口袋里，一屁股坐在我对面的转椅上，转了一个圈，顽皮得像个孩子。

"你敢算计我，胆子不小啊。"

"余总，我错了，我不是故意的，发错了。"

"幸好我写的都不是真的。"

"嗯。"我配合着。

"晓晓啊，你太小看我了，我怎么可能上当呢？"

"嗯。"我继续配合。

"听话，快删了吧。"

"嗯。"我再配合。

"你不会相信了吧？"

"嗯。哦，不，不，我没相信。"

"呵呵，小样儿。"他站起身，用食指点点我的额头，"防不胜防啊。"

故乡

今年，我的内心受到夏秋生说的"好好珍惜活着的人"的触动，我改变留在北京过年的初衷。

腊月二十六，我收拾好行李，仔细地关上窗，锁上防盗门，把北京的烦心事一并留在这里，好好回家过个年。

在火车站，我遇见一个人，素素。在还有十五分钟，列车员就要检票进站的时候碰上的。春运期间，北京西站每天运送的旅客得有N万人次，熙熙攘攘的人群中，那么多人，美的丑的老的少的，我怎么就一眼把她给认出来了？

我记得我打她的时候说，我再不会让这个人出现在我的人生剧本里了，我食言了。那也只是我的愿望，我不是人生的导演，每个人的生命里总有那么几个让你又爱又恨的人，就像四川火锅的味道。试问《还珠格格》里没有皇后和容嬷嬷，你们还看吗？《甄嬛传》里没有华妃和皇后，一派歌舞升平还有趣吗？总之，心电图一条直线的人生表示差不多到头儿了。

言归正传。

我避不开她，因为她所排队检票的那个队伍也是我回家必经的路线。宝蓝色的针织毛衣包裹着她瘦弱的身体，头发盘起来成一个旋涡状，白皙的小脸素面朝天，有种洗净铅华的美丽，还有点儿童洁的味道。尽管在人声鼎沸的春运车站，还是静若初荷。我没有半点儿恨她，反而谢谢她带给我这段日子从未有过的平静。

她也侧过头看见我了，还主动让出旁边的位置让我插队。

我跟素素是一个市里的，不同县。只有我们县有火车站，她要在那里下车，然后再转车回家。

人群在缓慢移动，她伸手要帮我提行李，我谢绝了。

她先开口说话："我知道你订了今天的票，我问了你们前台，她告诉我的，我估计你会坐这趟车。"

"然后呢……"

"我听闻你始终一个人。"

"对啊。我哪有那么大的魅力，就算上相亲节目，也需要时间等档期吧。"

"你们还会和好吗？"

"不会。这不是你要的结果吗？还是你口味儿重，比较喜欢关系混乱一点儿？再说一遍，我一个人，挺好的，请不要再提他，谢谢。"

"关于清风，我很抱歉，既然之前在游泳的时候我当面告诉你我的想法，我就不会背后陷害你。清风说是别人拍的照片。我跟他解释过了，你和刘宇是普通朋友，至于他相不相信我就不知道了。你们的误会应该好好沟通的。"

"素素，你怎么那么矛盾？你请求我放手，我放手了，现在劝我沟通，你脑子没事吧？"

"可是我们中间始终隔着你的过去种种，无法逾越……"

"对不起，那是你们的事情，还要我去当媒婆当说客吗？你是不是太狠毒了？"

通过检票口，下楼梯。不同的车厢，2和13。我们朝着列车的两端走去，殊途同归的感觉。

到家的时候，已经是腊月二十七的早上了，阴冷，萧瑟。两年没有回来了，这个经常出现在我梦里的故乡就这么清晰地出现在我的眼前。

父母的头上都生了白发，我爸的背也有点儿驼了，我妈的眼神已经不好，在院子里晒腊肉香肠，看见我进门，还戴上老花镜仔细端详了半天，久久没有说话。

准备的这些肉，他们是无论如何也吃不完的，我知道，他们一直在盼我回家。

那天中午，妈妈做了一大桌的拿手菜，都是在北京的日子里不曾感受到的家乡的味道。

下午，我妈坚持要上街给我买身过年穿的新衣服。

我说："我都已经大了，二十多岁的姑娘，自己买咯。"

我妈说："你再大，也是妈的孩子，应该的。"

我爸说："我也去吧，保护你们娘儿俩。"

路过银行的时候，我给我爸了一张银行卡。

我郑重地说："爸，密码是我妈的生日。从小到大，都是你们给我压岁钱，这是我给你们的压岁钱。"

我示意他插进提款机看看。

我爸说："我们都老喽，闺女都出息了，都给爸妈发压岁钱了。不会是两百块钱吧，还存卡里啊？哎哟，这是多少啊？晓她妈，你也来看看，这十五后头是几个零啊？"

"亏你还是数学老师，误人子弟啊。"我妈也好奇地伸头去看。

"个，十，百，千，万，十万，十五万？"

他俩同时回头，惊讶地看着我。

在银行大厅，我妈把我拽到等候区椅子上，一脸严肃。

"晓晓，你在哪儿弄的这么多钱？北京消费那么高，你没做什么见不得人的事情？"

"你想哪儿去了，你闺女我是那种人吗？这都是我一分一毛攒下来的。我从未给你们诉苦，并不代表我不苦，还好都过去了。只要你们在家里幸福，我就知足。以后，我也会按照母亲大人的择偶标准，选一个有房有车有存款、离家近、最好在县里当个小官的男人，怎么样？"

我爸说："按照你妈的标准啊，我这几天抓紧时间去打听一下县委班子里，谁家里最近有什么新闻，离婚或者丧偶的，别给咱闺女耽误成老姑娘了。"

我妈给了我爸一拳。

"晓，你这是怨恨妈对吗？你跟小魏怎么样了？如果能成，告诉我们，我真不阻拦了。"

"成不了了，妈，不怪你，真的，是我们自己的原因。"

大厅里，谁的山寨手机铃声刺耳地响起：薄如蝉翼的未来，经不起谁来拆……

冬天的夜来得格外早，小县城里，黑灯瞎火的，连个溜达的地方都没有。

晚饭后，我关好房门，点上一支烟。我的彩信箱里，又有夏秋生发来的玫瑰，留言是：代我问父母安好。

这是一句无比温馨的话，就像我妈白天专门为我晒过的被子，暖洋洋的，都是太阳的味道。

我拨通他的电话："小夏子，我已经平安到了家了，谢谢你。"

"恭喜你，好好享受天伦之乐，我还在值班，到年二十九。"

"同情你，好好煎熬加班之苦，我准备睡觉了。苦逼的孩子。"

"呵呵，为人民服务，不辛苦。因为有我们，你才能享受睡到自然醒的福利待遇啊，知足吧。睡前有没有想我？"

"想！"我脱口而出。

"哈哈哈……"

他没有给我正儿八经的回应，居然非常奸诈狡猾地笑了，就好像看到一个不能跟人分享的带色笑话，一个人躲在被窝里非常邪恶地偷笑。

"想得差点儿想不起来了。"

"看在我一休息就争分夺秒给你发彩信的分儿上，说句好听的吧。"

"这样啊，好吧，我可能真的想你了。"

气氛逐渐有点儿暧昧了。

"据说，说瞎话鼻子会长长，你快照照镜子，如果没长，跟我汇报一下，证明是真想了……"

他还在说着什么，但是我的房间门被敲得震天响。

"晓晓，洗澡水放好了，你能洗洗再睡吗？"我妈的大嗓门估计隔壁老王头儿都听见了。

我火速挂了电话，摁灭烟蒂，开窗散烟味儿。

"晓晓，你……"我妈吸溜着鼻子。

"妈，我只是偶尔失眠的时候抽一下，但是我向毛主席保证，我是个好孩子。"

我妈披着外套坐在床上："咱娘儿俩聊聊吧。这几年我姑娘都长大了，妈也老了。"

我斜靠在她肩膀上，一阵心酸。我们多久没有这样说贴心话了？

妈说，我不在的日子，她经常跟我爸在夜深人静的时候在昏黄的台灯下，戴着老花镜翻着老照片，回忆我小时候的事。

三岁那年，我因为顽皮栽倒在开水盆里，烫了一头的泡，他们轮流抱着我，夜以继日地在臂弯上给我擦药，喂饭哄睡觉，十多天没有闭眼；五岁在邻居家玩过家家，把人家厨房弄着火，怕挨打不敢回家，爸妈半夜打着手电找到东方泛白；八岁放暑假，跟一群野孩子学骑自行车把胳膊摔断，吊着石膏每天喊热，我妈就变着法子给我自制冷饮；十岁就上了初中，却听不懂课，逃学，我爸让我头顶课本，跪在人来人往的大门口；十二岁作文获得全国中学生征文一等奖，他们笑得合不拢嘴；十五岁高考失利，不愿意当个苦逼的复读生，坚持上了个破大专，我爸让我写了五千字的保证书，保证将来不后悔不埋怨。

Before
the wedding
Say goodbye

"晓，在北京这几年，跟妈说实话，过得好吗？"

"其实一开始挺不好的，我在亲戚家卖衣服的时候，每天早上7点起床，晚上11点睡觉，累得倒在床上就不想起来，租的平房也没有暖气，冬天睡一觉起来浑身还是冰凉的。早上洗了头发就匆匆出门坐车赶往店里，跑到车站一摸头发结冰了，硬硬的，直接能掰断。后来我就不做了。找工作也不容易，有一次还被中介骗了，心灰意冷。我记得那天雪异常厚，我从中关村去上地，大约十站地，鞋子湿透了都没察觉，路上厚厚的积雪，我愣是走了回去。"

我妈都快哭了。

"妈，你别心疼我，这是女儿的一笔财富，你们教会我要坚强。我之所以跟你说这些是因为都已经过去了，我现在工作的地方，老板人很好，我一定会好好做，你放心吧。"

"你现在有没有中意的人？"

我脑子里一闪而过的居然是夏秋生。

我叹气说："没有哇。要找能满足你要求的，且等着吧。"

我妈的表情难过极了，说："找到了一定要告诉我们。不满足条件也没关系了，只要你中意就好。"

如果几年前我妈是这个态度，我想我跟魏清风已经……

那又会是怎样的一种人生？

尽管各位看官各种不喜欢魏清风，但我在心里说句公道话，对于晓晓，这个人，曾经，太重要。

你们所喜欢彼时的夏秋生的风花雪月只是暧昧，没有挑破，油盐柴米没有触摸，仅此而已。

我曾经就在这个房间，就现在躺的这个位置，因为我妈反对我跟魏清风在一起，我做过一件惊天动地的傻事。

好像是我们认识的第二年春节，清风要我陪他回家过年，我没有同意，我说要先回家征求我爸妈的意见，然后清风给我买了很多礼品，让我带回去孝顺他未来的丈母娘。我们依依不舍地在火车站告别，我让他回家等消息。

那个情景就像昨天发生的一样。

那年，也下了很大的雪，我爸妈没来火车站接我，而是派了个男的来。

我带着一脸敌意打量着这个人，黑色的风衣没有扣扣子，黑色的毛衣，里面是白衬衣，蓝点点的领带，真像港剧里面的保镖。头发很有特色，摩斯固定，一捋后梳，一丝不苟，整体造型颇有抗战剧里汉奸的气质。

"你是黎晓吗？黎军老师的女儿？"

"你是谁啊？"我冻得直跺脚，问道。

"我叫常伟，伟大的伟。我在县委上班。咱们是高中校友，我大你五届。那时你家在学校里开小卖部，我经常去你家买东西。我大姨的妹妹的儿媳妇是你家邻居，张慧芳老师。"

"然后呢？"我冲着他问。

"是阿姨让我来接你的。"我的手已经被行李勒出了红印子，生疼。他赶紧接过去放在破桑塔纳的后座上。

路上我们闲聊了几句。在政府上班的人文绉绉的，说话一股官腔，这种强烈的反差还是让我想到了一句真理：道不同不相为谋。最后礼貌性地互留了电话。

吃了晚饭开了台灯，我酝酿了一下情绪，趁着父母还在问东问西，赶紧趁热打铁。我拿出给我妈买的呢子大衣，给我爸买的玉瓷茶杯，说："这都是你们未来的女婿给你们买的，他叫魏清风，是河南南阳的，家里兄妹四人，他是老大。"我妈听到最后，脸一下子拉了下来。

"在北京干什么工作的？"

我拿出清风的名片，指着头衔说："市场部经理，马上要当总监了。"

我妈说："总监是啥？俺不懂，总统在俺们这儿也没啥用，八竿子也打不着。你就踏实在本地找个县政府里上班的，以后也好指望得上。我看今天送你回来的常伟就不错。"

什么常伟、阳痿的，我歇斯底里地反抗："我不同意！"

晚上我偷偷给清风发短信，告诉他我到家了，一切都好。

自杀的闹剧就发生在第二天。

第二天一早，屋外白茫茫的一片，银装素裹，我出门看雪景忘带手机，回来的时候，我妈说："有两个电话找你，我帮你接了，其中一个是常伟打来的。"

"还有一个呢？"我赶紧追问。

"我跟常伟说，你起来了，他马上过来接你出去玩。"

"还有一个呢？"

她叹口气说："小魏。我跟小魏说你昨天被男朋友接出去玩了，没回来。"

"妈，你……"

我赶紧回拨电话，清风挂了，显然是生气了。常伟不失时机地来家里献殷勤，我把他带到学校操场，问他喜欢我什么。他说："我这几年在政府上班，接触的都是领导，也需要一个贤内助，我觉得你的形象气质都是我想要的，所以我要排除万难追求你……"

我搓搓手说："有点儿冷哈，就穿了一件毛衣。"他戴着皮手套，把大衣领子竖起来，拉紧。我还以为他要脱呢，结果，他说："是啊，我穿这么多都冷，你们小姑娘都爱漂亮，不怕冻。"

你大爷的！我还不如你一件外套值钱，你还排除万难呢。我在心里小声骂道。

后来，我想到一个打消他念头的主意。

我问他，你介意你女朋友不是处女吗？结果你知道吗？他搬出中华民族五千年历史，神马传统观念、神马封建思想啊、神马他是农民的儿子啊，最后，他总结说："啧啧，在外面闯的人思想果然开放。"然后，我们就不了了之了。

下午，这个消息就传遍了学校，我们全家都吃鱼了，都像如鲠在喉，谁也不说话。这是二十年来我记忆中过得最无趣的一个年。当然，我也在搪塞清风，先不要来，过完年再说。

本来我爸准备洗菜做饭了，我妈铁青着脸一咳嗽，他赶紧放下，配合着装模作样地用手摸着头。我妈一把鼻涕一把泪地说，如果我踏出这个家门，她就去死，还踢了我爸一脚，意思是"你怎么不说话啊，这么窝囊"。

"好，好，好，听你的。"我爸附和着。我爸这人，是个憨厚的数学老师，他既希望女儿找到真爱，也畏惧老婆。

她说："我再问你一次，你去北京以后能跟他分手不？"

"不能！他哪里不好了？"

"他哪里都不好。有房子吗？他的工作是铁饭碗吗？离那么远你放心我们吗？"

我哑然，找不到任何辩解的理由，大脑一片空白。

我被反锁在房间里了，手机被没收，要求闭门思过。我想了很多，从天亮躺到天黑，我们的过往，从一开始到现在，虽然疏远了一些，但我是爱他的。这么久以来，依赖变成了毒品，深入骨髓，戒不掉。我妈越反对，我就越想跟他在一起。如果后面那些出现在我生命里的男人是锦上添花，那么清风，对于我绝对是雪中送炭。

晚上送饭时间快到了，我听见我妈在客厅小声嘀咕，让我爸等下把鸡汤给我端进来，说孩子都瘦了。

《孙子兵法》三十六计之苦肉计——

我拿出我妈做针线的剪刀，狠狠地刺向手臂，当然不是大动脉，也不是小动脉，而是臂弯肉最多的地方。不知道是剪刀太锋利还是下手太狠，殷红的血一下子涌了出来。我咬着被子，尽量不让自己叫出声来，但额头有大颗大颗的汗珠流下来。

过了多久，我已经不记得了，我产生了从未有过的恐惧感，以为自己真的要死了。我祈祷我爸快点儿发现这一切。血已经从手臂顺着胳膊流下来，到小手指尖，滴在地上，流过我心里，每一滴都疼一下。我的意识开始模糊，我分明听见清风唤我：丫头，丫头……

等我爸开门看到这一幕，碗筷一下子摔落在地，我听到他哆嗦着喊："晓她妈，你快来，不好了，孩子自杀了！"

我妈一下子瘫软在我的床前，拼命地摇我："晓，晓，你倒是看看妈啊，妈妈辛苦把你养二十多年，你可不能做傻事啊。妈妈后悔了，不拦着你了，不拦了。"

我慢慢睁开眼睛："你说话算话吗？"

她用她的围裙紧紧捂住我的伤口，然后我理智的爸爸第一时间打了120。

几分钟后，我妈被抬上了救护车，惊吓过度，心脏病发作，在医院一躺就到了初七。那天，我们泪眼婆娑，相对无言。初八，我才回到北京。回去后我才知道，我妈已经先我一步给魏清风打电话了，大概意思是没钱没房，休想娶她的天仙女儿。魏清风那么自命清高的人，自然不受她的鸟气，还没等我展示我的伤疤，就把火全撒我身上了，然后我盛怒之下就搬走了，再然后我们就处于若即若离的状态。清风过上了醉生梦死的生活。素素本来就对他垂涎已久，于是见缝插针，趁火打劫了他，企图用身体抚慰他受伤的心灵。

大概就是这么回事儿了。都过去了，不想了。

今年老家的年味儿要更足一些，这几日我都觉得日子悠长而满足。上午睡到太阳晒屁股，起床吃饺子，然后亲戚间各种串门，下午看乡亲们打牌搓麻将。

黄昏时刻，我窝在躺椅上看夕阳西下。我就在想，这也是一种过日子的方式吧，简单而接地气。我怎么有点儿厌弃北京了呢？

年三十那天晚上，我爸在厨房炸鱼，我跟我妈剥大葱，准备剁饺子馅儿。

手机响了，我手有点儿脏，就没动，一般响几声挂了我就不会管，有空再回过去。可彩铃执着地唱，在电视机旁边干扰着信号，"嘟嘟"地响。我慢腾腾地洗手移步过去，居然是魏清风。

我犹豫了一下，还是回房间接了起来。

"好久不见啊，过年好。"他激动地说。

"过年好。有事吗？"我忍住激动淡淡地回答。

"我妈说她想你了，让我给你打个电话。"

"跟阿姨叔叔问好，我挺好的。"

"你妈又让你相亲了？"

我愣了一下，没明白他问这话的意图。

"那是自然，十几个了，排着队等着召见。刚才还跟人在一起看电影呢，你偏挑这个时候打扰兴致。"

"还真相亲啊？友情提醒一下，虽然长得干扁酸菜样儿，但是也别太自卑，看见是个男的就扑。我呢，你也可以考虑给插个队，我这回保证质量行吗？"

"好马才不吃回头草，闭上你的乌鸦嘴，我的男神喊我了，挂了。"

这通电话打得我心里泛起一圈圈的涟漪，久久缓不过神来。

小夏子的彩信还固执地不定期发来，我们的关系不远不近，不疼不痒。

飞蛾

回北京的前几天，对于老家有很多眷恋不舍，拖到正月初十我才不得不离家。

我妈恨不得亲自送我去，巴不得把所有特产都带上。儿行千里母担忧，那一刻，我深深地体会到了。

回北京以后，休整了一天，我就马不停蹄地上班了。老余破天荒没过元宵节就赶来了。第一件事是解聘，艰难地完成以后，紧接着发现有些岗位人手不够，第二件事就是招聘。

老余，你瞧瞧你做的这叫什么事儿，不折腾我们能死吗？

赶紧联系招聘网站：紧急招聘电话销售员十名。中午吃完饭准备午睡的时候，甜甜打内线到办公室，说有面试的。得到我的许可，接着就领进来了。简历拿在手里，我就觉得照片很熟悉，一抬头，居然是魏清风的弟弟，清阳。头发剃了，平头，还穿上衬衫了，不过是休闲的那种，下半身还是吊裆裤，看见是我，扭头就走。

"魏清阳，你等等，你不认得我了吗？"

"晓晓姐，对不起，我不知道你在这里上班。"

"是怕姐走后门？哈哈，不会的，我会公事公办的。来吧，开始自我介绍。"

"还是算了，有些话我不知道该怎么对你说，总之我对不起你。"

"哪里对不起？咱俩好像是第二次见面吧。你爬我家窗户了？"

"去年你跟我哥闹别扭，导致分手，都是我的错。那些照片是我拍的。我女朋友在云盛酒吧促销啤酒，那天晚上，我去接她下班，觉得那个背影有点儿像你，就多逗留了一会儿，刚好撞见一个男的举着酒杯跟你搭讪，然后你俩一块儿喝了很多酒，最后还一块儿走了。我当时不知道该怎么办，打我哥电话没人接，就拍了很多照片发给我哥。可是你思想也挺前卫的，还去酒吧买醉……"

"怎么是你？！你为什么现在才告诉我？"素素挨巴掌后哀怨落寞的眼神清晰地浮现在我眼前，我浑身有点儿颤抖，情绪有点儿失控。

"我觉得我哥有权利知道啊，他就让我别管这个事儿了，他自己处理。我并不知道你俩因为这事分手了。后来有个女的，叫什么素素，跑来家里跟我哥解释这事儿，我才知道，那男的就是你一普通朋友，都认识，闹误会了，哎哟我去……"

"我知道了，你可以走了。"

"哦。对不起，晓晓姐。"

"等等，简历也带走，立刻，马上！"

刚断暖气的北京，按道理应该有点儿微冷，我的额头却沁出大颗的汗珠。我推开窗户，站在风口，北风呼呼地往领口里灌。从二十三层往下看，那些四环上的车啊，就像火柴盒一样大，人跟蚂蚁一样小。我有点儿眩晕，还有点儿腿软。我闭着眼睛，张开双臂，幻想自己在自由自在地飞翔。我绝对没有想跳下去的意思，不要误会。

　　肖雅在QQ上偷偷跟我说："据可靠消息，余总的老婆孩子都来了北京，举家团聚了，昨天还来公司视察了。可能得到风声，余总偷腥，所以老大你一定要小心。"

　　"跟我有什么关系？"

　　"小心撞枪口啊，跟地雷保持距离。"

　　"嗯，有道理。你跟怀旧版刘宇哥哥勾搭得怎么样了？"

　　"突飞猛进，势不可当，天崩地裂。我终于找到我人生的目标了。"得意，得意，得意……二十多个得意的表情。

　　"这么迅速？"

　　"当然，这只是我一厢情愿的假象，他把我当小孩儿一样对待，说年龄差距大。"

　　"你不会来真的吧？"

　　"他说我是图一时新鲜，缺少父爱，不过，我相信日久生情哈。我可以慢慢等，我不着急。"

　　"傲娇的公主终于体会到单相思的心情了吧？"

　　"你要帮我，不许嘲笑。"

　　"那你打算怎么谢我？"

　　"我朋友新开的瑜伽馆在做活动，我去搞定两张月卡，你看怎样？"

　　"再说吧。退下。"

　　"老大，老大，年卡，年卡，行了吧？"

　　"成交。"

中午，因为培训，几个脑子不太灵光的新员工搞得我心情不爽，便把刘宇拉出来，抱怨一番当老师真难，对牛弹琴。没想到他竟然没心没肺地挪揄了我一阵子，还发一些荤笑话或者不太正经的图片。我有种不被尊重的感觉。

我拿出撒手锏，给以强而有力的回击："玩世不恭，放荡不羁，活该戈不着媳妇，德行。"提到媳妇，刘宇沉默了。

怎么问也不回答。

晚上，我请部门的同事一起吃比萨，回家有点儿晚了。

回到家登录QQ，看见刘宇自顾自地发消息，貌似自言自语，或者汇报行踪。

"我以为我的伤口已经好了，但是被你刺激到了。"

"我妈天天催我找媳妇，到处给我介绍姑娘，哪个公园有相亲大会她都去。"

"我昨天没上班，在家睡了一天，没什么心情。"

"跟素素分手后，我咋就对女孩提不起兴趣了？都太现实了，到底有没有真爱啊？"

"我厌烦身边这一切。"

"我有点儿颓废，陌生到我自己都不认识自己的地步。"

……

"晓晓，我们单位要改革了。"

"好事。"

"晓晓，这就意味着我这熊样可能要失业了。"

"恭喜。"

"晓晓，你说我怎么那么命苦……"

"天意。"

"我不知道自己还能干什么。"

"等死。"

过了好一会儿，刘宇的QQ还在不停地闪，我正在看老片《周渔的火车》，索性噼里啪啦打过去一堆字表示怨恨。大致意思是：你烦不烦啊，别打扰我行不行？除了我，就没别的能充当垃圾桶听你发牢骚的人了？你一个大男人，悲哀不悲哀啊！

刘宇终于沉默，等我看完电影，忙去翻看聊天记录。他发的消息是：我该怎样面对肖雅热烈的感情？

我不大相信没心没肺的刘宇居然会问这个问题，是脑筋急转弯？用脚趾想想也不是。

我赶紧问："你还在吗？"

刘宇回复："告诉我怎样面对肖雅热烈的感情？"

我想也没想："据我所知，她认真了。你呢？你爱她吗？"

刘宇："我不确定。我该怎么办呢？"

我不以为然地说："等呗。世间万物老天都已经安排好了，所以哥们儿，你要做的就是怀抱积极的心态，等。等你确定你心里的真实想法再行动，在此之前不要轻举妄动。"

"哦，敢情你是大师啊。"

"屁啊，你这么正经我很不习惯。继续煽情一把哈，其实，你知道吗？我也在等啊，等待我的爱情，等待老天爷替我们做最恰当的安排。"

"如果你爱一个人到深处，会怎么样？"

"如果我爱他，如果去天涯海角恰好是他的心愿，我也会成全他。人

的一生应该有一次轰轰烈烈的爱情，就像飞蛾扑火一样。"

"晓晓，如果我也愿意陪你去天涯海角呢？"

"好啊，等放假的时候，约上肖雅，还有我的其他姐妹一起去呗。"

我当然知道刘宇的意思，可是我除了装傻，还能再打击他吗？那不是太没面子了？

我在打"轰轰烈烈啊、飞蛾扑火啊"这些字的时候，满脑子都是夏秋生的影子。

瑜伽

无论夜晚有多少故事多少忧伤，太阳总是会在第二天照常升起。

早上，我坐车路过慈云寺那个十字路口时，碰上个奇怪的黑衣男子，在斑马线处来回地走，走几步，停下，摆好姿势灿烂地笑，再走回去，再停下，再换个姿势，灿烂地笑。红灯亮起，车水马龙中，他站在一端，使劲地鼓掌，好像意犹未尽的红地毯谢幕。很多人在张望，很多人在议论，大家送给他一个统一的称呼：神经病，然后匆匆地赶路。晨曦将他的影子拉得很长很长。他沉浸在自己的世界里，自我陶醉，自我欣赏，让人不忍打扰。如果那是梦，他一定也不愿醒来吧，至少，此刻他的表情比我看起来快乐。

一到公司，肖雅就把两张瑜伽卡摆在我桌上邀功，还有详细的课程表。

"鸭鸭，这是什么？"

"瑜伽卡啊。瑜伽可以减压养心，释放身心，平静心绪，提升气质，冷静思考，达到修身养性的目的。老大，你快看看哦，下班咱俩一起去。"

"行，我对修身养性比较感兴趣，反正也孤家寡人一个，那就这么愉快地决定了。"

白天的工作是总结培训和考核新员工，正讲得口干舌燥，魏清风的妹妹打来电话。

我跟清风失联的日子里，总是他妹妹捎来消息——她哥哥买新车了；她哥哥年薪涨到五十万以上了；她哥哥拒绝了很多女孩，是因为心里还有我；她父母都在盼着他早点儿结婚，好抱孙子；他开始消极颓废了；他一天抽好几包烟了；他又借酒消愁了……

清风偶尔也会在QQ上留言，提炼一下中心思想就是：你还好吗？别太累了；多吃一点儿，不要太瘦了；不要太相信男人；不要不说话，我们不是仇人；如果我们不能在一起，就当远方的亲人吧。

我示意大家先看投影资料，走出会议室到阳台接了电话。

"嫂子，打扰到你上班了吗？"

"玲儿，商量个事儿，别叫我嫂子，叫姐。"

"姐，我要结婚了，3月18号，你能来吗？"

"真好，恭喜你，玲儿，姐姐替你高兴。我……我到时候看情况。"

"可是我真的希望你能来。对了，跟你说个事儿，素素过完年初六来我们家了，是来看我外婆的。我外婆病得有点儿厉害，我哥怕我外婆走之前遗憾。我父母都挺喜欢她的，当成未来的儿媳妇了。当然，除了我。我只喜欢你呀晓晓姐，我很遗憾你不能做我嫂子。"

"玲儿，其实这种结果挺好的，我真心替你哥高兴。如果没有我父母反对，就算不是素素，是其他另外任何一个女孩，我们也可能是这种结局。是我们自己有裂隙，不要遗憾。让你哥好好待素素，她是个善良的好姑娘。"

"姐，你真心这么想吗？"

"是的，真心的。祝你幸福，祝你哥和素素幸福。"

挂了电话，我想抽自己两巴掌。我心里真是这么想的吗？

考核完新员工，办入职手续交给甜甜，我以谈客户的名义带肖雅提前一个小时去图力雅瑜伽馆，地址就在民族大学旁边。

在一栋商住两用的复式楼上，空气里飘散着印度檀香的味道，在楼梯口就能隐约地听见类似于瑜伽冥想的音乐。进了门廊，渐入佳境。前台以及休息大厅装饰得很有印度特色，屏风处一尊大大的金色佛像。正厅有个很大的雕花木台可供倚靠休息，上面有些刺绣靠垫、竹编茶几之类的物件。入二楼楼梯的两旁都点着幽幽的蜡烛。拾级而上，二楼一共两间教室，其中一间可以上高温瑜伽。窗棂都是木质雕刻结构，随处可见很多来自泰国、印度的装饰品，琳琅满目，但是并不显得杂乱。大家都在安静地看书、打坐，或者休息，好一派和谐的景象，我有点儿喜欢这种味道。

免费送我和肖雅年卡的朋友居然是男士——乔，温和干净优雅，据说刚从国外镀金回来，热衷东南亚文化，大爱瑜伽，一回国就迫不及待地和朋友开了这间瑜伽馆。

换好衣服，在等待下节课程的时候，我们盘腿坐在地毯上聊起了天。

他轻而易举地就能把双脚盘在大腿上。

看到我们吃惊的表情，他说："练习瑜伽重要的是学会放松，一定要做到心无杂念，如果你还想着等下菜市场就快关门了，那肯定你这节课就白学了。"他的声音干净清澈，像泉水叮咚叮咚响的声音，充满磁性且富有弹性。我第一次觉得一个男人的声音如此好听，但是绝不娘气，偶尔也会蹦出几个英文单词配合他想表达的意思。

他捏了捏肖雅的肩膀说："小鬼，太硬了。我们常看到一些婀娜多姿的舞者舞动肢体，全身都散发出一股柔软、灵活和优雅，是不是羡慕不已呢？如果换成全身硬邦邦像一根木桩上下跳动的画面，那就不美了对不对？所以一定要做到放松。"

那节瑜伽课，现在我都还记忆犹新，整个过程是美妙的感受。十个人的课堂，十张瑜伽垫，表情各异的学员。肖雅东瞅瞅西看看，好奇极了。

忙碌的生活，我们或许从未感受过自己的呼吸，没有感受过自己的疼痛，没有感受过自己的关节、肌肉被拉伸。随着音乐响起，随着乔的示范，我徜徉在略微酸痛的自我舒展中。

乔会随时告诉我们，伸展到极致，请注意保持，吸气，吐气，哪里疼痛就放松哪里。

结束前，是放松练习，是我经常听的印度冥想音乐。

乔的声音悠远而绵长，飘荡在耳边，若有若无，似催眠，似梦呓。

"想象你的身体躺在一片碧绿的草地上，软软的，绵绵的，你静静地躺在那里，深长地吸气。空气中弥漫着花香、草香、果实的香味，身体的每一寸皮肤在沐浴着温暖的阳光。在你的身边，蝴蝶在花丛中飞舞，小鸟在唱歌，漫山遍野的野花竞相开放，红色的、黄色的、粉色的、紫色的。远处的青山，壮丽巍峨，松柏树傲然挺立，你听到远处潺潺的流水声，一条蜿蜒的小溪，泉水叮叮咚咚唱着婉转的歌，流向远方……"

这一幅美好的画面出现在我的眼前，我感觉到身体无限放松，很轻，轻得如一片羽毛，飘浮在空中。我听见了大自然的呼吸，听到花在开，树木在生长，露水悄悄地滴在我手心里，痒痒的——从未有过的轻松愉悦。

我能不能就这样一直躺着，躺到天荒地老？

从瑜伽房出来，天已经擦黑了，华灯初上，城市的霓虹灯把夜照亮。

肖雅异常累，抱怨胳膊腿哪儿哪儿都疼，疲惫地问我："老大，感觉怎么样？"

我郑重其事地说："谢谢你，鸭鸭，你让我重新找到一个得以安放灵魂的地方。"

"老大，既然这样，你就帮我搞定安放我相思的地方吧。"

"其实缘分是可遇不可求的。我提供了机会，剩下的，你自己去努力吧。"

"什么？你就带我蹭顿饭就算完事了？对得起我的瑜伽VIP年卡吗？6888元啊，老大。"

"刚好，我今天还有顿饭要蹭，再提供一次选择给你，要不要？"

"不要，你请我和我们家刘宇吃大餐，现在，马上打电话。"

"这么快你就转换立场了？就变成你们家刘宇了？他同意了吗？"

"要用发展的眼光看问题，早晚是我的囊中物，当然要维护我们家的利益。"

"我约了老朋友，但是，不是刘宇，你到底去不去？"

"不去，拜拜，我要回家了，我妈等我吃饭呢。"

久别重逢的高中班长出差路过北京，约好见面聊聊，一起吃顿饭。

他在我印象里是个精明理智的文艺男，大学毕业后考了公务员，穷讲究，傻乐呵，爱写东西喜收藏。他的吃穿住行、女友进展状态、心路历程，我都门儿清，原因在于他比雷达还敏感敬业，有事就第一时间通知我。

有一次，这家伙告诉我他挨批了，因为午休，睡了副局长的办公室沙发。睡得正香，被推门而入的副局长犀利的眼神秒杀了。我问他怎么不睡正局长的沙发啊。我的班长哎，你猜他怎么说？他说，正局长的办公室沙发肯定更舒服，可惜锁门了！

安静地听他回忆学生时代，一片荒芜，各种颓废，学习不好，爱跟其他年级的同学瞎闹。那些泛黄的同学录，那些当年肺腑抑或虚伪的赠言，还有那几张毕业照，依稀还记得当初的样子。终归是时过境迁，再也回不去了。

而我脑子里似乎还一直沉浸在瑜伽带给我的洗涤震撼当中，不争辩，不讨论，淡淡地笑。

分别的时候，班长说："不太像你的风格，黎晓好像突然之间成熟了，也沧桑了，这几年你到底经历了什么？让人心疼。"

我说："你也变了，这么久，时间都将我们慢慢镀上成熟的颜色，变得宽容、大度、淡然，适当地沉默了。"

他也呵呵地笑了，叹息道："岁月催人老啊。"

每个人都有自己的生活状态，要做的就是等待，等待一切属于你的到来，等待那些即将失去的离你而去。总有让你感动流泪的一瞬，总有让你刻骨铭心的记忆，总有让你莫名的沮丧，至少比停止思考要好得多。

怎么接触完瑜伽我就开始感慨了呢？这到底是好事还是坏事？

3月的北京乍暖还寒，刚才还一身汗，小冷风一灌，后背凉飕飕的。我在路边一边走，一边四处张望有没有空的士。身后的喇叭烦躁地响起，我一回头，亮瞎我的眼，开个宝马有吗了不起的？占着自行车道显摆？车窗摇下来，余总的脑袋伸出来。

"余总？你怎么在这儿？"

"刚才去兄弟公司谈点儿业务，还好我戴眼镜了，到处看路标，你刚好走到指路牌下，要不然这么多人，我怎么能看得见是你啊。走吧，现在是下班高峰期，不好打车，我送你。"

"你确定你找得到路吗？"

"当然，我买电子狗了，放心吧。"

"哦，哦。"我拉开副驾驶的门，一屁股坐上去，系上安全带。

我用余光扫描到后座上有人，短发，圆脸，丹凤眼，白净，毛呢短裙，跷着二郎腿在嗑瓜子。可想而知，后排卫生那叫一个脏乱差。

余总淡定地开着车，淡淡地说："是我媳妇，孩子要在北京上学了，专程过来照顾孩子的。"

"嫂子你好，我叫黎晓。"

"嗯，听说过。你跟着我们家老余有几年了吧，客服部经理是吧，每月底薪两万块加提成，老余年终还给你百分之十干股。"

"说这些干吗？谁告诉你的？"老余不悦地问她，然后又侧过头说，"黎晓，我可没跟她八卦这些。"

"没事，嫂子，你说的都对着呢。有什么问题吗？"

"没看出问题，这又不是什么见不得人的事，就算有见不得人的事，世界上也没有不透风的墙。"

我马上意识到这火药味儿太浓，这不是来照顾孩子的，这是来当侦探的。我恨自己，当时肖雅还提醒我别踩地雷，你说我咋这么"好"的运气呀！

"您说得对，身正不怕影子斜。余总之所以这么成功，原来是因为背后有这么干脆利落魅力四射的妻子呀，难得。"

"哎呀，小黎妹妹就是会说话，我请你有空一起去美容。"

"谢谢嫂子，我好像还不需要呢。"说完，我回头冲她莞尔一笑，刚好就看见她赌气似的把半袋瓜子扔向窗外。

老余不满地说："注意素质！都说开宝马的是没文化的土豪，你让我情何以堪啊！"

"你算哪门子的土豪？没文化倒是真的。"嫂子说完这句，歪在后座上假寐了。

第一回合，老余输。好厉害的角色！

谁也没有再开口说话，好像一不小心就容易挑起矛盾似的。至于为什么把我的工资待遇情况打听得这么清楚，肯定是枪口要对准我。我一阵胃痛。

到高井车站，我就提前下车了。

广场上很多老太太在跳广场舞。我突然来了兴致，也跟在后面没心没肺地扭了起来。我不知道六十岁的时候还能不能这么兴致高昂，有几个瞬间，我恍惚觉得，我会跟她们一样，一样子孙满堂，一样安享晚年。

一个还能憧憬三十多年后的日子的人，应该不算抑郁或者消极吧。

晚上躺在床上，记忆回放，我身边的人都安好，这种感觉真好。

公司上了新项目，由我跟余总的小舅子负责。日子就在上班、下班、发呆、练瑜伽，不经意间缓缓流逝，用"心如止水"来形容一点儿也不夸张。

春天真的来了。我办公室里的海芋越发茂盛了。这也多亏了肖雅，她总是威胁，海芋是她救活的，如果我对她不好，她就会对海芋下手，因为在去年冬天，我们都以为海芋死了，差点儿丢掉。所以，每次我们夸海芋长势喜人，她都拍着胸脯眯着眼看着你咧嘴笑，跟夸她是一样的效果。

转眼到了4月，这个月印象最深的就是，甜甜被余总老婆开除了。余总把发给甜甜的短信错发给了自己的老婆，于是在办公室前台，一场鸡飞狗跳的打斗上演了。所以说，不作死就不会死，这句话还是很有道理的。又有同事传言说是余总厌烦了甜甜，所以跟老婆一起联袂上演的一出苦肉计。

我再一次感慨伴君如伴虎的生活总是让我们唏嘘不已啊。

老余的媳妇到公司兼职做财务了，听说这是她的老本行。嫁给老余后她做了贵妇人，就没再施展才华，现在因为某些原因，要在我们公司重操旧业。我表示很不能理解。关键是她在老余办公室对面安置了办公桌，刚好在我两办公室的夹角处，这样大家都在她的监控范围内，而且此人神出鬼没，说来就来，想走就走。

所以，鉴于避嫌，少生是非，我跟老余请示问题都很官方，一般谈话都不苟言笑，大门敞开，开玩笑都是用眼神儿加哑语。这种氛围让人很是崩溃。可是毕竟老余有前科在先，也不是空穴来风，所以他的任何反抗都会被媳妇以带儿子回娘家为要挟，乖乖妥协。

这种状态下工作真要命。

夏秋生的彩信已经发到第七十五条了，离九十九条越近，我心里的鼓点敲得越重，我就可以再次见到这个人了，虽然我不承认"日思夜想"这个词合适。

又一个深夜，夏秋生打来电话的时候，我趴在电脑前看着资料睡着了，梦见我只身一人在梅里雪山迷了路，漫天的大雪覆盖了来时的足迹，我望不见要去的方向，很冷很冷。电话一响，我一个激灵坐起来，一看是小夏子，一肚子的委屈，还没说话便忍不住哽咽起来。

话筒里不停地传来咳嗽声、呼吸声，几分钟过去了，他连个屁都没放一个。

"你这个人怎么这么冷血？怎么也不问问我为什么哭啊？你的话费不要钱，我接电话还要电呢！"我实在忍不住，咆哮起来。

"疼，疼，疼得说不出话来。"

"哪里疼？"我紧张地问。

"两肺之间，胸腔中轴线偏左侧的位置。"

"中轴线？偏左？"我赶紧在身上乱比画起来。

"心脏？心脏怎么了？你有心脏病史？"

"听见你哭，我就痛彻心扉地疼。我在仔细地感受这种疼，简称心疼。"

"小夏子，你这不是心脏病，是神经病啊，我都哭成这样了，你还要贫嘴，你有良心吗？"

"我是认真的，我刚才确实疼了，不信你摸摸。"

"你敢放马过来，我就敢摸。"

"嗯，你记住你刚刚说的这句话。在做什么？"

"加班看资料，都快累死了。"

"那你来云南吧，我勉为其难，收留你，来吧。表现好点儿，说不定我愿意养着你。"

"那你要怎么养啊？"

"根据你的习性，我决定时而圈养，时而放养，提防你到处惹事。"

"我是宠物吗？那你是养到我找到新工作，或者找到接手人为止吗？"

"你可以不工作的，我养得起。至于接手人嘛，嘿嘿，我绝不放手，谁敢接手，我就打到他生活不能自理。"

"My god，你这么大男子主义？"

"能享受我这VIP待遇的人不多哈，你抓紧时间报名，给你走贵宾通道。"

"你这潜台词是不是你想？嗯哼？那你就说出来嘛，你不说出来我怎么知道你想？嗯哼？你这么拐弯抹角不累吗？嗯哼？"

"那你觉得我想怎样？嗯哼？"

"小夏子，我服你了，都洗洗睡觉吧，嗯哼。"

这个闷骚男，我要怎么说我好像喜欢上你了？你是要活活急死我吗？先承认你喜欢我会死吗？如果你再装，我就打算先下手为强了。

这样性质貌似就变了，我就被扣上了倒追的帽子了。容我再小小地矜持一下。

这天刚下班，肖雅推门进来，无比兴奋地跟我说："老大，我在公司内部帮乔卖了五张瑜伽卡，牛掰不？"

"那是自然。都谁上当了啊？"

"莉莉、小玉、阿美、玲花、妖精。"

"等等，最后一个，重复一下。"

"殷素素啊。她虽然辞职了，但是还在公司内部群里冒泡。我发了优惠活动，她看见后马上就捧场了，太不给力了，只办了月卡，这丫这么有钱，在这个事上有点儿小抠抠啊。"

"你知道这意味着什么吗？意味着你以后要经常跟你男神的前女友一起练瑜伽，你还卖卡给她吗？"

"卖啊，我还要卖年卡给她，给她打个八折，我要好好谢谢她，因为她的放手，才给了我下手的机会。另外，我要用优雅的姿态让她知道，眼看我就要得逞了，刘宇在我的呵护下茁壮成长，越来越有品位了，得让她悔青肠子，老大，你觉得怎么样？"

我表示佩服得五体投地。

临去练瑜伽的时候，大家在焦急地催促，肖雅却在洗手间淡定自若地对镜贴花黄，那个精雕细琢，我预感这是素素也要去了。

我的内心发生激烈的斗争，到底要不要去。最后心一横，世界之大，只要步履不停，总会见面，回避有什么用呢？如果她表现好，我还想亲口跟她说一声：对不起，素素，我错怪你了。咱这高素质可真不是盖的。

路上堵车，到的时候课程已经开始了。素素在第一排，靠窗的位置。她穿了一套纯白的瑜伽服，头发绾起，跟随着乔正在做侧腰拉伸的准备动作。我们从镜子里对视了一下。她双臂努力着拉伸到极致，像一朵白莲花，随风摇曳，淡淡地绽放着、妩媚着。

那节课一个小时，我的心安静极了，徜徉在湿答答的高温闷热气氛里，每个毛孔都在自由地呼吸，感觉浑身的毒素都在往外排，连同那些旧日的恩怨、往日的情仇都慢慢在融化、在流淌，在瑜伽垫上汇聚、蒸发。

课程结束的时候，我离门近，就站在换鞋处，定定地等素素出来。她在帮乔收毛巾，叠瑜伽垫，整理设备，温婉贤惠。你看，这就是我，太情绪化的一个人，恨一个人的时候，恨得咬牙切齿；爱一个人的时候，爱得热烈无比。

我们正式在休息室"会晤"了。

她盘腿坐在我对面，伸手用毛巾帮我擦额头的汗，心疼地说："晓，你又瘦了。"

那一刻，我知道她的心疼是真实的。我们冰释前嫌了。

也许在她的心里，我们根本没有前嫌，从头到尾都是我一个人跟神经病一样精神分裂着假想了很多情节，并入戏太深。

这样想着，我无比心疼之前那个病入膏肓的自己。你看现在，病好利索了，多快活的一个人呀。

我问素素："你还好吗？"我这个问题很宽泛，开放性的，随便寒暄寒暄。

素素低下眼帘，用手指一点一点触摸地垫上的雕花，慢慢地说："还好吧。过年的时候，我去清风家了，看望他姥姥。我在他家相框里看见你的照片了，跟清风站在一起，笑靥如花，我羡慕那时候的你。"

"我真不知道这事儿，你可以要求他拿下来，换成你的。"我真诚地说。

"我不要出现在相框里，我只想走进他们一家人的心里。"她喃喃道，"我偷偷帮清风装修了房子，给你看看啊。"

她马上打开手机，一张张图片，跟网上下载的一样，简约，现代。我没办法想象一套毛坯房，一个单薄的素素是怎么把它像变魔术一样装得很有家的感觉。

恍惚间，我看见了幸福。

"偷偷的？清风不知道？你哪儿弄的钱？钱勇的吗？"我一个接一个的疑问脱口而出，"如果清风知道，你觉得他会接受吗？"

"钱勇去戒毒所了，钱和车我都退还给他家人了。这是我开淘宝店赚的钱，我开了十一家店了。我想靠自己拼命地赚钱，我雇了我们老家的两个妹妹帮我一起守店。"

"你的身体吃得消吗？起那么早，睡那么晚，要进货，要拍照，要咨询，要发货，要售后。"

"没事，我扛得住。我只想为我坚持这么久的爱情做点儿什么。"

"他知道你这么拼命吗？"

"他……我始终觉得我可以走近这个人，却走不进他的心。"

我哑口无言。

辞呈

周姐在4月的最后一天打电话给我，说在首都机场，让我发公司地址给她，她马上到。

太突然了，我手忙脚乱地编辑短信，心情就如这4月的天一样，清澈的蓝。

估摸着时间就要到了，我坐在楼下的上岛咖啡店里靠窗等她。远远就看到一身休闲服的周姐，拖着行李箱信步走进来。如果戴个棒球帽，还以为从高尔夫球场归来。我赶紧小跑过去迎接。

两杯卡布奇诺，一盘点心。

"妹妹，我来看你了。"

"姐，你怎么不提前说呢？我好去机场接你。怎么你一个人？说好的宝宝和他爸爸呢？"

"呵呵，我这是公事出差，去天津考察一个酵素厂，顺便拐到北京来看你的。"

"哦，顺便啊，你怎么不说来看我，顺便去天津考察啊？"

"好吧，我错了，口误了。观你这面相，最近这半年过得是有多差啊！"

"我怎么差了？"我摸着脸问，"噢，我忘了你会祖传看相，看看我是不是印堂发黑？我可没零钱给你，就是昨天熬了夜，没啥。"

"你这皮肤有点儿晦暗，不够透亮，还缺水，这样容易长皱纹，妹妹好好保养一下。何止昨晚熬夜，我看你天天熬夜了吧，女孩子家还浑身烟味儿。"

"有那么差吗？"我拿起手机，对着屏幕仔细端详：眼窝深陷，两个重重的黑眼圈，还有眼袋了，眼角若隐若现的小细纹，嘴唇都干得要起皮儿了，没擦唇膏。我下意识地舔了舔。哎呀，这个提醒相当好，让我觉得我的状态太恐怖了。

我抬头看着正在往咖啡里加糖的周姐，微微低垂的睫毛，四十五度卷翘，皮肤细腻有光泽，亚麻色的卷发一丝不苟地盘起，空气中弥漫着若隐若现的叫不出名字的香水味道，真是一个成熟妩媚有风情的女人。

对比之下，我就好像一堆珍珠里的那只死鱼眼，暗淡无神。我撇着嘴用一个很沮丧的表情回答了她。

"好啦，知道错就行了，灰姑娘还没等到水晶鞋，没有成功上位的女人怎么能轻易懈怠呢？要随时保持邂逅提水晶鞋的王子的状态。"

"姐姐所言极是。"

"好妹妹，你天天微信微博刷得欢，都是报喜不报忧，到底怎么样啊？"

"就这熊样，你不是从我脸上看出来了嘛，还问，很累的。说说正事吧，你去天津考察什么厂？"

"酵素，你听过没有，能吃能喝能洗浴，是个天然的好东西，最近刚从韩国流行过来。我其中两个店刚引进，客户就反响好得不得了。我这生意不想做大都不行，累死算了。"

"姐，你这发家致富靠的就是敏锐的市场洞察力吧。之前听说过，但是没有留意过，你居然已经采取行动了。李嘉诚发家之前也跟你一样的思想啊，我真是佩服之极。"

"缺个能干的助手啊。呵呵，你哪天想通了，一定要来帮我，听见没有？咱俩脾气合得来，臭味相投。"

"你就不能在首都发展发展事业？你看看天子脚下，遍地黄金，客户集中，人才也多。"

"妹妹，你咋不说这里竞争也大啊，雾霾还重呀，房租也贵呢，夏天热得跟个火葬场似的，冬天冷得太平间一样。赚钱为了生活更好，生活更好才更有动力赚钱。可是我在这里压力大，胸闷气短，活不痛快啊。所以趁着气候还好，心情还在，来慰问采访一下你啊。我纳闷，你一个人孤军奋战到底在坚持什么？"

"姐，请不要打击一个悲催北漂的小小梦想，你每一次的摧毁都只让我更加坚强。我一定不会放弃的，不会被你威逼利诱的。我就是打不倒的王宝强！不要侮辱我的梦想好吗？咳咳，话说，我真给你打工，你能给开多少工资？"

"哎哟，这就对了嘛，早点儿弃暗投明，北漂无边，回头是岸。工资这些都好说，姐姐我能亏待你吗？未完待续的那个男主角，什么夏天生、秋天生的，快给我说说，这几个月发展到哪一集了？"

"我俩就没事QQ聊一下，没太大进展。你别辱没了神算世家，祖传的好东西在你手里白瞎了，你给我再卜一卦怎么样？"

"猴急了吧，求我啊，快来求我啊，不是不信的吗？"

"还想不想让我给你这地主婆打长工？如果想，就好好说话。"

"好吧，好吧，我给你分析分析。你俩QQ啊、电话啊都聊啥啊？"

"以前都互相播报城市天气预报、报纸新闻、怀旧老歌、革命故事，无所不谈，天马行空，比较宽泛，最近聊得比较狭窄了，开始关心对方城市天气预报、对方城市报纸新闻、对方的兴趣爱好以及对方这个人。"

"他最近有没有什么变化？言谈举止方面？"

"一个闷骚男，能有什么变化？再说，我俩就上网瞎聊，他举止上有变化，我也没长千里眼，也瞅不见啊。言谈？我发表一下意见吧。自我上次从云南回来，持续发彩信到现在，前段时间突然问我梦想中的未来是什么样子，你说他是不是《中国梦想秀》看多了？"

"你是真傻还是装傻？他根本不是一个爱说废话的人啊，他也许是想了解你，他的意思是告诉你，你的过去他没有机会参与，所以渴望领衔主演你的未来人生。我是这么理解的。"

"难道是当局者迷，旁观者清？"我迷茫地问。

"可能是吧。我眼睛有点儿痛，闭目养神一会儿。"

"我们余总在公司，要不要通报一下，晚上一起吃顿饭为你接风洗尘？"

"我就想安静地陪你待会儿。等我想想要不要见那个尖酸的商人。"

中午在黄记煌吃了饭，周姐临时决定去公司跟老余打个照面。我手机没电了，就没提前跟老余打招呼。这一没打招呼，老余就出洋相了。

到公司的时候，老余办公室的门是关着的，肖雅一边给客户打电话，一边朝我挤眉弄眼。可惜了，我没领会到她的意思，敲了三遍门，无应答，刚准备撤，门"吱呀"一声开了，老余板着苦瓜脸，示意我们进去。地毯上躺着很多皱巴巴的纸巾，两只宝蓝色高跟鞋四仰八叉地倒在地上。再看老余媳妇，仰躺在沙发上，让人浮想联翩，刚才发生了一场多么香艳的龌龊事件。老余媳妇红肿着眼睛，又朝地上扔了一团，原来是擦拭过鼻孔以及眼眶流出的液体哈。尽管这样，我还是觉得这场面不合适。

我赶紧说："余总，我先带我们的大经销商周香姐出去了啊。"老余媳妇看这情形，坐起来，把两只鞋穿上，尴尬地挤出一丝笑，扭着屁股退出去了。

老余耸耸肩，摊摊手说："对不起，让你们见笑了，家丑，家丑。"

保洁大姐迅速打扫战场。

老余往茶桌前一坐，烧水，烫茶具，舀茶，入盅，洗茶，雾气缭绕中，茶香四溢，刚才的不愉快已经一扫而光，跟周姐也相谈甚欢，颇有相见恨晚的感觉，还互相分享当初去西藏、香格里拉等地的旅途趣闻。

两个历经沧桑、阅历颇深的中年人，事业上的成功人士，彼此恭维着、赞赏着，刹那间，有种时光交错的感觉。大家纷纷抛开家庭纷争，忘掉琐事烦恼，单纯得像个孩子，在一起玩着半真半假的过家家。

晚上，我、老余、周姐我们三个人竟然约着一起，随便走走。

老余因为上班穿着西装，出门的时候，为了跟周姐看起来搭一点儿，火速回家换了白色的帽衫运动裤、灰色的运动鞋。

这是一个我从没见过、大脑里暂时忘记母夜叉、神采飞扬、精神抖擞的老余。

华灯初上，我们从宣武门穿过很多小胡同去前门，一路上我吃了数不清的橘子，看了数不清的木门阁楼，走了数不清的小巷子，终于到了。这么久在北京打拼，我居然没有在这样的夜里来过。高高的前门、长长的街道、拥挤的人群、花花绿绿的物件、悠扬的北京叫卖，怎么看都不够，怎么闹都不过分。

心情咋就这么好呢？

周姐说："我有个愿望，下次一定要带孩子来。"

我说："我要带父母来。"

老余想了想说："我就想带你们来。"说的时候是看着周姐的。

我一拍脑门，我是个多余的且会发光的。大家快来帮我看看，我这是多少瓦的啊。

"我能单独去听一场郭德纲的相声不？"

周姐听出我的话外音："别叽叽歪歪，老实儿待着，你这水平，都能说相声给郭德纲听了。"

老余也看了一眼手表，说："夜还未深，猴儿急啥。"

艾玛，这仨群口相声演员配合得跟提前排练好似的，今天说了一段哑谜。

算求，本想成全你们俩，还不乐意，那就别怪我昧着良心硬着头皮当灯泡了哈。阿门。

后海，久违了。

我想起周姐明天早上就要走了，我们见面的时间已经进入倒计时了，下次什么时候谁知道呢，那就好好珍惜这么短暂的相聚时光吧——内心在欢乐的气氛下有点儿伤感。

这些酒吧依偎在后海两侧，热闹的、孤独的、安静的、叫嚣的、寂寞的、颓废的、狂放的，形态各异。你喜欢哪个呢？我们去的是一家寂寞的。

歌手唱着冷漠的《伤心城市》，我们喝酒、玩牌、看魔术、聊天、打台球、吃零食、想心事、偷听情侣窃窃私语……

午夜，风凉，人困，酒尽，该回家了。我非常识趣地表示喝多了，头疼。

的哥在寂静的夜幕中哼着小曲儿，把车飚到一百二十迈，呼呼的风往车里灌。我们仨并排挤在的士后排，头靠头昏昏欲睡。

周姐说："妹妹，我去你那里吧。"

我刚想说"好"。

老余马上捅捅我，插话说："晓晓，你那儿不方便吧？"

我心领神会地答："好像不是太方便，余总，你说呢？"

"我送香香妹子去酒店住，离机场近点儿的，明早出发方便，省得误了飞机。"

"哦，听起来这个理由很不错。姐，你觉得呢？"

"余哥呀，你这么晚，你们家那位没查岗吗？"周姐并未回答我的话，挑了个话题问老余。

"陪客户，陪客户哈，走的时候交代了，是去赚钱呢。我们家那个见钱眼开哇，我跟钱一起回家，先看见钱，数清楚了，装口袋了，才会看见我。"老余自我解嘲地说。

"行，那就这么愉快地决定了。"

下车的时候，夜风骤起。

"妹妹，好好生活，照顾好自己，别太累了，苍老太快很悲哀。"

"姐，你也是，别让我挂念，好好的……"

老余抱着胸口，说："我胃酸得不行，你俩这是生离死别吗？至于这样吗？是不是琼瑶剧看多了？要我配情那个深深，雨那个蒙蒙的音乐不？"

"一边儿去，还没到你出场，别破坏气氛。妹妹，继续。"

"煽情个屁啊，回家抱我的狗熊睡觉了。余总，我把周姐就托付给你照顾了。我喝多了，先去了。"

"好嘞，去你的吧。"

至于那天晚上是否天雷勾动地火，我也不得而知。第二天，老余以及老余老婆都没有上班，好清净的一天。

第三天，来办公室的时候我才发现老余脸上挂彩了，创可贴都贴了三条。可想而知，昨天发生了多么惨烈的争斗，最后以老余惨败收场。

我强烈地意识到，我在这里的好日子也马上要终结了，也到了我不得不离开的时候了。

5月10号，我去洗手间经过走廊，听见老余在他媳妇的办公室里第N次发生了世界大战，噼里啪啦乒乒乓乓的声音。

我还隐约听到了我的名字，凭什么、为什么、百分之十、不同意，等等，类似的字眼，老余在愤怒地申辩反驳，傻子都能猜出来什么意思。

请允许我一脸黑线地爆粗口好吧，这他妈的都是什么事儿啊。我的心就像拧麻绳一样越来越紧，一阵痉挛，直至窒息。

我总结了，只有脸皮厚得像坨shǐ，才没人敢踩在你头上。

我都已经退一步海阔天空了，你还步步紧逼，老娘不是出来卖的，你俩还别在这儿谈论价钱了。

我木然地回到办公室，打开文档开始写辞呈。我宁愿相信老余不是在演甜甜戏的续集，我宁愿相信老余是发自内心地在为我争取，我宁愿自己雄赳赳气昂昂地辞职，大方体面地离开。

我想了很多煽情的话，比如谢谢您的栽培，知遇之恩永生不忘，比如我累了倦了不能陪你一起走下去了，比如我想回老家照顾我老爹老妈，比如公司不需要我了，闲得蛋疼。写完又删了，这些陈词滥调，之前也说过，老余都会背下来了，他的反应就是竭力挽留，搞得像男女朋友分手那样煽情、暧昧、不舍，每次哄哄就过去了。

只有这次，我无比强烈地感觉到，来真的了。

我敲开老余办公室门的时候，他正靠在沙发上闭目养神。

"余总，我要辞职了。"说完，我把辞职报告双手递到他手上。

"眼下这种情况我已经够受的了，你就别闹了，说啥也不批。"他眼睛眯成一条缝，把我的辞职信揉搓成一团，抬手准备扔纸篓。

"您还是看看吧，不看后悔。"

"黎晓，你换新台词了？说破天我也不同意的。你嫂子就是那样的人，你别介意。"他慢慢地将皱皱巴巴的纸打开，上面写了几个大字：我要回家结婚，生孩子了。

他托腮闭着眼睛想了很久，又慢慢睁开。我盯着他面部主要器官，他的眼眶红了。OK，是我想要的效果。老余，就算你是演戏也是个称职的演员，我也信你了，没白跟你奋斗四年，值了。

"黎晓，是真的吗？这是我唯一无法拒绝你的理由，我批了，我不能那么自私，耽误你的终身大事。我刚才闭着眼睛把你2009年入职，公司只有三个人，发展到现在六十多人，年销售额几十万到现在上千万，这近四年仔仔细细地回忆了一遍。你见证了公司的发展，而我见证了你的成长，你把美好的四年时光奉献给了公司，从一个黄毛丫头出落得这么亭亭玉立，你调皮、乐观、有主见、有思想、忠贞不贰，有职业操守。我知道很多同行高薪挖过你，你都没有走……"

"余总，您就别夸了，再夸我就哭了。我还没死，你先别急着歌功颂德。嘿嘿，打开天窗说亮话，您说的这些我真是担当不起，我随心所欲、任性，经常脸红脖子粗地跟您对着干，背地里还叫嚣着要灭了你。您不记恨就不错了，我这颗雷一扫，你能答应我跟嫂子好好的不……"

"能，必须能。"

5月31日，正式交接离岗。

我一直很纳闷电视剧里一辞职就收拾文件，拿个盒子，公司的东西随便就搬回家了吗？我表示不能占公家便宜。我还把我养的仙人掌、用剩下的指甲油、暖宝宝、手纸等统统送给部门员工。

我给老余媳妇写了一封信，放在她办公桌上。信是这样写的：

作为员工，陪余总走过四余载，创业真的不容易，且行且珍惜。

作为女人，没有人觊觎你的老公，一捧沙子，抓得越紧，漏得越多。

我无法猜测她看到这封信到底是暴跳如雷，还是悔恨不已。

肖雅知道我要离开，抱着我的脖子开始抹泪，她说："老大，我要跟刘宇结婚，你同意不？"

"傻丫头，你受什么刺激了？我代表党同意你俩结婚。别哭，我同意了，我百分百同意，可是这关我什么事儿啊？"

"你是媒人啊，我同意，你同意，这事儿就成三分之二了，就差他表态了。"

"你什么时候有想结婚的念头？"

"你懂什么，我是喜极而泣，我刚刚作了这个决定，因为你不用上班了，就可以有大把的时间帮我盯着他，软磨硬泡，我争取赶在十一国庆节把这事儿给办了。老大，我这事儿成不成就拜托你了。"

"肖雅，你也觉得你自己这么缺心眼儿，所以才哭对吗？"

"老大，你嫌弃我了。你让我再哭一会儿。"

鼻子酸不啦叽，眼睛红不溜秋。虽然我知道肖雅是希望我在这欢乐的气氛中送别才自黑，但是笑着笑着，我们却都哭了。我拒绝了老余的散伙饭，我喜欢热闹，喜欢蹭饭，但是好怕那种我作为主角的场面。

出公司后，我查了一下银行卡余额，还好，还有六位数，便打车直奔朝阳公园。姐从今天开始自由了，想干吗干吗，尽情撒欢儿吧，骚年。

睡到自然醒的日子太美好了。

不吃盒饭的生活太小资了。

野马无缰的感觉太美妙了。

抬屁股就走不用请假的自由太特么爽了。

如果你信了，是不是也想冲动一回？我绝不告诉你冲动是魔鬼这句话太对了。

这一周，我接了好几个同行业公司抛来的橄榄枝，都是圈内熟悉的人士，有套老余公司秘密的，有想拉我入伙的，有嘘寒问暖的，有谴责老余过河拆桥的，我都淡然一笑，因为江湖雾重，我并不知道是敌是友。

惊喜

一周老年活动中心的生活过去了，突然停下奔波的脚步，莫名的空虚感席卷全身，都快憋成痴呆了，就差躺沙发上撕报纸玩儿了。

"吃饭没有？一个人的午餐吃得香不？"我在混沌度日的某一天中午，一个磁性的男中音通过电话筒娓娓道来。

"还好吧，自己动手，丰衣足食，焖米饭，酸辣土豆丝、红烧豆腐，就等木瓜猪蹄汤了。我羡慕死你个吃食堂的，这香味扑鼻得呀。我这水平，都可以去毛家大饭店应聘主厨了。"

"你一个人，营养不错嘛，木瓜是得多吃哈，据说可以……嗯哼，你懂的啦。"

"姐心情好，吃嘛嘛香，你管得着嘛。"

"好像少个菜吧。"

"啥菜？有啥是我不会做的？没听说过。"我这吹牛绝不需要打草稿。

"你就没摊个鸡蛋饼啥的？"

"摊，摊，我摊你大爷的，你能忘了摊鸡蛋饼这同事吗？"

"介意给俺也添一副碗筷吗？"

"我这么好的手艺，倒是不介意，我以德报怨显得我大度，我把吃剩的快递给你，馊了我可不管。"

"我要趁热吃，还是我把自己快递给你吧，开门，快递要来送惊喜了。"

我疑惑地看了看大门，并没有敲门声。开什么玩笑，再说，我多久没网购了？哪里有神马快递呀。我8月份才过生日，哪里会有神马惊喜呀。

"不开门我可走了。"

你们有没有过十米内近距离跟一个人通电话？那种从话筒里和现实里传来的共鸣和声回音，让我的心一下子提到了嗓子眼儿。

我慢慢移到防盗门前，从猫眼里看到了我梦里经常出现的这个闷骚男：短碎发，整齐的鬓角，休闲纯白衬衣扎在腰带里，一个劲儿朝猫眼各种角度摆造型。

艾玛，什么情况？你家有亲戚是开飞机的吗？你想坐就坐，想来就来？

我打扮得花枝招展的时候你不来，我精雕细琢描眉画眼的时候你不来，我的房间干净整洁奶茶飘香的时候你不来，我的栀子花枝繁叶茂的时候你不来，你偏偏挑我蓬头垢面、像个二半吊子穿个大花裤衩身着炒菜围裙一身油烟、屋子乱得像狗窝的时候春心荡漾地跑来，你安的是什么心？

我抓耳挠腮啊，捉急哇。

再犹豫，再磨蹭，这闷骚男就走了，怎么办？怎么办？

我一手拿电话，一手掂汤勺，就傻不愣愣地把门打开了。

"你怎么来了？"

"味儿真香，就来了。"他夸张地深呼吸，慢悠悠地说。

"屁吧，一身油烟味儿。"

"没说你，我是说锅里煲的猪蹄汤真香。"

"你快说，你是专程来看我的吗？你快说啊。"

"嗯，我向毛主席保证，我申请专程来北京看你，顺便跟同事完成组织上交代的任务。"

切，切，切，你个二货啊，我只想听前半句啊。

"我从过年到现在都没有休息，就为了把假期攒在一起，好好陪你完成你的心愿，去梅里雪山。"他一脸狡黠地补充道。

"可……可你不是说，说要彩信送花，送……送到九十九朵嘛，可……可是还不……不够啊。"我有点儿缺氧，结结巴巴地说。

"嗯，所以我打算现场兑现，请你当面结清，一共二十一朵，笑纳。"说着，他从背后像变魔术一样缓缓拿出一束蓝色妖姬。那深邃的蓝，配上金粉，蓝得闪亮，蓝得炫目，送谁谁闪亮。

"可是，梅里雪山也不在北京啊，好像在……在你们云南那个方向吧。"

"我知道，我是怕你一出门就惹事，不是横冲直撞，就是被帅哥色诱，所以这次我打算从你出门之日起全程保护。"

"请问小夏子，你是打算感动死我吗？"

"请问傻大姐，你不打算请我进去吗？"

我这才反应过来，他还保持着站在门口的姿势，一手扶着门框，一手拉着行李箱。我们俩就这样一个门里一个门外，类似开门撞见推销保险的，寒暄了一堆无关紧要的保险知识。

"哦，哦，我智商还在睡懒觉，没起床，对不起，你快进来。"

我赶紧让开，脸上开始泛红，发烧。我怎么紧张了？我为毛紧张了？这绝不是我的风格。

这闷骚男，把行李箱靠墙放好，皱着眉头在我闺房里四处转悠，一会儿挠头，一会儿摸腮。我的床实在太乱了，床单皱得像刚演过毛片，内衣满天飞，电脑旁边都是土豆片、饼干、薯条、香烟等各种疑似能往嘴里塞的吃食。

还能再囧一点儿吗？

对于一个在部队待过的人来说，置身战场也没有这么手足无措。他的表情告诉我，他不忍直视。

我赶紧倒茶，盛饭，上菜，把他按在客厅的饭桌旁坐好，然后一溜烟地回房锁门，拽掉围裙，换上我的压箱底儿少女白裙。我要好好地迷煞夏秋生。然后把化妆包呼啦倒在桌上，开始手忙脚乱地当窗理云鬓，对镜贴花黄。

他本来在慢慢品茶，看见我开门，一口水差点儿喷出来。良好的教养让他闭紧了嘴，内部消化，然后饶有兴致地看着我含苞待放、羞羞答答地走出来，表情丰富极了。

我用屁股坐半边椅子，斜搭着腿，烟熏眼影涂过的眼皮眨呀眨，用眼神不断询问这个闷骚男，你他妈的倒是为姐的清纯装扮发表一下意见哇。

他先是对着桌上的饭菜一顿风卷残云，半晌才擦擦嘴开口说："你这是要演聂小倩啊，相比你这扮相，我咋觉得猪蹄更好吃哩。"

恨得我牙痒痒，淑女形象瞬间陨灭。

第二套野蛮方案上场。我在桌子底下，伸出脚把拖鞋成功地甩在他怀里，却不料收脚时一个角度偏差触碰到他两腿之间坚硬之物。节操碎一地啊，有木有？

等我反应过来，为这个意外收获捂着脸笑得前仰后合时，他的身体出卖了他的表情。然后，我偷偷从指缝里看他哭笑不得羞红了脸。等着，我能说我开始邪恶了吗？当真以为自己是柳下惠吗？今晚不把你拿下，真以为我是傻大姐吗？

为了打破尴尬，我问他："什么时候出发啊？去梅里雪山，提前上网准备装备啊。我列单子了，有帐篷、水壶、雨靴、雨衣、干粮、药品等。"

"来不及了，明天就得出发，我要更改行程，不回昆明了，直接去丽江，在那里准备装备，调整状态，然后再去梅里。这样安排你还满意吗？"

"哦。好，挺好。"我的心情陡然兴奋外加激动。

我笑不露齿定定地看着这个让我崇拜得五体投地的闷骚男人，淡定地小口喝汤，不要脸的灵魂早扑过去跟他热烈拥抱了，甚至高呼：小夏子，太棒了！

"以后麻烦你提前说，早点儿说，你每次这样出其不意地惊吓我，容易得心脏病。"我放下汤碗，准备收拾残局，放眼望去，一片狼藉，桌上能吃的全被扫荡，再次给自己的做菜手艺点10086个赞。

"你确定是惊吓，不是惊喜吗？如果是这样，我表示以后要调整一下作战方案。"

他显然已经忘记了那档子尴尬的事儿了，又开始一副吊儿郎当玩世不恭的熊样儿。

"能不能跟我一起回云南？你一个人在北京，我不放心。"这句话是在我刷碗的时候，他站在我身后不到五十厘米的位置，很认真很认真地说的。

我为了听清这句话，把水龙头关了。

阳光灿烂的6月，窗外一片明媚，空气中有初夏刚打理过的青草的芬芳。

我回味着这句话，我理解是一个闷骚男人怕遭到拒绝，一种委婉的告白方式，甚至是一句承诺。我是不是等得太久了？有眼泪划过脸庞，滴落在洗碗池里，之后就控制不住地像断线的珠子一样往下掉。我怕弄花了妆就不漂亮了，我怕他看到一个狼狈之极的黎晓，所以我尽量不出声，但我的肩膀出卖了我，抖动得异常厉害。

他从背后环住我的腰，把下巴抵在我的肩上，什么也没说。我能感

觉我们同一频率的呼吸，越来越急促。

我就这样回过头，两手泡沫都糊在他纯白的棉衬衫上，踮起脚尖，抱着他的脖子嘤嘤地哭起来。

他轻轻地拍着我的背，什么也没说，什么也没问。

我这颗小心脏又开始不纯洁了，这种时候是不是应该打个啵儿亲个吻啊。

趁着谁的手机也没响，也没人敲门赶紧的呗！脚脖子都酸了，你要不要长得那么高哇？

闷骚男说话了，他在这种不合时宜的情况下，开口说："我有话想跟你说。"

我在心里泪奔啊泪奔，你这么没有眼力见儿吗？我低低地答："嘘，留在丽江说好吗？"

他把手搭在我肩膀上，用深邃的、我看不到底的眼神说："你做好思想准备，我考虑了很久，想跟你说了。"

这是要跟我告白的节奏？没错，过山车那种感觉来了，很猛烈很猛烈的天旋地转。

"换个地儿说。"我打断他，环顾了一下四周。我不能接受，别人这种时刻都是在教堂、在电影院、在咖啡厅、在床上，甚至在天上、在水里，凭什么我就得在脏兮兮满是油腻的厨房？

"嗯，好吧，刚好我要慎重考虑一下怎么表达。"他的表情非常严肃，跟准备上坟一样。

这一忍，还缩回去了，脑残啊脑残，闷骚男要不要意志力这么不坚定啊？

我在洗碗的时候，他开始帮我收拾行李。

那两个小时，我默默地坐在床边，用手指绞着头发，看他不由分说地把我的衣服、用品，打包好，装箱子。

我说："我是去徒步雪山，不是去送死，你别收拾这么干净好吧，我应该还能活着回来的吧。"

他给我一个迷人的笑，说："跟我回云南吧，我答应过，要养你，你反悔了吗？"

我开始低血糖一样的症状，眩晕。是不是幸福来得太突然了？可是理智告诉我，我可以来一次说走就走的旅行，可是我没勇气开始一段奋不顾身的爱情。我有种种担心，我适应云南吗？我父母同意我离家那么远吗？他的家人亲戚能接受我吗？我们彼此没有了距离美，当真不后悔吗？

一丝慌乱，好像我真的可能要离开了，没有一点儿思想准备。北京，我可能暂时离开，可能永不回来，心里像下水道堵塞了。

"我需要时间考虑，你养不养得起我。"

"要对我有信心，我拔最新鲜的草把你喂得白胖白胖的。"

说话间，手机QQ弹出消息，肖雅在群里组织大家去上乔的瑜伽课，结果一呼百应。我想很多人都是冲着乔去的吧。

我想念我的小伙伴了，当然也包括素素。

"素素，下午6点瑜伽课，不见不散。"我鬼使神差地发了短信给她。我要去云南，却很想念她和他（你们知道他是指谁吧），像一道没有揭开谜底的谜。对，是想念，还有心疼。

"你陪我去上一节瑜伽课吧，借用你一下。"我跟小夏子说。

"那意思是我从现在开始就行使我的监护权了？出发。"

我俩坐地铁直奔瑜伽馆。因为有小夏子在身边，我有一种被保护的那种街头小霸王的嚣张气焰在蠢蠢欲动。

到的时候，素素、肖雅，还有之前公司的，除了男的，姑娘们基本都来了，连做饭的大姐都穿着大花T恤、提着毛衣针毛线团看热闹来了。原来，我还是低估了乔的魅力。

夏秋生无疑是人堆儿里出类拔萃的那一类。单人沙发上坐定，马上成为大家七嘴八舌讨论的焦点。这个光芒盖过乔的男人，翻着杂志，时而抬头冲我们大家微笑问好，上扬的嘴角，淡淡的笑意，我不禁心猿意马。

肖雅连呼："老大，你是真人不露相啊！不带你这样的，保密工作做得这么好。"

我拉素素坐到夏秋生对面，还没等我开口，素素便说："我们家晓晓是个好姑娘。"

小夏子说："素素，我听晓晓经常提到你，你也是个好姑娘。"

他们都借别人的口夸了想夸的人。真的都是好人。

"我要带晓晓去云南了。"

"晓晓，是真的吗？"素素抬头，看站在身后的我，目光里包含询问、吃惊、伤感。

"我只是去旅行啦，还会回来的。"

素素说："对不起，我打个电话。"然后离开座位。

夏秋生就这样看着我，逆着阳光。我隐约看见他眼里的疼惜，仿佛要把我揉进他的眼睛里。如果时间能够静止，我希望就这样含情脉脉地对视下去。这是对两个互有感觉的人来说，如果没有感觉，肯定是在玩干瞪眼。

四十五分钟的瑜伽课结束。素素说："我想请你们吃顿饭，请不要拒绝我。"

东来顺涮羊肉。我们到的时候，素素一边打电话，一边让我们跟随服务员直接上二楼。上楼梯的时候，我有种不好的预感。果然，我的前男友魏清风同志在楼梯口迎接我们。我愣了一下，回头找素素，在心里骂了这个死女人几百遍。她在后面磨蹭个鸟啊？这么尴尬的场景，我一个人怎么对付得了？

"黎晓，好久不见。"的确，这是多久了？恍若隔世啊。在我注意力只关注夏秋生的这么长时间里，我以为我忘记了这个人，可是我的心在微微地颤抖，我害怕他参透我的心思。我只能说岁月又一次给这个男人镀上了一层金色的光芒，不一样的成熟，专属职场的睿智老练。

小夏子一看我的表情，应该马上心知肚明了。

火锅已经开始热气腾腾了，啤酒上了十瓶。

素素上来了，笑盈盈地坐到清风旁边，很自然地举起酒杯说："晓晓，我都不知道说什么了，是我让清风来的。我希望你是真的幸福。"

素素绝无恶意，我对灯发誓。

夏秋生跟清风心照不宣地喝酒，寒暄，一杯接一杯。

素素希望清风亲眼看到我的幸福。既然放手了，就把心也放下吧。

有人说，如果他结婚了，你觉得惋惜，说明你爱着他；如果他结婚了，你觉得欣慰，说明你放下他了。

我一边小口地抿着酒，一边琢磨，魏清风结婚了，我到底是觉得惋惜，还是欣慰呢？

素素的眼里写满期待。

我把每个人的酒杯都斟满，说："我和夏秋生敬你们俩。吃了这顿饭就要说再见了。"为毛心里有一种壮士一去兮不复返的凛冽哩？我还归类了，我和夏秋生一类，他俩一类。

清风不知道是喝多了还是手抖，举杯子的手颤颤巍巍，都洒到火锅里了。菜都在锅里煮烂了，大家几乎没动，酒又加了几瓶。

素素说："夏秋生，喝喜酒的时候记得通知我们，好吗？"

夏秋生说："我们约定一下，可以来个比赛，看看谁抢先啊。"

素素说："晓晓肯定当仁不让，我嘛……"她轻轻地摇头加叹气，对未来的双重否定。

我终于忍不住替素素拉票："魏清风，素素一个人帮你把房子装修好的事情你知道吗？素素起早贪黑，守着十一个淘宝店你知道吗？素素一心扑在你身上你都知道不啊？"

"这些我都刚知道，我会好好待素素的，倒是你，一定要好好的。"他的眼睛泛红了。

夏秋生说："大家都好好的吧，明明吃的是火锅，怎么感觉好冷？"

"服务员，麻烦帮这位先生把空调温度调高一点儿。"我拍着桌子嚷嚷起来。

吃完饭，喝了酒的魏清风一定要开车送我们几个。

素素强硬地说："你他妈想死，我们不乐意奉陪。"然后就把车钥匙装兜里了。

这就是素素，可以温婉，可以强悍。

打车先送的素素，然后出租车就开到高井了。

下车以后，夏秋生说："魏兄，我们先回去了，后会有期。"

魏清风说："好，保重。"

关上车门，夏秋生拉着我微微沁出汗的手，我没敢回头看他最后一眼。

咫尺天涯的感觉。

夏秋生说："这楼下有家汉庭酒店，我去看一下还有房间没。"

这么自觉的男人，把我搞蒙了，如果不是柳下惠，也不是阳痿，我还能找出第三种解释吗？

我无语地点点头。然后他就火速把房间订了。送我回住处拿他行李的路上，我使劲儿扒拉着手机，到处找信号，百度能不能搜到怎么搞定闷骚男啊？十万火急啊。

几步路就到家了，快到楼梯口，趁着夜色，夏秋生突然揽过我的肩膀，抱着我，亲了一下我的额头。那个吻有点儿温柔，有点儿湿润，我再次被搞蒙了。这分明就是暗示，暗示就是勾引。

闷骚男说："明天早上我会按时叫醒你，所以今晚早点儿睡。"

我答："要是睡不着呢？"

他说："那我陪你在手机上聊天。"

我："呃……"

你赢了，你让我这么奔放的女汉子都没法搭话啊。

请问夏秋生同志，你这么大老远地跑来，抛弃你的同伴，冒着挨组织批的危险，就是为了住在我楼下的破快捷酒店里，拿着手机陪我聊天吗？你能有点儿血性吗？有点儿欲望、有点儿企图吗？求求你了。

闷骚是一种病，得治。

然后，我就站在朦胧的月光里，一种渐行渐远的不舍。

猫爪挠心啊。

在我报复性准备关机之际，接到魏清风的电话。

他直截了当："你一个人在家的吧？"

"关你鸟事。"

"你的夏警官去酒店了，我看见了，你下来一趟，我有几句话跟你

说，说完就走。"

"你怎么还没走？如果我不下来呢？"

"那我只有上来了。也许我们以后都没有机会见面了，几年的感情做个总结吧。"

为了避嫌，我还是下楼了，路上脑子里反复闪现他玩命喝酒的样子，有点儿于心不忍。

"我以为你一回头就能看见我在原地等。我不喜欢勉强人。其实，直到今天我才真正意识到你可能找到属于你的幸福了。他确实比我合适。我从没有送过你一件像样的礼物，过年的时候我在王府井买了一枚戒指，我在等你一回头就鼓起勇气给你戴上。今天素素给我打电话说，你男朋友要带你去云南了，我就知道你不需要了，我换成项链了。做个纪念。"昏黄的路灯下，我分明看到他眼睛里波光闪烁。

白金镶钻，在月色里闪闪发光。

我太了解他的脾气，我没有拒绝，也没有感谢。我拿着项链、包装盒，木然上楼。

这个小插曲搞得我无法呼吸，明明是好天气，却感觉是下雨的情绪。

回家，关机，一晚上没有睡着，半夜还淅淅沥沥地下起了小雨。

第二天早上，夏秋生很早就来敲门，我穿着吊带内衣披散着头发去开门。

他带了豆浆鸡蛋，刮了一下我的鼻子，说："小懒蛋，睡得好吗？"

"好极了，这么大的床，一个人滚床单，撒欢儿地滚。"我没好气儿地说。

他幽幽地说："还好我没在，要不然就肯定不好了。快起床吃早点，等下就要出发了，航班是中午12点30分的。”

“请你回避，我要更衣。”

他极不情愿地边走边回头：“我就不能参观一下吗？”

“参观你个头！过期不候。”我嘟囔道。

“过啥期啊？啥过期啊？”他不解地问。

我“砰”的一声把房门关上，快速收拾自己。

走的时候，我坚持只带徒步梅里雪山用的东西，我不清楚冥冥之中自己在期待怎样的结局，但我知道，这次旅行回来，答案就要揭晓，我也要作出决定了。

夏秋生把衣柜里的帽子取下来，装进了自己的行李箱。这个动作让我心寒不已。

我打开抽屉，拿出项链，说：“你帮我戴上呗。”

他说：“好。”

我说：“魏清风送的。”

他说：“好看。”

我着实不了解这个闷骚男了，三棍子打不出一个屁来。我的理解中，如果这个人喜欢我，一定会嫉妒，就应该拿出一点儿男人霸气来，一把扔到窗外，然后说：“我给你买！”

我绝对再次踮起脚尖，深情吻他：“够爷们儿，我就稀罕你这样的。”

所以，用“勾践”形容我，挺合适的。

婚礼之前，
与你告别

遇见浑然天成的爱情，
错过多可惜

如果努力了，收获的不是果实，
是现实，我们也要笑纳。

第 五 章

B e f o r e
t h e w e d d i n g
S a y g o o d b y e

真相

我们就这样慌慌张张地到了首都机场，但得知一个噩耗：因为丽江那边天气不佳，飞机晚点三个小时。

我们过了安检后，百无聊赖地在等候区的饮品吧一杯接一杯地喝西瓜汁。我脑子里一遍遍回放我在越南认识这个好看的男人的过程，很梦幻，很韩剧，很狗血，本来以为没有交集了，本来以为只是驴友，呵呵，马上就变成姐的私有了，可是我唯一的芥蒂就是那顶帽子。

夏秋生在这期间陆陆续续接打了几个电话，然后对我说，他的同事要回昆明，刚好也是下午的航班，要交代一下工作。

我还对着手机屏幕好好整理了一下我的马尾辫，白T恤、牛仔短裤、白球鞋，OK，都没问题，好清纯的一个邻家女孩。要给他同事一个好印象，回去好给我造势啊。

"张冒，李瑾，我们在这里。"我看见他朝一男一女挥手，我也赶紧站起来。

"夏队，飞机晚点了吧，北京这是要留你多待些时候呢。"

夏秋生是队长？我撇撇嘴。他介绍完这俩同事，说："这是我……朋友，黎晓。"

我见过这个叫李瑾的女孩，在夏秋生母亲的葬礼上。

她碰碰张冒，说："你不觉得她像梅雪吗？"

张冒本来在整理资料要给夏秋生，听了下意识地抬头盯着我看，那一秒，我希望他给否定答案。

"像！是太像梅雪了。夏队，夏队，这是怎么回事？"

夏秋生异常地沉默，就好像在追悼会现场。

可以像任何人，像你身边的A、B、C、D、E、F、G，像任何一个你喜欢的，或者喜欢你的、跟你传过绯闻的、相过亲的、上过床的，我都表示可以接受，但是能不能不要告诉我像帽子的主人啊？这是我不能接受的事实。

我可以用我的泼辣彪悍干掉你身边一票围着你的人，却唯独不是她的对手，她不屑于还手，因为她被你窝藏在心里。

"梅雪是谁？梅雪是谁？"泪眼模糊中，我无力地问。

谁他妈能给我解释一下。

我抬头斜视夏秋生，扶着他的胳膊，我觉得全身的血液都集中在脑子里。

他们三个沉默了，瑾的眼里还闪着泪花。

我这张脸是有多大众，才会跟你曾经挚爱的人撞脸。

他俩以时间到了为借口，匆忙退场。

西瓜汁喝多了，我有点儿尿急。也许掺了酒精、安眠药之类的东西，我怎么走路有点儿踉跄？洗手间都差点儿找不到了。

我多么希望《还珠格格》里面没有容嬷嬷，我多么希望《甄嬛传》里面没有华妃，我多么希望飞机按时起飞，没有让我遇见这俩群众演员，或者在我第一次去云南的时候就让我遇见这俩群众演员，我会笑着说：梅雪的照片呢？快拿来给我看看有多像。

可是现在，就算放在我眼前，我也不敢看那张据说相似度很高的脸。人家是高大上的梅雪，我是山寨的，我怎么能是那个倒霉的山寨货？！

早一些知道这件事，就不会像现在这样被坦克反复碾压心脏了吧。

我语无伦次了，让我伤心一会儿。

"那么，我是个替代品吗？在越南那么多人里，那么多闯红灯的人，你唯独救我，制造的邂逅就是为了看一眼这张似曾相识的脸吗？是还是不是？"

"是。"

我本来就像一箭射中心脏，又被这家伙嗖的一声把箭拔走，我的胸口啊陡然喷血。

这个字艰难地从他齿缝里吐出来之后，居然没有下文了。

这个闷骚男给我出了个难题，他自己也手足无措了，想抽烟了，拿出来又塞了回去，因为旁边禁止吸烟的标志太醒目了。

请问有导演在看吗？请帮我诊断一下，这种狗血的剧情能拍成电视剧吗？老天爷是嫌我的人生太顺了吗？我咋就不能好好地爱一个人，简简单单地结婚生孩子，做个贤妻良母？一定要折腾成老姑娘，被拐到山沟子里都没人要才罢休吗？

为什么一定要在我心里开始慢慢装载你的时候，告诉我这样一个残酷的现实？

我再伤心一会儿。

"我不想去了，你自己去徒步你的梅里雪山吧。还带个'梅'字，我是有多倒霉才会认识你。你始终都不曾提起这个人，梅雪，呵呵，就像个梅花烙一样印在你心上吧，可见她是你不能触碰的痛。"

像不像琼瑶剧？像不像？虽然我没有耐心从头看到尾，但是煽情的片段还是会一点儿的。印象比较深的是，紫薇说，尔康，你的眉头为什么皱得那么深？我真想拿一把熨斗把它烫平。请问紫薇，清朝就有熨斗了吗？你们宫里的衣服那么服帖，用的是电熨斗还是蒸汽熨斗？

哦，跑题了，说煽情呢，你看现在不是用上了吗？从别人嘴里说出来听着像怀孕早期一样想吐，自己说出来差点儿把自己都感动了。

"好吧，黎晓，我现在坦白，已经算不了自首了吧，请让我说完再判我死刑，让我死在你手里。晓晓，这是这么久以来我一直不敢对你说的秘密，在我心里反复纠结，本来昨天下午我打算告诉你，你说去丽江再说。那一刻，我不忍心打扰你的幸福，你知道吗？"

"什么？昨天下午你想说梅雪？你没想表白？"他把箭嗖的一声又插回来了。

"我是想说完梅雪，再表白，因为我不知道我说完梅雪，还有没有机会，还有没有资格跟你表白，我怕被你乱棍打死。"

"夏秋生，我从来不敢触碰你的痛处，我从没想过我们会有将来，是你让我一点点看到了希望，觉得未来一步步来了，可是你让我如何接受这个事实？我就永远必须活在她的阴影里吗？如果是这样，我宁愿那个帽子的主人是我。"我泪眼婆娑地说。

"别傻了，都过去了。晓晓，我承认我在越南遇见你的时候，多次产生幻影，觉得你就是她，她就是你。回去以后，我陷入这种苦恼不能自拔，所以你一个人在丽江的时候，从你踏上云南的土地那一刻起，我都知道，你乘坐的航班、你住的客栈、去的景点，可是，越走近你，我越怕伤害你，这对你不公平，你是个外表坚强、内心脆弱的女孩。"

"等等，你怎么知道航班、客栈之类的信息？你监视我？"

"哦，警察内部有个基本办公系统，叫警务通……"

"你还是监视我！"

"我拜托我丽江的朋友一定要保护你，如果你有危险，我会尽量第一时间出现。"

咳咳，又跑题了，说梅雪呢。

"为什么上次我去昆明你不告诉我？为什么我跟你网上聊天你不告诉

我？为什么我跟你通电话你不告诉我？其实你有很多机会说出真相的，对吗？"

"我没告诉你，是因为我心疼你。"他的心疼都写在眼睛里，满满的。

"那现在呢？现在呢？"我的心也开始揪心地疼。

"现在，我用我母亲的名义起誓，我确信我爱的是黎晓。从我第一次给你发彩信送玫瑰花开始，我逐渐意识到，你是你自己，你不是任何一个人的替代品。我是真的想照顾你一辈子。"

我想质问他，那你带帽子做甚？你带帽子做甚？

最终还是忍住了，我害怕一不小心伤害到他。我是个好奇心太重的孩子，唯独这件事我忍住了。我是不是该矫情地扭头回去？可是我的脚不听使唤。

就当是一次冲动的旅行吧，何苦为难自己？来，亲，让我们聊点儿轻松的吧，调整好心情，花钱旅行图的就是开心的说，这样想着，我的脸色继而多云转晴了。让我肆意地做一回坏女人，可好？

"小夏子，你喜欢丽江吗？"在飞机上等待起飞的间隙，我问他。

"嗯，你喜欢的地方我都试着喜欢。如果你在一个城市没有待够，就不要轻易来丽江；如果你来丽江后发现不过如此，不要着急回去。"

不知道这句话是不是原创，但是从这个闷骚男嘴里说出来是不是还挺文艺范儿？以至于我又开始犯花痴了。

闷骚男打电话给他开客栈的朋友。我听见断断续续的对话："……只剩一间了？好吧，先给小弟留着，等有客人退房再说。"

这是老天爷也想助我一臂之力，搞定闷骚男的节奏吗？

到丽江大研古镇的时候，天一直在下小雨，空气清新得不得了。夏秋生熟门熟路地领我七拐八拐地找到他朋友黑子开的客栈海棠苑。院里海棠花已经开过了，绿叶茂盛的枝头零星地挂着几朵生命力比较顽强的花骨朵儿。

老板黑子是北京人，长得一点儿也不黑，小白脸样的，但是腹黑，因为我看到很多空房间。大家心照不宣，心知肚明。

走过长长的飘雨的古镇，人也乏了，衣服也湿了。闷骚男在客堂里跟黑子聊天喝茶叙旧，我进房间开始洗澡，洗完了头发才吹干了，这厮还在聊。扒拉了好久行李箱，找到一条吊带碎花裙，胸前还挤出一条沟儿，等得好着急，这厮还在聊。然后无聊地看了一会儿电视，摆了各种姿势，这厮还在聊。

我发了短信过去：都湿了，不洗洗吗？

我听见木走廊有脚步声，他走进来，暧昧地笑了一下，然后就当着我的面儿把T恤、牛仔裤脱了，剩下一条纯白四角内裤。我趴在床上看电视，眼睛都没眨一下。我能说，虽然瘦一点儿，但是身材很好吗？该有肌肉的地方，肌肉发达，该有体毛的地方，体毛旺盛。啧啧，上半场点评完毕。

隔着薄薄的玻璃门，我听见浴室里水哗啦啦地流，他还吹了几声口哨，沐浴乳按压揉成泡沫经过他的身体的声音、刷牙的声音、毛巾摩擦头发的声音……我明明在看电视，整个沐浴流程却似一幅完整的画面被清晰地现场直播。

他裹着浴巾出来的时候，我还保持着趴在床上的姿势，用手肘托着脑袋，傻乎乎地问："奇怪啊，为什么电视只有几个频道？"

"这是因为，黑子老板说，到丽江，不应该是来看电视的。"

"那应该干什么？"

他朝床边走过来，仰面躺在我身边。此时，我环顾了一下房间，拉着厚重的窗帘，床头开着橘黄色的壁灯，电视屏幕散发着幽幽的光。

他离我只有十厘米的距离，双眼迷离地盯着我看，回答说："应该……干点儿应该干的吧。"

"那……那什么，是应该……"

我还没想好怎么捅破窗户纸，闷骚男突然就侧身覆唇上来。我没反应过来，好闻的高露洁的薄荷味道就传递到我的舌尖。他的吻很轻，很缠绵。我YY半天，当来真的才发现配合得很木讷很囧。他的手隔着我的裙子到处游走，呼吸开始粗重。我环住他的脖子，在他后背上软软地摩挲。床单都皱成一坨了，火候也到了，沙漠上吃了一条咸鱼，嗓子眼儿都干得不成样子了，这个前戏应该做足了吧，他伸手在床头柜里摸索半天，除了一手灰啥也没找到，突然扑哧一声笑出来，轻轻地说："亲爱的，我出去买。"

我勒个去！死黑子开个神马破客栈，连个套都不知道准备！

他出去了，我裹在被子里，喝了半瓶矿泉水。

尿急，披上睡衣去洗手间，这一尿还流血了，我一算日子，果然应该来大姨妈了。

一大群乌鸦从头顶飞过。

我打电话给夏秋生，不害臊地说："帮我买一包姨妈巾，谢谢。"

电话那头儿没说话，能想象到这闷骚男被这突然到访的亲戚搞得瞬间石化了。

他回来的时候我已经穿戴整齐，床单也恢复到初始状态。

他把手里的袋子打开，分别是：不同牌子的姨妈巾三包、暖宝宝一个、止疼药一盒、红糖一包、水杯一个、袜子两双。

我能说闷骚男是妇女之友吗？懂得还真多，这些恰好都是我需要的。

我那个感动啊，请允许我以身相许，可惜了……

天擦黑的时候，我和黑子、夏秋生一行三人纷纷表示很饿，要大吃一顿。穿过热闹的忠义市场，来到永霞小吃。

还没在草墩子上坐定，黑子就叫了腊排骨汤锅、酸辣鱼、煮小米菜、爆炒牛心管、爆炒牛心肺、爆炒牛杂。

没有小二，也没有厨房，厨师颠着大勺，听见报菜名，马上屁股对着我们，在墙根儿往锅里加料，就热热闹闹地炒起来了。

"你听听这些让人没有食欲的菜名，再看看这个环境，必须在这种地方吃饭吗？"我绝望地问道。

黑子哈哈笑了，说："姑娘，你不要先尝尝味道再做评论吗？"

说话间，那个最血腥的名字爆炒牛心管就上桌了。哇，闻着不错，有川菜的感觉。再尝一下，艾玛，太好吃了。高手在民间啊，师傅，再来两盘，快！

我能说我爱上这个小破店了吗？除了早点，那几天，在丽江的饮食都在这里解决了，百吃不厌呢。如果现在忠义市场还没拆，你一定要去找下永霞小吃。

汤足饭饱，回客栈稍事休息。

我把我和闷骚男的衣服都泡在盆里准备洗，他接过去，说："好贤惠，不过，今天就不给你表现了，肚子疼就去躺着好好休息吧。"

一阵暖流经过心底，跟那什么牌子的姨妈巾做的广告一样，好贴心，好舒服。

准备写徒步梅里雪山的采购单，我翻夏秋生的行李箱找纸笔，在内侧拉链袋里看到那顶米色的帽子，关键是旁边还有一沓照片，6寸的普通塑膜照片，是个女孩，有证件照，有制服照，有休闲照，笑靥如花，花开刹那。那眉眼，跟我确实有点儿像，原来，我剪短头发也很好看，很清爽呀。

我有一种偷窥到夏秋生秘密的内疚感。

我更有知道了这个秘密不能发火的委屈感。

我还有受了委屈不知道该以什么名义发火的窘迫感。

我快速拉好拉链，盖上箱子，闭上眼睛默默流泪。我逼自己再忍忍。

没想到还睡着了，被楼下客人一直在喊limo的一只猫的声音给弄醒了。醒来的时候眼睛酸涩。

黑子约我们去酒吧。正合我心意。

那是一家在一条寂寞巷子里的驿站火塘酒吧，墙上贴满了标签、征驴友信息、旅游推荐、照片、留言等。露天院子里，大家围着篝火烤串儿，歌手捧着吉他在深情献唱。

一楼客满，我们在二楼靠窗坐定，是黑子挑选的位置。

夏秋生一直在拦着不让我喝，三个人两打啤酒下肚。不是都说酒后吐真言吗？我有那么多问题想借着酒劲儿问你啊，夏秋生同志。所以，今夜不醉不归。

陪君醉笑三千场，不诉离伤。

王菲的《红豆》，经过歌手沙哑嗓音的演绎，别有一番风味，在整个酒吧里慵懒地回旋：有时候　有时候/我会相信一切有尽头/相聚离开　都有时候/没有什么会永垂不朽……

"同一家酒吧，同一个位置，同一首曲子，只是物是人非了。"黑子感叹道。

压死骆驼的最后一根稻草还是来了。

我表示不淡定了，完全挑战了我的忍耐极限。

"夏秋生，你身边的人都知道她的存在，你们还共同缅怀，能不这样欺负人吗？"我的眼泪像决堤的海，汹涌澎湃。说完，我一边忍住酒精带来的头晕，一边冲下楼梯。

门外，冷风吹，我心伤悲。

"晓晓，等等我。"他一把抓住我的胳膊，说，"我的亲戚朋友都知道她，回避不了，我的人生面临的一道坎，迈过去了，我知道很艰难，对你不公平，我很心疼你。我真的从过去走出来了。我陪你一起面对，好不好？"

我很想原谅他，抱着他哭，但是我的内心在呐喊：那帽子呢？那照片呢？那么多酒吧，专挑这一家，这不是睹物思人吗？叫我如何相信你？

我说："一场游戏一场梦，本来我就不相信感情了，我的心已然在魏清风那里死掉了，既然我们是因为旅行认识的，那就在旅行中结束吧。走完梅里雪山，就各自珍重。"

他捂着胸口说："疼，疼，两肺之间，胸腔中轴线偏左侧的位置又疼了。你上次不是说要摸摸吗？"

"还耍这种伎俩有意思吗？"我冷冷地说。

沉默。

我开始在夜色中狂乱地暴走，他在后面紧紧地跟着。

一阵冷风吹来，他把外套脱下来披在我身上，我狠心地推掉。

我走他走，我停他停。我郁闷地说："这种时候就不要互动了吧？"

回客栈的时候，我的手机在床上执着地响。

打电话来的是刘宇。

"干吗这么久才接电话？在哪儿呢？我来找你说点儿事。"

"在云南，你有屁快放。"

"为毛每次联系你都在外地啊？你是驻外巡回大使吗？这么潇洒？"

"你管得着吗？不说我挂了。"

"谁招惹你了？这火药味儿，告诉哥们儿，你忘记哥是干吗的吗？派推土机去把他家房子拆了。"

"刘宇，我感觉好累，你怎么天天这么乐呵？肯定长寿，要不咱俩凑合凑合过下半辈子得了。"

"哈哈，我不上当，是肖雅让你给我下一套儿对吧？我这刚下决心跟她结婚，请你喝喜酒的。日子定了告诉你，人来不来无所谓，份子钱准备好就行。"

唉，又有人手拉手欢天喜地奔着坟墓去了，是替他们高兴还是替他们悲哀呢？

曾经，这么好的刘宇站在我面前我眼瞎没看见，如今再给我一次机会，我一定大声说：有多远滚多远，姑娘我照样不稀罕！

我这是赤裸裸的羡慕嫉妒恨哪。

在丽江又逗留了两三天，夏秋生一直在置办徒步梅里雪山的行头。我比较沉默，也不关注风景，我知道越早开始这段旅程，意味着我们越早结束这段还未真正开始的感情。

闷骚男每天都拿出他的好脾气，自顾自地讲话。如果我表示厌烦，他会拿出招牌式的闷骚，跟我长久地凝望，那目光里有淡淡的忧伤。

出发那天，他再三确认我把亲戚送走了，这种种细节跟姨妈巾一样体贴又周到，让我对这个男人爱恨交织。

去德钦县的车上，我问他："你真的认识路？不会弄丢？"

他握着我冰冷的手说："跟着我，保证你闭着眼睛都不会迷路。"

"你之前为什么来徒步？是为她而来吗？"

"不是的。我父亲跟我说，年轻时一定要征服一座真正的山峰，否则人生会有遗憾。梅里雪山算是比较安全的。"

　　"你有一个狼性的父亲。反正我买保险了，所以你担心你自己就好了。"

　　他淡淡地笑着说："傻瓜，我会拼命拼命地保护你的。"

　　稍作休息，我们就从德钦县出发，三十分钟的路程，我们到了梅里雪山的观景台飞来寺，路标显示海拔3400米。

　　远方，那神秘、雄壮而美丽的梅里雪山群峰赫然跃于眼前，那种激动与兴奋之情的确让人永生难忘。

　　高大的桦树、松柏混生在一起，至少有百年的树龄，苔藓很厚，软软的。刚开始还算好走，石子路弯弯曲曲，但是青郁的树林、潺潺的流水倒也减少了徒步的寂寞。最重要的是夏秋生一直握着我的手，掌心传递过来浓浓的温情。

　　越往高处，我逐渐开始有了呼吸困难、心慌心闷的感觉，那种高原反应让我无所适从，面色接近A4纸张的白。

　　我被灌下红景天。因为有闷骚男在身边，我感觉别样的安全和踏实，或者还有幸福感。我修正了一下我之前的心愿，应该不是来徒步梅里雪山，而是和他一起，哪怕是上刀山下火海。

　　晚上，闷骚男请村民杀了一只原生态土鸡给我补元气。味道很浓郁，每吃一口我都觉得我舍弃不掉这个男人，我强烈渴望占为己有，并且是尽快。哪怕只是一场宿醉的狂欢，我也在所不惜。晚上，早早地就在青年旅社睡下了，我也不想记流水账，可是真没发生点儿啥，寡淡的一天就过去了。

　　第二天早上，早起看梅里雪山日照金山，让我想起了美奈的那个日出。人生若只如初见，那该多好。我想起在丽江酒吧看到的一个句子：原来不见也好，就不会这般青丝萦绕。原来不爱也罢，就省得这般神魂颠倒。

我从不需要开口问我们去哪里，他负责背包，我负责跟着，他负责带路，我负责吃喝。吃完早饭之后，我们坐了一段车，开始徒步往尼农大峡谷方向走。这一走就是七个多小时，到达尼农已经下午5点了，这一路上所有风景都略过，只记得漫山遍野是花。各种奇花异草，我只认得杜鹃花。

好吧，我承认我很没出息，我所有的注意力都只有这个闷骚男。

在溪边休息的时候，闷骚男说："再往前走二十公里是雨崩村，才有地方住，如果走不动，晚上就在这里露营可好？"

我还从没有露营过，我克服了每天必须洗澡才睡得着的小洁癖，选择了露营，话说我也想感受一下露营是多么刺激的事情。

闷骚男为了节省体力，只配备了一个帐篷、两个睡袋。我晕。

谢天谢地，没有下雨，没有泥石流，没有山体滑坡。

晚上夜风很大，我们并排躺在一个帐篷的两个睡袋里，夜风凄厉地呜咽。我们能听见彼此的呼吸声、心跳声。

高反让我连说话的力气都没有。小命都难保，实在没有体力调戏闷骚男。亲们，请再给我一点儿时间。

天快亮的时候，我瑟瑟发抖，很冷。闷骚男坐起来，用冲锋衣把我紧紧包裹住，揽在怀里。哎，这就对了嘛，早知道你这样，我早就冷了。

我说："你，一晚上没睡？"

他答道："美人在侧，猫爪挠心，春心荡漾，欲望膨胀，怎么睡得着？"

我说："叶先生，这样不好吧？"

他低头问我："睡糊涂了？谁是叶先生？"

我回："你啊。睡不着的话，我给你重温一下叶公好龙的故事呗。"

他哈哈大笑起来。这一笑，又破坏了那种暧昧朦胧的氛围了。

趁着天气晴好，我们吃了干粮，又开始上路了。

一路上都在悬崖峭壁边上行走，压缩饼干和巧克力让我想吐，体力消耗过多，有一种跑完五千米的虚脱感。我几乎吃光了夏秋生带来的所有红景天、洋参片，症状都没有好转。

我双腿开始疲软，觉得头都要炸了，这种时候，我还有呼吸困难的症状，上呼吸道感染引发了扁桃腺炎。

中途我们清理掉了很多不必要的装备。我背着背包，闷骚男背着我。

我一直强忍着头晕恶心，偶尔问："还有多久？"

闷骚男说："数路边的垃圾筐，数到四十个就到休息站了。"

"嗯。"

"如果难受，我们就租马到雨崩村休息，等你好点儿就原路返回。"

"嗯。"我不敢多说话，怕一张口就吐他一身。

路上遇见当地人在山上放牧，闷骚男花钱买了一点儿新鲜的牦牛奶，有淡淡的腥气，我勉强吃了一点儿消炎药。

终于到了垭口，火速租马，然后驮着我和行李到上雨崩村。很有去西天送死的感觉。生病的感觉怎么这么好？夏秋生又是喂药又是熬粥，还打水给我烫脚，湿毛巾敷额头降温。

"你为什么对我这么好？"

"傻丫头，我要你早点儿好起来。"

"如果是这样，我能不能一直病着？你会不会一直照顾我？"

"不会，我要把你卖在这里，很多雨崩村村民都还没讨到媳妇，话说

雨崩村都是一妻多夫制的。"

"神马？我不要。"我一个鲤鱼打挺坐起来，哽咽道，"我好得很呢。不要丢下我，我害怕一个人。"

闷骚男握住我发烫的手，又一次制造了暧昧的气氛。

"开玩笑的。你一个人在丽江的时候，我就很心疼。看你每天一个人在陌生的城市走过陌生的地方，看你每天都给我留言，每天独自承受那种孤独的心情，我的心都会非常疼。我想让你靠近我，温暖你，你愿意吗？"

艾玛，这么肉麻，原话确实是这么说的，重温一遍的感觉真好啊！

梅里雪山，我没有白来；呼吸道感染，我没有白得。

他托起我的下巴，吻了我的额头，我把头偏向一边。这像不像捉迷藏？

这一次败在了一个细节上：在路上，闷骚男从那个背包里丢弃了很多东西，但是帽子和照片还在。这些怎么能逃得过一个敏感的女生的眼睛？

我拒绝了闷骚男的暗示，我无法直视内心有秘密的男人，无法在这个时候全身心地投入做这一场爱。

我承认我的身体是寂寞的，但是相比挂满问号的内心，这实在不算什么。如果我们此时做了，这一定不叫爱。

夏秋生说，他有最后一处风景，要带我去。他还有最后一个心愿，要和我一起完成。

那处风景就是雨崩神瀑。

就是在这里，夏秋生拿出照片和帽子，用瑞士军刀在瀑布前的古树下挖了一个坑，把它们统统放进去，然后填平，盖上土，铺上草坪。这些动作前后十分钟，一气呵成。我始终一言不发，像个路人。我在揣摩他的心思，我为我的小心眼儿感到羞愧，我为自己之前这样嫉妒梅雪感到不安。

我的一颗心，放回了肚子里。夏秋生用这样的方式跟过去告别，做得有情有义。

他说："晓晓，跟过去告别，开始我们新的一段人生，可好？"

神瀑啊，谢谢你！真神了，我的感冒彻底好了。

感悟了神瀑的力量后，原路返回下雨崩村，午饭后，经原始森林，返回西当温泉，坐车回到德钦县城住宿洗澡。

我知道我们的旅行要结束了，而在我心里，既然铲除了障碍，治好了心病，我和闷骚男是不是可以正式开始了？

在德钦县那个简陋的石头砌的小旅馆里，不时有不明生物从墙体爬出。我的洁癖也被彻底治好了。

没有暧昧，没有前戏，我们狠狠地要着彼此，把自己镶嵌在对方的身体里，企图留下痕迹。此处省略1500字……

分别的时候，闷骚男说："我真害怕这是最后一次跟你旅行，每每想起你说走完梅里雪山就各自珍重，我就一身冷汗。"

好吧，为了这句听起来不错的离别赠言，我跟闷骚男许下诺言："等你彩信送我的玫瑰凑够999朵，我就欢天喜地地来投奔你！"

闷骚男马上掏出手机，说："给我一点儿时间，我马上执行！明天就能完成。"

我轻轻地摇摇头："我也需要一点儿时间整理一下心情，我想知道，我们究竟是因为旅行爱上彼此，还是因为彼此才爱上旅行。"

在丽江人潮拥挤的机场，他神色凝重，我恋恋不舍，直到最后一刻进了安检门，我才意识到不知道什么时候才能再见到这个人，这对于我来说，无异于清朝十大酷刑。我慌张地回头，想冲出安检区再抱他一下，说两句想说的话。但马上被地勤人员拦住，并且进入一级戒备状态。

他们重新仔细地给我来了个内外大搜身，企图找到可疑物品，比如白粉儿、管制刀具、不明化学药品等危害社会治安的东西。我突然就为自己的反复无常失态地哭了起来。我隔着那些隔断，一边走，一边回头望，直到他瘦高的身影在我一转弯的瞬间消失在眼前，再也看不见。

我蹲在地上抱着自己，撕心裂肺地哭啊。围观的人多起来了。

大爷停下来问我："姑娘，是不是钱包丢了？"

一个死八婆纠正大爷说："肯定不是，那也不至于哭得这么惊天地泣鬼神，这种情况我觉得应该是要赶着奔丧。"

她男朋友马上跳起来："你才奔丧！你个脑残玩意儿诅咒人家小姑娘，这样好吗？是被男人甩了好吧！要赶着去拼命，先让妹妹酝酿一下情绪，发泄一下。"

我马上停下哭泣，抱着膝盖，抬头，全神贯注地倾听大家热烈的讨论。

"姐姐，你到底怎么了？"一个五岁左右的小朋友天真无邪地问我。

"可能是云南雨水太多，太湿了，姐姐排一下水。"

听我这么一说，小家伙"哇"的一声也哭了："妈妈，我也要排水。"

我一下子就破涕为笑了。

抉择

一到北京，短信箱都满了，全是闷骚男发来的——

我想你。

我想你了。

我开始想你了。

我开始暴想你了。

一条条打开，我发现这个闷骚男的文采确实不赖，每一个想都做了升级处理，都让我心跳加快。

我回：你这是要给移动事业作多大贡献，你不知道智能机还有一种免费功能叫微信吗？

紧接着，手机就响了。

"到了吗？到了吗？"

我决定逗逗他。

"小夏子，飞机故障，我还在丽江机场呢。"

"我去机场接你，等我，马上来。"

"呵呵，逗你玩儿呢，你智商都这么低了，我在琢磨你还适合做警察吗？"

"这归功于你，把我智商都拉低了，这样不是显得咱俩挺配的吗？"

"好吧，你赢了，闷骚男，虽然智商下降，你没觉得你的情商瞬间提高了吗？"

"闷？骚？闷骚男？谁？"

"你，我在心里都这么叫你几百遍了。"

虽然这么欢乐地说，夜幕降临的时候，我的思念开始肆无忌惮地蔓延，撕扯我每个细胞，腐蚀我每根神经。

隔壁小王在听杨坤的《空城》，如此符合我的心境。

这城市那么空，这回忆那么凶，这街道车水马龙，我能和谁相拥，这眉头那么重，这思念那么浓……

你在的时候你是一切，你不在一切是你。

这种感觉，不是所有单身的人都能理解的吧。别人都在相偎相依，而我却在靠回忆丈量我刚刚正式开始的爱情。

百度问答说，驱走这种中毒状态有两种办法：

1.用忙碌占满空白时间。

2.到他的身边待到厌烦。

第二种办法，于我太残酷了，我毫不犹豫地选择第一种。

于是，我上网投了简历，坐等面试电话。

第二天一大早，我接到老余的电话。

"老余，吗事？"手机来电显示就是这样备注的，所以我脱口而出。

"你瞧瞧，不是你老板，都不把我放眼里，不叫余总了。"他开始表示不满了。

"这样显得亲切，亲近，你说呢？"

"嗯哪，我问你，你没回老家结婚生孩子，而是在找工作？"

"嗯，这你都知道。我被抛弃了，所以先回来找工作啰。"

"回来吧，行吗？公司没你在，哥哥我感觉浑身不自在啊。"

"不至于吧，我想多活几年，赚不赚钱不重要，我不想破相，老余，你懂的吧。"

"我知道你的顾虑，你嫂子她怀孕了，被我遣送回老家了。我打算跟安康公司的赵总合作，开新公司，你回来全权负责打理，项目总监的位置，待遇如果嫌低，可以再谈。"

"啊，我能力有限，经验不足，实在不敢担此重任啊。"

"我可以送你去清华总裁班进修，怎么样？"

这实在是突如其来从天而降的大馅儿饼啊！

我有点儿蒙了，狠狠掐了一下自己，这是梦吗？

但是我比较能装×，而且装得比较淡定，还有几点狐疑地问："这么优厚的待遇，就没有啥条件？"

"当然有啊。"这个"啊"尾音拖得比较长，有点儿麻酥酥的感觉。

艾玛，完蛋了，他老婆怀孕了，甜甜也被开除了，那他准备提的条件会不会是……比如做他暂时的情人啊、二奶啊、小三啊、姘妇啊啥的？我百度了一下，这称呼措辞准确一点儿是叫"情妇"。

插播一下我理解的情人跟情妇的常识，给大伙儿长长知识。

我琢磨了，情人与情妇的概念不同，情人是一种"月上柳梢头，人约黄昏后"的浪漫；情妇是一种"问世间钱为何物，只叫伦家以身相许"的交易。

情妇跟情人一字之差，差在钱上了呗。

情人是"情深似海"，情妇是"浴火焚身"，这种解释比较通俗委婉哈。

人们祝愿：天下有情人终成眷属，而没有人说：愿天下有钱人都养情妇。

因为网友唾弃为：破鞋。

是我想多了吗？要不说资本主义比较毒辣呢？白天要给你丫卖命，晚上要给你丫卖身，还能不能给点儿自尊啊？

我准备等他讲出条件就大义凛然地拒绝，表示我出淤泥而不染的清高。虽然待遇很具有诱惑力，但我还是想听他亲口表达出来，然后我就要享受一下亲口断然拒绝他的那种快感。

"说吧，什么条件？别卖关子了。"

"因为新公司运作的是新项目，战线会拉得比较长，我跟赵总商量了一下，高层负责人要签合同，为公司效力三年。"

"三……三……三年？"

这个条件比神马情人啊、情妇啊更具杀伤力，更让人痛心、惋惜，是硬伤。假设如我猜测的，还可以商量，但他说是赵总提的这个条件，我丧失了讨价还价的勇气。

我马上想到我的闷骚男。如果我没去走这一趟梅里雪山，我就不会这么快陷入爱河，如果没有这么快陷入爱河，我就不用考虑他的感受。

本来姐在北京都待五年了，还在乎再混这三年吗？可是三年后，又是怎样的情景？谁能保证我的闷骚男还在原地等我？

奶茶都说：遇见浑然天成的爱情，错过多可惜。

我陷入痛苦的纠结中。

用一种忐忑的心情我给夏秋生打了电话，是一个试探性质的电话。

"在干吗？"

"在想你。"电话接得那个神速啊，感觉就在随时等待。

我把余总的原话如此这般地跟他说了，附加我无比纠结的心理活动。

夏秋生略微迟疑，我听见打火机"咔嚓"一声，他抽烟了。

然后他低沉地说："不要签，不可以签。"

"理由呢？我需要一个理由。"爱上一个大男子主义的男人，伤不起啊。

"家庭拖累，家属不同意。"

吼吼，我升级了嘛，我升级为家属了！狂喜！我是不是可以载歌载舞了？我的内心已经开始歌唱了：北京的金山上/光芒照四方/多么温暖/多么慈祥/把翻身农奴的心儿照亮/我们迈步走在/社会主义幸福的大道上/哎巴扎嘿！

我宁愿不要这份高薪工作了，我想快马加鞭投入他的怀抱，然后跪着脚尖，蹦到他怀里，什么也不做，就这样勾着他的脖子。

这就是奋不顾身的爱情吧，一个感性的女人有时候真的很疯狂！

老余打电话来问我考虑得怎么样了，我思量许久，决定请老余在公司附近的美食城吃个廉价的盖饭。

面对面坐定，看他胸有成竹的样子，以为我决定就范了，一直在吐沫横飞地给我绘制宏伟蓝图，听得我内心汹涌澎湃，马上要上市的感觉。我这颗小心脏怦怦直跳，差点儿被他忽悠得乱了阵脚。

"黎晓啊，你知道吗？跟着余哥有肉吃，有汤喝。我就知道你是合适的人选，我的眼光不会错的。"

"如果……如果我不能答应你呢？"

"别介，给个理由先。"他点上一支烟，悠悠地抽了起来。

"我预感我这次是真的要准备结婚生孩子了。"

"这么短的时间你就配对成功，找到合适的人选了？"

"切，配对？你咋不说配种呢？"

"那也不影响你事业发展啊，有产假，你就放心大胆地生吧。"

"可是他不在北京，而且作为警察，他也不会放弃他的事业来北京，所以我可能要去云南了。"

"你脑子被门挤了，被驴踢了吧？没开玩笑吧？你这代价可大了，你在那边人生地不熟的，吵架回趟娘家这路费可贵呢，你再好好想想吧。"

"哦。"经他这一提醒，我仔细琢磨，倒也对。

老余继续催眠："还有，你在余哥这里，当你是个人才，你去了云南，信息闭塞得要命，有没有做电子商务的都是个问题，到时候你不能就在家做少奶奶吧？我看你也闲不住，你丢弃这么多年的人脉，跑到穷乡僻壤的地方去受罪，到时候有你哭的。"

干你娘啊干你娘，我这好不容易一门心思一腔热血的，被你这一盆冷水从头淋到脚，心里都拔凉拔凉的啊。

我再次陷入痛苦抉择的纠结中。

老余在这个异地恋的问题上绝对有发言权，列举的这些问题也都是实情，我也曾经听他小舅子说过他的罗曼蒂克史。老余的老婆是广州人，俩人上学认识，毕业结婚，当时也是爱得死去活来，不远万里奔赴丈母娘家，克服重重困难，苦逼地追到手。结婚后，赤裸裸地现出狰狞的本来面目，现在俩人均表示后悔得要剁手。过成这个熊样，谁还敢相信爱情如此这般美好？

没错，我就是个立场不坚定的人，我的美好爱情憧憬是：人生若只如初见。

我不能保证我跟夏秋生就不重走魏清风的老路。一旦扒掉华丽朦胧的外衣，谁敢保证赤诚相见的彼此走到最后，不会相看两厌，短兵相接呢？

刘宇跟肖雅的婚礼闪电般举行了，在世纪金源大饭店，那是相当隆重啊，锣鼓喧天、鞭炮齐鸣都不够形容。实际上没有这么乡野土气，是很高大上的西式婚礼。郎才女貌哇、天造地设哇、才子佳人哇、英雄美人哇、俊男靓女哇、天作之合哇、天生一对哇，这些形容词统统一边儿去，也不是我的风格，我只想说，老牛嫩草、狼狈为奸、一丘之貉、臭味相投。

我这么赤裸裸地羡慕嫉妒恨，你们都看出来了吧。

环视了四周，刘宇的前女友素素并未出席，我也没打算自讨没趣地去问。

婚礼进行到刘宇深情表白的这段，酸溜溜的。宾客都在起哄、鼓掌、撒花儿，而我正在徒手撕扯一个酱猪肘子，满手都是油。我的手机不是时候地开始振动，我知道等下就该聒噪地响了。

谁啊？讨厌！非挑吃货享受美食的时候打过来。我暗自腹诽。打死也不接，等姐把随的一千块份子钱吃回来再说。

"主人，那家伙又来电话了。主人，那家伙又来电话了……"

这个电话我表示可以接，必须接，非接不可，这是我专门为夏秋生设的铃声。

"小夏子，朋友结婚了，我在参加婚礼。"

"傻丫头，我也突然想结婚了。"

"那好啊，等你结婚也要邀请我参加婚礼。"

"行，没问题。"他回答得干脆利落，神马？神马？我没听错吧，你竟然顺坡下驴了。

"我肯定随个大礼。"我咬牙切齿地说。

"先等等，我被你搞糊涂了，捋一捋啊，你如果不参加，我跟谁结婚呢？请问。"还好闷骚男反应过来了。

"是这样啊，我还以为你另有打算呢。"我漫不经心地说。

"我有这贼心也没这贼胆，你放心，这辈子还有很多风景我要陪你一起看，很长的路和你一起走。"

"你也吃喜糖了？要不要这么嘴甜？"闷骚男开始改变进攻路线了，糖衣炮弹都用上了，开始改明骚了。完蛋了，我表示招架不住了。

老余的嘱咐又扔爪哇国去了，心理防线又崩溃了，竖起的对抗旗帜朝夏秋生方向又偏颇了。

吃饱了撑得慌，为我的胃深刻忏悔，来回在走廊上溜达。刘宇敬完酒后，送新娘回了休息室，转身朝我笑笑，松了松领带，倚靠在栏杆上，点了一支烟。

我踢踏着小碎步走到他跟前，问他："为什么？"

你可以理解成为什么这么早结婚，也可以理解成为什么跟肖雅结婚。

他心领神会地说："因为肖雅是个单纯的好姑娘，是值得我珍惜一辈子的好女人。那么执着的爱感动了我，让我有了结婚的冲动，就像你说的，一辈子做一次飞蛾扑火就够了。你懂了吗？"

他喷了一个烟圈在我脸上，烟雾在我眼前飞舞。

我作了一个连我自己都觉得不可思议的决定。

我要去云南，一刻也不想耽搁。

看吧，这个被爱冲昏头脑的女人还没吃药就已经放弃治疗的节奏了。

收拾好行李，我沉思片刻，还是应该先回家跟老爸老妈做个交代。

行程计划改为：北京——老家——昆明。

万事俱备，即刻起程。

这么重要的时刻，怎么能没有离别的戏份呢？那不是显得我人缘太差劲了，白在北京混五年？

于是我给素素打了电话，素素飞奔而来。这次她学乖了，主动征求了我的意见，要求我给魏清风一个出场机会。我点头默认了。

在火车站的肯德基，我们三个再次聚首。

薯条、蛋挞、炸鸡腿、汉堡、可乐、鸡米花、全家桶，魏清风打算把未来三天的伙食都在这个破肯德基里解决了。

因为两个原因，我就不描述此刻魏清风的模样了，总之可圈可点。第一个原因是我已心有所属，他再可圈可点也不是我的菜了；第二个原因是他也可能即将或者已经属于素素同学了，他再可圈可点也不关我鸟事了。

可是他伤感矛盾的眼神像一把利剑刺向我，让我不忍直视。他自始至终都没跟我说一句话，一句"再见"都没有。我可能被幸福冲昏了头脑，自私到没有时间去换位思考他的感受，我以为他默认了命运的安排。

我还是无限深情地嘱咐加祝福："你们，一定要在一起好吗？"

他们用沉默代替了回答。

雨一直下，气氛不算融洽……

我妈也被我突然回到家吓了一跳，但还是着急忙慌地买鱼杀鸡，按照贵宾的礼仪接待了我。

晚上，我跟爸妈围坐桌前，把基本故事梗概添油加醋地描述了一遍。

末了我说："我要去云南。"

我在暗暗观察我妈的反应，没有我想象中的暴跳如雷，她想阻拦但是欲言又止，总之，出奇地冷静。

我妈说："我想跟他通个电话。"

我发短信给小夏子预热了一下：你丈母娘要约你召开电话会议，快接旨。

闷骚男回：吓尿我了。

十分钟后按下免提。

我说："小夏子，我好说歹说，我妈就是不同意，怎么办啊？"我朝我妈使了个眼色，潜台词就是：你看闷骚男的表现哈。

"啊？阿姨不同意啊，不同意是正常的。你想啊，养这么大一个姑娘，突然要被我拐走了，要是我妈，也不会同意的。你别着急啊。"

"现在到底应该是谁该着急啊？你有没有搞错啊？"我急得直跺脚。

"晓，你能让我跟咱妈说两句不？"

我这心里还七上八下的，生怕这闷骚男说出什么不靠谱的话来，但还是把电话拿到我妈跟前。

"阿姨，我叫夏秋生，我是云南省的一名缉毒警察，我知道您肯定觉得比较危险，其实比中彩票的概率还低。但是我保证，我在活着的每一天，一定不让黎晓受委屈，请你相信我。我们这里四季如春，俗称春城，等我们结婚后，您和叔叔过来养老，如果您想家了，我会经常陪您回去看看，您看成吗？"

我妈说："小伙子，你说得倒是挺好的，如果能做到更好。既然晓晓愿意去，我们也不阻拦，前提是好好相处，不要吵架。"

我偷偷瞄着我妈的面部表情，嘴都合不拢了，估计心里早乐开花了。

这个公关太没有难度了，太顺利了，没有任何征服感的说。

我夺过电话，躲到自己房间。

"这小嘴溜的，是提前背好的台词吗？没看出来啊，你哄老年人有一套啊。"

"傻丫头，怎么是哄呢？句句属实，我确实是这么想的。我跟我家老爷子也说了情况，我的七大姑八大姨瞬间就都知道了，都开始翘首企盼你的大驾光临了。"

"要不要这么隆重啊？我会害羞的。"

"黎晓，我会一辈子对你好，对咱爸咱妈好。"

"行了，别表决心了，我现在一个人在房间听你表演。"

"别亵渎我的真心，我愿意接受组织的考验，请给我机会落实行动。我是个不太会讲话的人，但是绝对的行动派，相信我。"

"好啦好啦，我都录音了，你如果做不到就死定了，现在后悔还来得及。"

"录音了？哎呀，后悔了，后悔了，我打电话给航空公司，刚给黎晓订的机票还能退不？"

“赶紧的，马不停蹄地去退机票！”

“傻丫头，这就是生气了啊？”

“哼，有那么容易？退了机票，我扒火车皮也要去云南等你兑现诺言。”

第二天早上的机票。

闷骚男，你到底是有多猴儿急啊，怕夜长梦多？都不给我机会好好在父母面前尽几天孝。

这一别，都不晓得什么时候再回这大杂院了。

还是很有感情的，毕竟是生我养我的地方。

晚饭后散步，邻居张老师在门口浇花看见了我，仔细打量一番，说：“晓晓，你在北京是不是过得不好啊？”

“张老师，你是会算命吗？还是长了天眼看见了？”

“你看你这么瘦了，小脸还苍白的。人家都说北京的水很肥、很养人的，恐怕也没有对象吧？常伟你还记得吗？之前介绍给你的那个，在县政府上班的，现在升官了，成了县里的三把手了。”

哦，我脑子里马上想起那个极品男，头发油光锃亮的，夹着一个公文包，满嘴的处女情结。

“就是国务院一把手，我也不稀罕。没有共同语言啊，您就别撮合了。”

“来不及了，他已经结婚了，儿子三岁了，呵呵。”

“是嘛，那挺好啊。哎，不对，不对，跟我相亲到现在也才三年，儿子怎么就三岁了呢？”

“是县里党务处吴主任的女儿，离婚了，带过来的儿子。虽然不是他的，哎哟，他对这个儿子跟亲的可差不多。”

"哦，哦，哦，明白了。"利益面前，神马原则都可以抛却，都愿意当现成的爹了。

"你在北京是做什么工作的？"

"我做减肥、美白方面产品的渠道销售。"我想了一下，不能跟八婆说我已然辞职没工作的事，这样我爹妈在家属院还怎么混哪。

"难怪你身材这么好，小脸儿这么白，我还以为你在北京过得不好饿瘦了呢。你给阿姨也弄点儿产品试试呗，瞧我这水桶腰，这皮肤糙的。"

"好，等我下次回来的时候给您带。"

第二天早上，我闻鸡起舞，闹铃都还没响。我梦见误了飞机，忘带手机，闷骚男在机场黄花菜都等凉了，最后悲催地走了。

刚好隔壁的大公鸡不到6点就在我窗户外面扑腾着打鸣了。

我一下子惊醒了，赶紧起来收拾东西。

我把自己最漂亮的吊带裙子都穿上了，早上有点儿凉，精心搭配了个雪纺外套。

老爸老妈已经起来了，在客厅齐刷刷地站着，吓我一跳。

我妈还煮了鸡蛋面。她说，回家要吃饺子，出门要吃面。

无论心里有多么激动、多少牵挂，可是此刻，面对离别，我还是有点儿伤感。爸妈年纪大了，这个叛逆的女儿却不能在身边照顾他们、孝敬他们，哪怕惹他们生气也是好的。

鸡蛋面被我吃了个底朝天，还吧唧着嘴说："真好吃，回味无穷。"

我妈马上冲到厨房要再给我煮一碗，被我打着饱嗝，果断制止了。

这个事情我一直记在心里，我如果知道直到现在我都没有机会再回老家，我肯定会欣喜地豁出去，再吃一碗老妈煮的面，尽管后来我在昆明多次尝试不同的搭配，煎蛋，放小葱，煮宽面、挂面、手擀面，加佐料，放酱油、醋、酱、自来水、矿泉水、排骨汤等，却怎么也做不出那个离别的早上妈妈做的那个面的味道。想家的时候我会一边吃面一边流泪，终于有一天，闷骚男点化我说，那是家乡妈妈做的味道，傻丫头这是想家了。

我再也不敢明目张胆地炫耀缅怀那个味道，我怕他也想他远在天堂的妈妈。

天已经亮了，一轮红日缓缓地从东方升起。出门走十分钟去汽车站，坐最早一班班车去市里，然后打车去机场，前后只需要五个小时，就可以到达昆明，到达我的幸福终点站，然后就让我的人生这样平淡吧，结婚生子，跟闷骚男幸福地过一辈子吧。

彼年，我的头脑真的很简单，我以为只要按照我的设想就可以踏实安心地走下去，可是，我忽略了其他人也是有思维有想法的事实。

这一天，我还经历了一段惊心动魄。

本来坐班车可以在离机场很近的地方下车，然后打个的士，二十分钟就能到机场了，可是，我非嘚瑟不下车，要坐到终点站，表示对家乡的爱戴、投奔他乡的感慨。结果这一嘚瑟，遇上前方交通事故，报警，拖车，疏通道路，到了汽车站，马不停蹄地到机场快线售票处一打听，才发现时间不赶趟了，已经是13点30分了，飞机将在14点40分起飞。天公不作美，还下大雨了，赶紧站马路牙子上拦车。一辆黑车停下，司机告诉我不堵车的情况下，到机场要四十分钟，一百块钱包送到。我还有别的选择吗？好像没有，任你宰割好啦，于是那就那么窝囊地决定了。

堵车了。

他妈的又不是上下班高峰期，咱换个时间堵行不？

时间一分一秒地过去，我开始绝望了。我仿佛听见空姐那优美的声音在候机大厅绕梁三日而不绝:乘坐东方航空MU2485,前往云南昆明的黎晓乘客,飞机马上就要起飞了,我们就不等您了。

好不容易道路畅通了,我才发现,黑车后挡风玻璃上贴着八个大字:新手驾车,小心避让。

要了亲命了!敢情你这是马路杀手出来趴活练车技呢!

我还是死马当活马医,跟大舌头司机说了一箩筐的好话:"师傅,帅哥,猛男,能不能麻烦您快一点儿?"

"不能的啦,你知道'宁停三分,不争一秒'的嘛。我们教练说了,这个红绿灯过不去,就等下一个,安全第一的啦。"

"可是飞机不等人哪。快一点儿行不行的啦?"我决定撒个娇,卖个萌,还恶心巴拉地抛了个媚眼。

夏秋生连打几个电话我都没接,这狼狈相,等下该哭出来了。让姐赶上这趟航班,多少相思诉不了,这会儿你就别捣乱了。

眼下最重要的还是搞定这个从广东来的大舌头司机啦。

"哎呀,超速是要罚款的啦。"

"加钱,加二百块钱的啦。"我盯着时间,都快要哭了。

"行啦行啦,我试试看啦。"

"别试试啊,加油啊。我加三百,行了吧。"

"走你。"这哥们儿猛地一踩油门提速,测速表猛地转到120往上。果然是有钱能使鬼推磨,为了三百块钱,这厮也拼了,飕飕的小风夹着小雨往车里灌啊,那个凉快呀。

赶到机场,我扔下四百块钱撒脚丫子就往里跑。

14点20分。

机场大厅果然传来播音员那百灵鸟一般婉转动听的声音:"乘坐东方

航空MU2485，前往昆明的旅客，我们非常抱歉地通知您，由于天气原因，航班晚点约两个小时……"

站在换登机牌的队伍里，我喘着粗气，凌乱着，真有砸了机场的冲动。

我面如死灰地给夏秋生拨了电话。

"亲爱的，抱歉地通知你，飞机晚点了。"

"亲爱的，我早知道了，下午就接到航空公司的短信通知了。"

"亲爱的，你说啥？你咋不早告诉我？"

"亲爱的，我死命打你电话，你没接，然后我把短信转发给你了。"

擦！擦！擦！

华丽丽地被自个儿给愚弄了，一世精明毁在鲁莽上。这打车费比机票还贵哇，我的小心肝儿猛地疼了一下。

不过，一想到再忍几个小时就可以见到我亲爱的闷骚男，这心情别提多带劲儿了，怎么能是扔几百块钱、飞机晚点这点儿破事儿就能影响心情的啊？太小看我的心理素质了。

权当好事多磨吧。

我在飞机上美美地睡了一觉，还在脑子里演练了一把我们机场见面的一幕——

夏秋生同志身着警服，英姿飒爽，手捧玫瑰，对着出站口踮着脚尖望眼欲穿，看见我款款走来，深情对望，然后热烈拥吻。

不对，他这么闷骚低调的人，应该不会在这种场合穿警服，拿玫瑰，熊抱拥吻。

还是那件白衬衣好了，休闲裤，手拿矿泉水和冰红茶，对着出站口脉脉含情，看见我张牙舞爪地飞奔出来，微笑且淡定地接过我的行李箱，然后刮一下我的鼻子问我：想喝什么水？

貌似下面这个场景更符合他的特性。

春宵

可是，我的预演失败了。

我没在出站口看到那双脉脉含情、望眼欲穿的眼睛。

而是看到一个姑娘，站在人群里平举着A4白卡纸，纸上用黑色白板笔写着：黎晓，看这里。

然后，我就定定地走到那张纸前。

姑娘放下纸，我看到一张秀气的脸，是瑾。

我有点儿诧异，有点儿失望。

"秋生哥临时有任务，他嘱咐我一定要接到你，我怕错过，就特意写了个牌子。你还记得我吗？我叫李瑾。"她有点儿不好意思地挠挠头说。

"谢谢你啊，瑾，我们走吧。"

"嗯嗯，我先带你回我宿舍休息，然后等秋生哥忙完再做安排好吗？"

我听见"秋生哥"这个称呼，为毛有点儿酸的感觉？我迟疑了一下，说："我先打个电话吧。"

"秋生哥真的在执行任务，有个案件有新的进展，他在紧急审讯，现在应该不能接电话。"她有点儿紧张地提醒我。

"我不是打给他。"我边拨号边说。

"姐，我来了，在机场，怎么说？欢迎不？"

"必须热烈欢迎呀，等我十多分钟，我在春城路店，马上来接你。"

我跟瑾说："我姐来接我，我就不跟你回宿舍了。"

"晓晓姐，你在昆明还有亲戚啊？我还以为你是奔着秋生哥来的呢。秋生哥平时真的很忙，可是他都有时间为你撇下工作去丽江，去梅里雪山，好浪漫。秋生哥说，这是为了完成之前对你的承诺。好有责任感的男人。"

她忽闪忽闪的大眼睛，似乎写满了对闷骚男的崇拜，听见我有姐在本地，还松了一口气。

得，这丫头神马都知道，说不定他们整个单位都知道。我这还没到地方呢，就已经树了一个情敌了，这接下来的日子要怎么过？

爱情，果然不能当饭吃，会被噎死。

这可是我到昆明的第一天，直到晚上8点都没有接到夏秋生的电话。跟周姐去吃了石锅鱼，味道很鲜美，也体验了云南十八怪之一，草帽当锅盖。我一直后悔是不是太不矜持了，就匆忙来到这里，心里有点儿堵，吃不下，闹心。

我当然跟周香姐聊了很多，主要是美容院管理现状剖析，还有征求我的建议，但是我的注意力完全不在这个上面，你懂的，所以具体聊了什么，不记得了。

晚上10点，石锅里早不冒热气了，就剩鱼头鱼尾巴跟一些煮得稀烂的番茄、青菜叶。周姐都困了。我有点儿不死心，从饭店出来，一定要拉着周姐去王府井看电影。

周姐说："饶了我吧，一大把年纪的，我想带你回去洗洗早点儿睡了。"

我答："不行，我的心灵本来就很受伤了，想当初在北京那么晚我都陪你俩耗着，你这重色轻友的人啊。"

周姐说："哪晚？谁俩？"

"好哇，好哇，这么短的时间，你都不记得了？我提醒你一下啊，狂风暴雨，天雷勾地火。"

"那晚吗？你放心，风平浪静，连我自己都觉得不可思议。我跟老余只是聊天，并不是因为纯情，也不是因为装，而是忍住了激动的灵魂，所以现在才没有让自己在思念里沉沦……"

"好吧，你赢了，我信了。"

刚买好电影票，在休息厅等候，还有十多分钟就进场了，我几乎绝望地叹了一口气。这时候电话响了，我像抓起救命稻草一样，赶紧拿出来。是夏秋生。

我在犹豫接起来说啥，是骂人还是骂人还是骂人的时候，周姐一把夺走，冲着电话嗔怪道："喂，夏警官，你这太不讲究了啊！下刀子你也马上给我滚过来。"

电话里夏秋生连说几个"对不起"，然后问了地址，又连说几个"好"。

也许晚上不堵车，大概十来分钟，这家伙就气喘吁吁地出现了，居然是走楼梯一口气上的五楼。

我佯装生气，不理他，继续喝可乐。

周姐把电影票扔他手上，说："黎妹妹很生气，后果很严重！"然后跟我比画了一个电话联系的手势就走了。

我以为他会解释，谁知他就一屁股在我对面坐定，痴痴地看着我，看得我直发毛。我捧着可乐，他就捧着我的手。我感觉他的手心很烫，跟可乐的冰形成了鲜明的对比，然后我挣扎了一下，没有挣脱，就这样暧昧着。

心跳加速的感觉。

"亲爱的，对不起。"

我绷着脸说："讲个好笑的笑话，我就原谅你。"

"这个？"他面露难色，"恐怕不行。"

"为什么？"

"我不能讲哇，我一讲笑话，傻丫头很容易就会笑出来的。"

我已经扑哧一声笑了。这个闷骚男，让人欲罢不能，爱死你了。

我知道他是因为工作耽误了，所以我轻而易举地原谅了他。电影放的什么，别问我，不记得了。

黑漆漆的人群，屏幕忽闪忽闪。大概是个爱情片，有眼泪、拥抱、吻别，还有比较文艺、委婉的床戏。

闷骚男从进放映厅开始一直拉着我的手，在黑暗里时不时偏过头看我。我们的位置是倒数第二排靠边。这不能不说是个偷情的好位置——感谢那些来得早把前排黄金座位都占上的影迷们。

他开始撩拨我，在我手心写字，是三个字：我爱你。

我热烈奔放地扳过他的手心回了：我也是。

痒痒的。

然后他把座椅中间的扶手抽起来，这样我们就可以贴在一起了——感谢王府井百老汇电影院这一人性化的设计。

闷骚男把手放在我肩上，然后我就枕着他的胳膊，靠在他身上。

他猝不及防地亲了一下我的脸颊，轻轻地说："真香。"

我说："是吗？晚上我跟周姐吃的石锅鱼。身上有很多火锅味道吗？"

"我说的是你的体香，咱俩不在一个频道。不过呢，石锅鱼是我的最爱，我帮你鉴别一下是哪家的。"

没等我回复，他已经覆唇上来，舌头像条鱼一样探进我嘴里。我闭着眼睛，忘我地吸吮他滑滑的舌尖，有点薄荷的清香，是绿箭的味道。

他的另一只手隔着我的裙子开始在我腰间游走，我意识到公共场合很不合时宜，赶紧红着脸推开。虽然对于那个绵长的吻有点儿眷恋不舍，我想毕竟来日方长，还是先注意素质。

他又凑上来亲了我的耳垂，轻轻地说："撤。"

然后我们猫着腰在电影开场只有二十分钟的情况下，腾地儿了。

出来的时候，走了一段距离，在金鹰地下停车场取车，发动，我们都没有说一句话。几分钟就到了目的地，是我第二次来云南的时候住的宾馆，云上四季。还是原来那个房间，我有点儿时光倒流的感觉。

上次他只是友情拥抱了我一下，然后头也不回地走了。时隔一年，他再一次把我带到这里，跟我并排上楼，进房间，然后迫不及待地把我抵在门后，紧紧地抱着我。那种紧紧贴在一起的拥抱让我开始春心荡漾。

一切都不一样了，有点儿做了一个冗长的梦的感觉。

"这是我昨天就提前预订的房间，给你重温一下上次来云南的感觉。"

"我不要那种感觉，我要这种感觉。"

"那是哪种感觉？"他不弃地问。

"上次，你只是把我当妹妹，或者普通朋友，对吧，所以才会头也不回地走了……"

"傻丫头，当时我对你是复杂的感情。你是个好女孩，不容亵渎，哥也是个正常男人，只好努力克制自己。"

"那在北京呢？你都去找我了，你已经用你闷骚的形式表达了你的爱，为什么宁愿住宾馆？"

我知道，有些事，聪明知性的女人应该做到看透不说透，可是我太好奇了，我想更多更深刻更精准地了解这个以后即将属于我的闷骚男。

"因为，"他抿了一下嘴唇，说，"因为有些事还没来得及坦白，所以，在此之前，我不能亵渎你的真情，这样一切没有发生之前，至少你还有选择的余地，我希望你从身体到内心一起接纳我，所以……"

我明白他说的是什么事，我翻译一下，就是我长得像他的未婚妻梅雪，只是像，终究不是，他要坦白他的心路历程，怎样在越南吸引了他的注意，然后当成她的影子，然后痛苦地剥离回忆，确认我是一个鲜活独立的人。他希望我信任他。我不是一个替代品，跟他一起面对他的同事、朋友、亲戚的揣测，毕竟，这需要勇气。

有人说这个桥段，小说的成分太重啦，哪里那么巧就有长得像的人？还是这层关系？我想严肃地说，天下无巧不成书。

折回来描述一下当时的情况，点到为止好了。

毕竟窗户纸在从梅里雪山回来的路上就已经捅破了，所以干柴烈火啦，冰雪交融啦，都差不多刚够形容。

夏秋生在我换衣服的空隙已经放好洗澡水了，拖鞋、浴巾都准备好了，还是撒满玫瑰花瓣的浴缸。我幸福死了，全身的细胞都活跃起来，在撒欢儿，在打滚儿。

我裹着浴巾走出来，头发还滴着水。闷骚男三下五除二就把衣服脱了，然后去浴室。我就像饿了一个星期一样，边用毛巾擦头发，边饥肠辘辘地等上菜——饕餮盛宴啊。

他出来了，什么也没穿，虽然只有床头橘黄色的壁灯开着。朦胧灯光下，光脚踩在地板上朝我走来的闷骚男，开始发骚了。我有点儿紧张，或者有点儿激动地发抖。他湿漉漉地贴向我。

我是前几天刚知道网上有人对闷骚进行了定义。

闷骚是一种迂回的表演，是一种假正经和低调的放肆。它蛰伏在人的体内，含而不露，欲说还休，时机一旦成熟，就立刻苏醒。

果然，形容得很贴切啊。

我勾着他的脖子，双眼迷离地问他："爱不爱我？"

他毫不犹豫地点点头，说："嗯！"然后顺着我的头发摸到后腰，吻我，剥开我的浴巾，开始肆无忌惮地摩挲。我感觉身体开始泛滥，小声呻吟着紧紧抱住他……被刺激到敏感部位，我有点儿害羞了，微微有点儿战栗，然后感觉实在太美妙了。他似乎也得到了极大的征服快感，血脉贲张，呼吸开始粗重，探寻着欲望的出口。那张床的质量实在不怎么好，席梦思床垫开始咯吱咯吱地随着起伏有频率地响起。

有句话怎么说来着？春宵一刻值千金。

剩下的就不说了，实在难以启齿，就算是这样含蓄委婉，也总有一帮无耻的人开始意淫，很有画面感的说，然后还要嗤之以鼻，神马玩意儿，关键时刻就一笔带过了。实话实说，姐就看过《金瓶梅》好吧，写不了十八禁，呵呵。

第二天早上从他怀里醒来，我轻手轻脚地拿开他的胳膊，我就不说他手放的位置了。咳咳，准备洗漱。

闷骚男既然露出本来面目，那就给他换回称呼吧，小夏子。

小夏子长长的睫毛盖住眼睑，呼吸均匀，侧身蜷缩着真像一个婴儿。我托着下巴，借着窗帘微弱的光看着这个让我有安全感的男人，忍不住伸手摸了一下他的脸。他睁开惺忪的睡眼，一把把我搂进怀里："亲爱的，你这么早醒了？"

"嗯，睡不着，8点了，你还不快起来上班？会不会迟到？"

"傻丫头，今天周六。"

"哦，我都很久不上班了，都没有时间概念了。"

"今天跟我回家吧。"

"回哪儿？"

"我家，回去看看我爹。他早盼着你来。"

"啊，可是我还没做好思想准备啊。"

"丑媳妇总是要见公爹的，有什么好准备的。"

"好吧，好吧。"我哭丧着脸，又问，"你爹喜欢什么？我要准备一下见面礼。"

"那个，我爹现在退休了，喜欢钓鱼，你考虑一下是买鱼塘还是要买鱼缸。"

"别开玩笑，你爹退休之前是做什么的？有什么属性？最起码我有个准备的方向。"

"狱警。长期跟犯人打交道，绷着脸，不太爱说话，有点儿孤僻、古板、保守、固执、严谨，总之，有点儿古董样的，你多包容一下。"

"到底有没有一个褒义词能形容你爹的？这是后爹吗？人家形容亲爹都是慈祥、善良，你可倒好，你看看你用的这些词。"

他翻个身，笑得喘不过气，居然没有反驳。完蛋了，难道是真的？我的心一下子提到了嗓子眼儿，十五个吊桶打水，七上八下啊。

车子驶入风景优美的滇池路，拐进一排老旧的职工家属楼，院墙上爬满了密密麻麻的爬山虎，平添了一些斑驳沧桑的感觉，述说着历史。

我们到的时候是上午10点，因为是二楼，房间光线不是很好，沙发上坐着一个消瘦但是精神矍铄的老人，头发很黑，整齐地后梳，背部直挺，戴着老花镜在看报纸，目测有五十多岁。看我们进门，站起来，笑了笑，然后说："来了。"

"嗯，叔叔您好，我昨天就到昆明了，今天才来看您，不好意思。"

家里应该简单收拾过，灰尘有被抹布抹过的痕迹，但是没擦干净，有点儿小乱，微脏，但是不邋遢。家具是棕红色的，有些年头儿了。茶几上、桌子上、沙发上都是报纸书籍，很多根鱼竿，竖在墙角。阳台上养的那些花有的快枯死了。这是一个缺女主人的家，有点儿冷清，所以到处不拘小节。

不过，可以确定的是，这老头儿肯定是小夏子的亲爹，眉眼、鼻子、轮廓都太像了，小夏子四十年后也差不多这个样子，简直是一个模子刻出来的。

"爹，这些都是黎晓给你买的。"小夏子把在超市买的茶叶、酒、烟放在餐桌底下。

"嗯，好。那个，黎晓是吧，你过来坐吧。"

"夏叔叔，我不坐了，还是去做午饭吧。"我搓着手紧张地说。

我赶紧把夏秋生拽到厨房，拍拍胸脯小声说："吓死我了。都怪你，也没你说的那么可怕。"

"你拉倒吧，那是因为你还不了解咱爹。"

"看你叫得这么亲，一口一个爹的。"

"我们云南人都这么叫的好吧，以后你也得这么叫。"

"爹，爹，嘿嘿，这称呼感觉还不错。"我自言自语道。

"哎，哎。"夏秋生一脸无畏地答应着。

"你丫占我便宜，让你丫占我便宜。"我抬脚就踢。

夏叔叔烟抽多了，在外面咳嗽了几声，我们赶紧停止放肆的打情骂俏行为。

厨房有一个角落，用砖头砌了一个长方形池子，里面都是黑土。

我好奇地去用手刨："这里面埋了什么宝贝？"

"亲爱的，那是蚯蚓啊，钓鱼用的，别碰，脏。"小夏子说的时候已经迟了，我的手已经抓起来了，肉肉的一团在土里蠕动。

"啊！"我凄惨地叫了一声，一蹦三尺高，赶紧丢下。

然后，他捉起我的双手在水管下冲洗，还哈哈大笑。

叔叔赶紧跑过来询问："怎么了？"

"没事，没事的，爹，她怕蚯蚓。"

花容失色、惊魂未定的状态下，我淘了米，然后根据冰箱里的食材加工了一顿还算可口的菜肴。夏叔叔显然很满意，午餐后，意犹未尽地点了一根烟。

我赶紧刷碗，顺手把厨房来了个大扫除。过期的酱油瓶子、长毛的酱罐子、变质的咸菜统统扔掉，然后用百洁球、洗洁精对煤气灶、锅碗瓢盆、筷笼子、水池子，都来了个彻底清洗，忙活了一个多小时。小夏子负责陪聊、打下手。等我收拾完厨房，洗了手出来，发现客厅没了人，电视里郭德纲跟孟非正在耍嘴逗乐。

"我爹肯定是钓鱼去了。"

"喂，小夏子，你爹那么喜欢钓鱼啊？"

"这是他的精神寄托，我们家几乎天天吃鱼，我都快吃吐了。"

我环视了一下家里，吩咐小夏子去买84消毒液、新拖把、橡胶手套，刚好趁这个时间，我就来个大扫除，全面整顿。

　　我就是个贱皮子，上班的时候就是这样，安排我做的事情我偏不做，不让干的，我弄得可起劲儿了。在自己家都不干活儿，显然是献殷勤来了，劳累奔波的命啊。

　　空箱子、酒瓶子、烟盒子、旧报纸统统被我扔掉，指挥小夏子把脏衣服扔进洗衣机，沙发罩、床单送干洗店，地板用84消毒液连拖两遍。

　　"干净，利索，漂亮。"小夏子用赞许的眼光看着我一下午的劳动成果，满眼写满心疼，扶着我的肩膀，忧伤地说，"妈在天有灵，一定会谢谢上天把你送到我面前。"

　　我抿着嘴笑了一下，母性的光辉一下子闪现出来，说："我答应你要代替你妈妈照顾你，谢谢你给我这个机会，我一定好好表现。"然后他用脏兮兮的手把一身汗的我揽入怀里，紧紧地抱着、亲吻着。那一刻，我认为幸福就应该是这个样子的，为你爱的人付出爱。

　　晚上累得不想做饭，小夏子说等他爹回来一起出去吃。我躺在沙发上，都等得睡着了。天擦黑的时候，我听见钥匙转动的声音，一骨碌爬起来。叔叔进门后，我一看，收获果然不少，桶里有十多条鲫鱼，小夏子连忙去接应。

　　叔叔背着手踱步，跟领导视察似的，显然是非常满意，说："黎晓啊，不错。"

　　我羞涩地笑了一下。不知道是夸我人不错，还是收拾得不错。

　　没想到我竟然闯了大祸。

　　他回房间后，很快就出来，有点儿慌乱，问我："你见到床头柜上的烟盒了吗？"

　　夏秋生一看情况，马上回答："我跟晓晓打扫卫生，把烟盒都扔到楼下的垃圾桶里了。"

老人一拍腿，马上拉门出去。我听见凌乱的脚步声下楼，赶紧跟下去，不知道发生了什么。

垃圾桶已经被环卫工人清空了，里面什么都没有。

他慢慢地回头，看着大气都不敢喘的我们，吼了一声："谁让你们动我房间里的东西的？！里面有秋生妈妈的照片啊！"

我的鼻子一酸，眼泪马上下来了，我不是为照片哭，有那么重要吗？而是他果然符合小夏子的描述，这个古怪的老头儿！

我吓得后退两步，小夏子拍拍我的肩膀，安慰我说："没事，没事。"然后对他爹说，"是，是我扔的，我不知道有妈的照片，我去岗亭问问，环卫车什么时候走的。"说完，就飞快地朝大门警卫室的方向跑去。

老人在院子里的躺椅上坐着，我站在旁边不知所措。老人点了一根烟，紧皱眉头的脸庞在夜色中忽明忽暗。

我他妈干的这叫什么事儿啊，活了二十多年还没受过这样的鸟气。呜呜，我开始小声抽噎。

"黎晓，过来坐。"他见我这样，态度突然缓和了。

"对不起，叔叔刚才有点儿激动了，对不起，对不起。"他弹了一下烟灰，说，"你知道这小子为什么叫夏秋生吗？"

我并未敢坐过去，面无表情地摇摇头。

"因为你阿姨的名字有个秋字，叫李瑞秋，瑞雪兆丰年的瑞。"

父母那个年代取的名字都是什么菊啊、丽啊、花啊、英啊、芳啊、翠啊，哪里听过这么高端大气的，可见夏秋生的外公也是个文化人。这个名字放到现在也很时髦。

我止住哭泣，愣愣地听着下文。

"我从外地调到昆明第二监狱那一年，经人介绍相识，在此之前，你阿姨相亲过三十多个人，远近闻名，是县纺织厂的厂花，泼辣能干，外号叫秋老虎，呵呵。然后我们在食堂吃了一顿饭就把婚事定下来了。结婚二十多年，我虽然脾气很暴躁，但我们从未吵过架，因为我会让着她，也从未有事欺瞒过她，只有她最后病重的时候我不忍心告诉她。本想退休以后可以带她旅旅游，去看看外面，可是来不及了，好好的一个人，病来如山倒，说走就走了。唉，她为了这个家，辛苦了一辈子。"

他的语气里透着浓浓的伤感，夹烟的手指微微颤抖。

我突然就不知道该说什么了，我无意中毁了老人的念想，是不是太残忍了？想当然地自作主张。我突然恨自己，无比懊悔，凭我的阅历，怎能理解这相濡以沫的感情？

"对不起，对不起，叔叔，我……"

"黎晓，没事，叔叔不该跟你发火。你不远万里来到云南，来到我们家，我应该像你的父母一样照顾你、关心你，你说是不是呀？叔叔走过很多路，跟很多人打过交道，一眼就看出你是个勤快懂事、知书达理的孩子。"

这段话就像小学课本上赞颂白求恩的一样，呵。

他抬手招呼我过去。我慢慢地移到他跟前，拉着他满手是老茧的手，感动得泪眼模糊。

这个插曲，让我深刻地明白两个道理：珍惜那个你爱的人；孝顺这个讲理重感情的老头儿。

照片最后也没有找回。瑞秋阿姨，对不起。

晚上我们谁也没有吃饭，夏秋生从床底下拉出一个上锁的箱子，打开，里面有一本相册。我一页页翻开看，有小夏子小时候穿着照相馆的儿童军装，拿着木枪，一脸神气的样子，还有他妈妈，传说中的瑞秋阿姨，大长辫子，一排纺织姑娘数她个子高。还有全家福，里面有几十个人，祖孙好几代。当然，也有我不愿意提起的梅雪。我淡定地翻着，内心却像波澜壮阔的大海，潮涨潮落，一会儿平静，一会儿澎湃。

接下来的几天，夏秋生的七大姑八大姨、二表舅、老干妈、三婶子都纷纷到访，以来看我的名义在家里欢聚一堂。因为没有未来婆婆帮忙，来的又都是客，老人又不同意去饭店，苦命的我只好赶鸭子上架，挽袖子下厨房。我几乎变着花样把会的菜品都拿出来了，每天都是满当当的一桌。他们热情似火，用座无虚席表示对我的重视。我几乎黔驴技穷了。

我一边用锅铲翻菜，一边恶狠狠地跟夏秋生抱怨："你家亲戚能不能再多一点儿？"

他无奈地说："还真能。还有小姑父、四舅公没来，对不起啦。你知道我家一年都没来这么多客人，我爹也很久没有这么开心地笑过了。"

因为这句话，我默默接受了这个大家庭寒冬般的考验，没有撂挑子。

还好没人为难我，都是善良、友好的，尤其是他的大表哥，一个帅气有才的男人，每天都买很多熟食卤味儿带上来帮我充数。

可是夏秋生啊，忙得要死，一会儿单位有事，一个电话就扔下我走了。我内心那个悲凉啊悲愤啊悲惨啊，各种负面情绪万马奔腾地翻滚着。晚上他们吃饭的时候，我就躲进房间偷偷给我妈打电话。

再轰轰烈烈的爱情，一旦染指柴米油盐，生活终将会归于平淡。所以，我们的欢乐时光跟春晚最后一首保留曲目《难忘今宵》一样，停留在最开始的激情澎湃上。

磨合

像高反一样，我对这个二线城市也开始出现种种不适应，不适应周姐安排的店面工作，不适应麻辣的饮食习惯，不适应遍地方言，不适应夏秋生忙碌且让人提心吊胆的工作。

我负责周姐公司的人事招聘和培训工作，用半个月重新修改完善了很多培训流程、工作日常制度，推行5s现场管理法。

从店员到督导到店长，每个店里都出现了排斥反应，浑水摸鱼的开除，滥竽充数的辞退，一下子缺了人手。我又慌乱地开始招兵买马。

我有点淡淡的挫败感，毕竟是空降兵，大家很难一下子服从管理。周姐很赏识我的果断，一直鼓励我，让我好好执行我的"商鞅变法"，不要泄气。

我说："她们都松散惯了，很难一下子严格起来，再给我一点儿时间。"

周姐问我："你发现没有，在一线城市，比如北京，打工的里面云南人比较少？"

我点点头："还真是。"

"那是因为云南人有个外号叫家乡宝，不喜欢走出去，而且现在这边发展飞速，新领导班子上台后，开始大力改造城镇农村，所以这些孩子，很多家里有钱，只是年纪小，出来增加社会经验或者学手艺的。"

"嗯，这确实是个问题。以前在北京，随便一个职位都是一呼百应；在这边，一个大石头都激不起波澜，可能这就是环境差异。我会慢慢适应的，姐姐放心咯。"

"姐相信你的实力，加油哦。"

我能用"失落感倍增"来形容最开始那一段磨合期吗？

不适应的冷清无所适从，令我一度恐慌。很多北京的朋友、以前的同事都上网找我，问我去哪里了。我都淡淡地笑。他们不相信我为了一个男人奔赴云南。

夏秋生有时候忙得几天见不了面，我只能对着手机热烈地表达情感。

只要他有空，我都会央求他带我回去看夏叔叔。

虽然不善言辞，但我知道老人是欣喜的，每次都买我爱吃的水果，然后穿戴整齐地在楼下门口等我们。

素素在网上给我留言说，晓晓，要慢慢淡然，好好生活。如果努力了，收获的不是果实，是现实，我们也要笑纳。

我不知道这句话是说给我听的，还是在描述她自己。我不敢问她，清风还好吗？

夏秋生一有空就会来周姐的公司看我，有时候是匆忙地坐一会儿，有时候一起吃饭。他会在任何场合脉脉含情地看着我，笑意盈盈。

同事都说秀恩爱，死得快。

第一次发生争执是国庆节，他同事结婚，他第一次把我带到他的同事、朋友面前。

那个婚礼很盛大，虽然我做足了思想准备，安静地坐在那里，但还是不断地有他的同事打招呼时用诧异的眼神看我。

我听见有小声的议论，我还看见有人指指点点。我承认我不够强大。

新郎新娘敬酒的时候，花儿一样的新娘子扬起幸福的小脸说："夏哥，梅雪姐，祝你们幸福。"

是的，我真的没有听错！

新郎脸色马上变了，拉拉新娘胳膊，示意她边儿上去，抱歉地跟夏秋

生说："对不起，对不起夏队，她不知道。"

夏秋生勉强挤出一丝笑意："哥们儿，没事，今天是你大喜的日子，祝你们白头偕老，早生贵子。"

我把夏秋生面前的白酒端起来一口干掉。

他拧着眉头，当着众人的面把我揽在怀里，内疚极了，然后轻轻地说："晓晓……"

我制止了他，我知道他要说"对不起"了。可这是他的错吗？特么的跟我说"对不起"就能改变现状吗？

我头疼欲裂。

夏秋生去邻桌给领导们敬酒了，我拿着手机出了酒店大厅，坐在厨房后门的台阶上，迷茫地看着湛蓝的天，云卷云舒。

我怕我一低头就会有泪流出来。

李瑾气喘吁吁地找到我，什么也没说，在我旁边坐下来，递给我一沓纸巾。

"晓晓姐，我知道你难受，你别哭啊，你一哭秋生哥该难过了。"

"瑾，你知道吗？"我吸了一下鼻子，说，"我嫉妒那个梅雪，我在你们同事眼里就是个替代品对不对？所以他们才会用同情的眼光看我。"

"可是我还嫉妒你呢，我连替代的资本都没有，更何况，他是真的爱你，我能看出来的。我跟秋生哥搭档这几年，凭我对他的了解，一定以及肯定。"

那天晚上，除了值班的同事，其他人都醉意蒙眬，约着去KTV不醉不归。

夏秋生是个脸皮薄的人，不懂如何拒绝。我一万个不想去，可是找不到合适的理由拒绝，还是强颜欢笑着去了。

很多人，至少三十个，很大的VIP包间。他被同事拉着，喝了很多酒，也唱了很多歌，人声鼎沸。我当着他的面跟他的男同事夸张地嬉闹，然后玩色子，拼酒。

他总是透过重重人群，回头找我。我用刀子一样的目光注视他，哀怨着他为什么还不带我离开。

他摊开手，表示自己也很无奈，用眼神暗示我再等一会儿。我心里有股火在腾腾地往上冒。

有个很不识趣的胖子，腆着肚子坐在我旁边，一下子把皮沙发压进去一半，饶有兴趣地要跟我喝酒，还上下打量我，唏嘘着："像，真像啊，哈哈，啧啧。"

当时我真是太敏感了，借着酒劲儿，我把一杯酒全泼在他脸上："像你他妈的什么！不说出来能死吗？"

大家都回过头来，三十多人的包房一下子安静了，尴尬了，都傻眼了。

马上有人拽了抽纸给胖子擦拭，不停地说："处长，处长，您没事吧，她喝多了，别跟小丫头一般见识。"

我也酒醒一半，拿着外套头也不回地往外逃。夏秋生在电梯下降到一楼的时候，堵在电梯口。

"一定要这样吗？"他拉住我的胳膊，强忍怒火。

"你不该带我来，你为什么要带我来？"我盯着他的眼睛，质问他。

"我原本以为我爱你，我们要结婚，这有什么不能见人的吗？"

"你原本以为？你现在改变主意了对吗？"

"你能不咬文嚼字吗？"

"在他们眼里，我是梅雪的替代品，对吗？"一股寒意蹿到头顶，我还打了一个啤酒嗝儿。

"你为什么在意别人的眼光？我说不是还不够吗？这个坎儿你就过不去了吗？"

我们用了很多问号，很多问题事实上我们自己都没有答案，但是都脱口而出了。

当时，在KTV一楼大厅，里三层外三层地围了很多看热闹的人。

我已经泣不成声了。

"既然这样痛苦，那不如分手！"天地可鉴，我只是气疯了，说的是气话。

"那分吧，谁后悔谁是你儿子。"

"儿子？"我冷笑道，"我没你这么大的儿子，你死心吧，我没打算嫁给你爹，给你当后妈。你记住你今天说的话，夏秋生。"

这个笑话很冷吧。

我边说边后退，一口气跑到马路上，把泪雨滂沱、狼狈不堪的自己塞进出租车后座。那个速度很快，有人来拦，可惜都错过了。出租车司机就像专门来接应我逃跑似的，一脚油门蹿出好远。

我报了宿舍地址，然后沉沉睡去。

之后，我们陷入长久的冷战。我以为我们完了。如果是这样，我留在云南还有意义吗？原来情人之间都还是会吵架，只是吵架的方式不同，但是伤害都是一样的。

我又开始自暴自弃、酗酒抽烟了。

周姐知道以后，居然张罗着给我介绍对象了，什么官二代、富二代、拆二代，还有矿场王老五，陆续领到办公室，都被我一张性冷淡样儿的厌弃表情吓跑了。

　　这样过了大约一周，某一天深夜，我在天涯论坛看到了一篇文章，心里疼了一下。

　　大概意思是说，一对甜蜜的情侣，女孩静美出尘，男孩俊美阳光，爱得浓郁、芬芳，一日不见如隔三秋。这么好的两个人因为一点儿小事吵架了，三天没说话。女孩痛哭，以为他们完了，结果第四天，男孩打来电话说："丫头，我们和好吧。有人说，两个相爱的人之间发生了矛盾，第一个转身的人就是他们感情上的天使。这次，让我来当一次天使。"以后，他们一直非常好。当然，还会吵架，只是吵完了，总有一个人会转身，转身之后，他们的感情会比原先还要好。

　　文章的结尾说：美好的爱情大抵如此，总会有无数次的转身。只要感情的天使不死，他们的爱就不会泯灭。

　　我转载到空间，附加了一条感想：感情的天使不死，难道爱就不会泯灭吗？

　　我知道夏秋生一定会看到。看吧。我从内心希望闷骚男能回到我身边。

　　准备关机下线时，QQ右下角收到一条来自好友的评论：当初，我们的天使呢？它死了吗？

　　评论者是谁？你猜。

　　算了，这时候就不互动了，我直接公布答案好了，是魏清风。

　　我的心一怔，手哆嗦着，赶紧删了。

　　我不敢回答这句话，我不知道他是恰好看到，还是一直都有关注我的空间动态。紧接着，他打了我的电话，寂静的午夜，刺耳的铃声响起。

　　"没想到，你还一直用北京的号，这可是漫游。"他略带醉意。

"嗯，姐有钱，这你也管。"

"你还好吗？告诉我。"

我不争气的眼泪唰地一下就下来了。

"挺好的，你呢？跟素素，你们在一起了吗？"

"你先管好你自己吧，瞎操心。"

"你喝酒了吧？"

"嗯，喝了点儿，睡不着的时候会小酌一点儿。你真的打算留在那边了吗？"

"我……"

"如果他对你不好，就回来吧，毕竟北京是大城市，更适合你。"

"我们很好，好得不得了。"

"屁！你就编吧，我能去云南，去……去看……看看你吗？"他有点儿语无伦次地问我。这句话，我知道他自尊心这么强的人，如果没有喝酒，是很难启齿的。

"信号不好，听不见啊，困了，晚安。"

我匆匆挂了电话，心情好像吃了芥末、鱼腥草这些难以下咽的催泪玩意儿，又好像被灰尘迷了双眼。我抱着电话窝在沙发里，脑子里全是魏清风询问的眼神，你还好吗？你还好吗？

是不是又有人要骂了？都过去这么久了，还不能释怀吗？折腾什么玩意儿？要吃回头草吗？

怎么说呢？不是你想象的那样的感情。

你知道李宗盛写给林忆莲的很多歌中，有一首《爱的代价》吗？

他说，也许我偶尔还是会想他，偶尔难免会惦记着他，就当他是老朋友吧！也让我心疼，也让我牵挂。只是我心中不再有火花，让往事都随风去吧!

名人都如此, 何况凡夫俗子的我们?

如果你心里从来没有住过这样一个像老朋友一样让你心疼让你牵挂的人, 说明你的感情世界还很空白。

你没有经历过别人的人生, 就不要轻易做不合时宜的肤浅评论。

过了10月就到冬天了, 我跟夏秋生一个月没有任何联系。我来云南也好几个月了, 北京也逐渐在记忆中模糊。严寒酷暑在这个城市是不存在的, 只是感觉干旱半年, 潮湿半年。这里有很多雨水, 每场雨只有二十分钟, 太阳还在灿烂着, 雨突然就会倾盆而至, 没有任何前兆, 刚找到避雨的角落, 雨却戛然而止。一会儿, 太阳就从云层钻出来, 好像只是洒水车刚刚经过。

雨后空气里满是桂花和木槿的味道。

在这个陌生的城市, 到处都是方言, 我严重感觉到格格不入。在跟夏秋生失联的日子里, 除了工作, 我不爱出门, 不爱跟人沟通, 常常在孤单的午夜惊醒, 偶尔陪周姐去酒吧买醉。

我索性换了云南的手机号, 我告诉了老余、刘宇、素素、魏清风、爹妈, 唯独没有告诉夏秋生。

我偶尔跟老余打电话聊天。

跟刘宇两口子打电话贫嘴。

跟素素打电话欢笑。

还会跟……跟魏清风打电话问候。

怎么说呢, 在那种情况下, 他就如一缕清风, 暖暖的, 沁人心脾。隔着电脑细细回忆曾经。看吧, 有些人就是这么贱。怎么就这么贱? 得不到的, 暧昧着, 怎么就那么好?

12月8号，早上我正在跟督导开会，前台说有人找我。我出来一看，居然是李瑾。她穿着警服，手托着警帽，有点威严。我有点欣喜，拉过她问："你怎么来了？"

"快跟我走，急事儿。"说着，拖着我的手就走，力气大得吓人。

"你说清楚啊，瑾，什么事？我在开会呢。"

"边走边说，时间来不及了。"

"你怎么找到这里的？"

"别忘了我是一个警察，找个人还不是小菜一碟？"

"那到底什么事儿，这么紧张？接生吗？我也不会啊。"

她按下电梯，一字一顿地说："晓晓姐，今天是秋生哥的妈妈瑞秋阿姨的忌日。我们要在十点半赶到元宝山陵园，要不然夏叔叔他们就走了。"

真是给我出难题了，按道理我是应该去给阿姨献上一束花的。

"我能换个时间吗？我……并不想见到夏秋生。"我倔强地把头偏向一边。

"如果他想见你呢？"

"不可能。我们很久没有联系了，彻底，分了。哎，上次KTV事件你听说了吧，我泼了一个胖子一脸酒。是你们同事吧，哼，我见一次泼一次。"

"那天我家里有事提前走了，如果我在，一定会拦住你，不会让这种事情发生。你太冲动了，你泼的是我们处长，因为这个，秋生哥被穿了小鞋，这段时间被调离到瑞丽市哨卡值勤了。"

"什么？这么严重？以后都调不回来了吗？"

"临时的。我告诉你一件事，你别紧张啊。他查车的时候跟毒贩搏斗受伤了，今天早上被同事送回昆明，现在就在解放军43医院。"

我脸一下子变得刷白，手心发凉，开口却说："关我什么事儿！"

"那你继续嘴硬吧，我不说了。"

"算了算了，他怎么那么不小心？伤到哪里？还被送回来，不能走路了？昏迷了？腿断了？"

"我还没来得及去，具体的不清楚。"她重重地叹了一口气。

"师傅停车，快停车啊！"趁红灯我跳下车，回头对李瑾说，"我去43医院，你去陵园替我给阿姨献束花，说说话。"

"喂！喂！你去综合大楼三楼外科ICU找他……"话没说完，红灯变绿，车开走了。

"ICU？重症监护室？这么严重？"

到医院上楼梯的时候，我的脚像被灌了铅一样，走不动，每一步都那么艰难。我害怕看到一个残缺的人，我更害怕失去他。难道我的诅咒灵验了？观世音菩萨，求求你，不要那么灵好不好？前段时间还好好的，活蹦乱跳的，我的心都要疼死了，脑子里都是他的各种眼神、表情、动作、对白。我真该死，为什么要跟他吵架？为什么？我不是答应他妈妈，要好好照顾他的吗？

护士告诉我，走廊尽头就是外科ICU病房。

我踉跄着挪到跟前，门被反锁着，推不动，门上有玻璃，里面有医生和护士背对着我在监测各种仪器。床上躺着一个被绷带裹成木乃伊的形状，身上到处插了管子。

这是断腿了，还是中枪了？还是毁容了？大清早的，空荡荡的走廊没有一个人理我啊。

一颗心碎得稀巴烂。

我颤抖着已经不能说话了，扶着门把手，软软地瘫坐到地上。我撕心裂肺地哭起来，毫无形象可言，惊天地泣鬼神。

有人拍我的肩膀。

我推搡了一下："对不起医生，让我哭一会儿。"

有纸巾递过来。

"请问，你是夏秋生什么人？"我听到一个分不清是男是女的声音。

我心如刀割，脑子都不好使了，但是清醒地想，果然很严重，医生都知道他的名字，是要叫家属签病危通知吗？

我死死地盯着里面那个木乃伊语无伦次地说："医生，我是他女朋友。他不会死吧？求求你们救救他，他爹就只有他一个儿子。"

"咳咳，让你失望了，傻丫头，夏秋生死不了。"

这声音为毛这么熟悉？天籁之音啊！我一抬头，就看见胳膊上打着石膏、吊着绷带的小夏子。

"怎么回事？"我的哭声戛然而止，用袖子蹭了蹭脸，迷茫地问。

他伸出那只健全的右手，拉我起来。我迟疑着，打了他一下，然后自己拍拍屁股站了起来。

"就是骨折而已，是我自己不留神没防备，本来可以避免的。以我的身手，对付十个八个坏人没问题。"

"李瑾个二货告诉我，你在ICU，我还以为里面那个人是你呢。"

"我在旁边的骨科门诊。她刚才打电话给我了，让我到ICU门口等你，这个牌子醒目，好找一点儿。"

"你俩合伙儿欺负我。"

"你穿这么正式。"他打量着我的黑色小西服，短裙套装，"小样，是不是以为我死了，奔丧来的？"

"呸呸呸，乌鸦嘴，这是我的工服，都没来得及换就被李瑾拽出来了。"

他说："挺好看的，制服诱惑。我疼得一夜没合眼，陪我去车里眯一会儿。"

"你都这样了，还开车来？"

"同事开的，停地下车库了，我放他假去见女朋友了，下午来医院接我去陵园。"

"嗯，你吃什么？我去买。"我问。

车后排座位很宽敞，夏秋生眯起了眼睛，托着下巴专注地看我。

"不许去，我要吃你。"

"讨厌啊你，我看看，除了胳膊，还有哪儿受伤了？"

"还有那里。"

"那是哪里？"

他伸长脖子，朝下面努努嘴。

"是吗？"我马上心领神会，一下拉开他裤子拉链，伸手进去隔着内裤摸了一下。

那哥儿们斗志昂扬地抬头向天，他还非常配合地从嗓子里"哦"了一声。

我恼羞成怒："你敢调戏姐？！"

"看在我受伤的分儿上，让我调戏一下呗。"

"你手都受伤了，还不老实。"

"哎，手受伤有关系吗？我哪一次是用手满足你的？"

"你……"我一下子羞红了脸，捶打他的胸脯。

"宝贝，快上来。"

　　我半推半就地被他一把托着屁股坐到他腿上，一步裙已经掀到大腿根。他的右手开始不老实，扯掉我的小外套，然后伸手在我衬衣里游走。

　　这就是传说中的车震吗？

　　这是医院地下二层的车库，安静得要死，车窗是黑色的，能从里面看见偶尔有车驶入驶出，停车的位置一面靠墙，一面能观察四周的动静。

　　"不要，等下有人来了。明天要是被云南电视台《法案故事》栏目曝光，云南缉毒英雄夏秋生同志因公负伤，打着石膏在医院停车场被强……"

　　他羞涩地笑了，轻轻地说："应该《十分动情》才对，跟女友车内约会忘情车震，激情无限，被路过群众偷拍。嘿嘿，快来让我好好看看，我的宝贝怎么又瘦了。"

　　"我以为你不要我了。"我声泪俱下，呜呜地哭了。

　　"我怎么舍得不要。我调去瑞丽了，工作不能带电话，但是我每天晚上都有给你发短信好不好？你关机了。"

　　"是不是你人品不好被移动屏蔽了？哦，不对，不对，是我换号了。"我挠挠头，抱歉地说。

　　"你换号了？早说啊，浪费我这么久的表情。"

　　"你不是说谁不分手谁是儿子吗？"

　　"我叫你妈你敢答应吗？"

　　"那有什么不敢，叫，快叫。"我挑衅地看着他咬牙切齿地说。

　　"我要去你们公司，当着周姐还有员工的面儿叫，嘿嘿。如果你嫌不过瘾，就去南屏街拿着扩音器叫。"

　　"我让你叫！我让你叫！"我开始胳肢他。

　　然后我就被他用一只胳膊紧紧地抱住，用脸颊摩挲我的头发。我被他挑逗得满身欲火。犹如失而复得的宝贝，我有点报复怨恨地狠狠咬了他肩膀一口。他"啊"地叫了一声，顺势进入。我就像发情的小猫一样蹭他，咬着嘴唇不敢发出声音。也许是在车里，感觉不一样，所以既惊险又刺激，很快就同时到了高潮。

整理好衣服，听他说了很多煽情的话，感觉筋疲力尽，就躺在他怀里睡着了。

亲家

我们闹分手的事就这样因为他的受伤，和解了。

我是一个敏感又记仇的小女人，心里到底还是生了嫌隙。无论他有千般万般好，每当我们闹矛盾，我还是会想起在KTV大厅他寸步不让、借着酒意说谁不分手就是儿子的醉话，仿佛那些好都写在了沙滩上，那些坏都刻在了石头上。

那几个月我去考了驾照。夏叔叔真是把我当亲闺女啊，拿养老的十多万块钱给我买了一辆车。每次我跟小夏子闹别扭，他都陪着我绝食，然后各种数落姓夏的浑小子，哄好后就催我们早点儿结婚，他急着抱孙子。

真是生活在蜜罐里的一段日子。年关的时候，大家开始置办年货，我开始想念爸妈。

年龄越大越觉得离父母远是件揪心的事。虽然有电话，有电脑，知道他们一切都好，但心里还是惦记。

小夏子到底看出了我的心思，在我不知情的情况下给我爸妈打电话，说服他们来云南过年。一开始他们不舍得钱，死活不来。不知道小夏子怎么费尽口舌游说成功的，他订了机票才告诉我。

第一次坐飞机出远门啊，来看闺女啊，我妈的心情应该是非常激动的，来之前再三跟我确认飞机上可以随身携带多重的东西。我告诉她是每人二十公斤。小夏子值班，我自己接机。飞机到达的时候已经是凌晨1点了，冬季昆明的深夜还是寒意逼人的。我的老爸老妈当真是老了，几乎是最后走出来的。我的脖子都要酸死了，在出口的地方远远地看着他们缓慢地随人群走动，走近一看，俩人均满头大汗。

我问我爸："怎么这么久才出来？"

他把两个提包放在地上，大口地喘气，停顿半天才说："下了飞机还要走两里地才到出口，真远，真累。"

我伸手接过老妈提的行李袋，才发现我根本拎不起来，太沉了。我吃了一惊，说："不是有推车吗？你俩怎么不用？"

我爸跟我妈茫然地对视了一下，异口同声地说："不知道能用啊！"

我问我妈："都带的什么东西啊？你俩这是给我置办嫁妆吗？"

她说："都是老家特产，我和你爸特意给你未来公公准备的。"

到家后，她忙前忙后地整理，一边跟我念叨灌肠带了多少根，腊肉带了多少斤，糍粑带了多少块，还有很多在这边没有的特产、零食，收拾好后骄傲地跟我说："晓，你知道吗？出门前我称过了，刚好四个行李袋，每个二十公斤！"

我的亲娘哎，这是搬家的节奏！

这种场合下，我爸是没有什么发言权的，他就是路上负责保镖，到家负责收拾的那个杂役，用他的说法是，我妈的私人贴身助理。

刚好美容院放假了，跟我一起住宿舍的督导回家过年了。我们好好收拾了一下房间，跟家里的感觉一样。冰箱被塞得满满的，而我的心、眼眶也瞬间被堵得满满的。

第二天一早，夏秋生下了夜班，赶忙来宿舍找我们。第一次见丈母娘老岳父的他羞涩极了，不停地搓手，进门一激动，直接说："爹，妈，你们吃饭了吗？"

这可给我妈乐坏了，上前仔细打量，一会儿挠耳朵，一会儿托腮帮子，左看右看，不住点头，还不停地朝我爸使眼色。难怪有句话说，丈母娘看女婿，越看越欢喜。

接下来的几天，小夏子调了班次，只要有时间，就会陪三位老人到处走走，看看海鸥、山茶花，爬山，逛动物园、博物馆、石林、九乡，买年货。我勤俭了一辈子的妈哎，怕花我们的钱，每次出门玩她都要阻拦一下，最后被胁迫一起出去。回来的时候就说，不好玩，以后再也别出去了。还要算一笔账，今天门票多少钱，吃饭多少钱，油费、过路费等。但是那些拍回来的景区照片她总会一遍遍地看，然后眉飞色舞地跟我说，你瞧，真好看。

夏叔叔说，这是他有史以来最开心的一次过年。

每天晚上，我妈都坐在沙发上一边缝补纽扣一边陪夏叔叔聊天。因为语言不通，我只好从中翻译。

年三十吃过年夜饭，等着看春晚，夏叔叔穿戴一新地端坐在单人沙发上说："举国欢庆，咱们家齐聚一堂，开个会吧。"说着，拿出一个存折，放在茶几上。

我被这正式的气氛搞蒙了。

叔叔说话语速有点儿快，今天语调也不对，显然喝了点儿酒，有点儿激动。我赶紧用胳膊碰碰我旁边的小夏子："叔叔说了啥？快翻译一下。"

小夏子愣了半天，说："爹，你重复一遍，我也没听懂呢。"

夏叔叔操着昆明方言说："哎呀，我为了亲家能听懂，特意说的普通话啊。"

我们一屋子人都面面相觑，然后肚子都笑疼了。

小夏子说："爹，你还是说方言吧，至少我跟晓晓能翻译啊。你这普通话一说，全家没一个听懂的。"

我翻译给我爸妈听后，他们也被夏秋生他爹逗乐了。

叔叔说："这是八万八，给亲家的彩礼钱，家里条件就这样，就怕委屈了晓晓啊。"

我一下子惊呆了。

勤俭朴素善良严谨的夏叔叔居然这么土豪，先是给我们买了辆车，然后又给了八万八彩礼，你瞧瞧这数字，多吉利！

我知道，这肯定是他最后一笔养老钱了。

我妈虽然听不懂叔叔说啥，但也知道是存折，拿起来看了看说："这是干什么啊？"

我一把抢过来，推到夏叔叔面前，翻译给他："我妈说，彩礼不要了。"

叔叔又递过来，责怪我说："是给亲家的，晓晓，你别拦着，你爸妈养你这么大不容易。"这句话说得很慢，我妈听懂了。

我妈说："谁家养孩子都不容易，但是彩礼钱我们确实不要了，两个孩子过得好就行了。我跟他爸爸来之前有点担心她嫁这么远，现在完全放心了。晓晓到你们家，您就当自己孩子一样好好管，犯错，您尽管教育。"

我正琢磨怎么翻译更好听一点儿，小夏子一字不落地学舌给了他爹。

　　我爸得到一个出场机会，没有台词，只是点头，表示对我妈的发言拥护首肯。

　　最后那钱啊，差点儿忘记交代了，我爸妈添了六万，全家一致同意给我和小夏子购置新房首付款，剩下的用他的公积金贷款。

　　天下没有不散的筵席，最害怕离别这一天。

　　年初十，我爸妈就要走了，说十全十美吉利，适合出行。头天晚上我辗转难眠，早上闹铃响，发现客厅的灯已经亮了，我爸在整理东西，我妈在洗手间。我爬起来坐在沙发上，心里空得一片茫然。

　　我说："爸，妈，我就不去送你们了，你们自己路上注意安全。"

　　我爸说："晓晓，我跟你妈走了，你自己照顾好身体。"

　　我妈走到楼道，又跑回来跟我抱头痛哭。小夏子也差点儿流泪，拍拍我的肩膀，轻轻地带上门。

　　我也想去送，他们都不让，我妈怕我在机场哭天抹泪。屋子里空荡荡的，我一个人窝在沙发上，想起很多往事，爸妈送我上学，到学校给我送米，工作后送我去火车站，过年在我下车的地方等我回家。那种离别的酸楚，平时神经大条惯了的人，也忍不住肆意地放声大哭。

　　然后，我就打了一辆车，跟在他们后面。在机场进站口，到底还是被他们发现了。

　　我红着眼睛嘱咐爸妈："我真不进去了，你们拿好身份证，我就站在这里看你们换登机牌，过安检。"他们一直回头看我站在门口，等到我觉得他们已经进安检门以后，我急切地朝着他们走的方向追。转角处，父亲提着行李，母亲跟在后面，一遍遍地回头张望。

今日一别不知何时再相见，远嫁的姑娘们，你们还是考虑清楚吧，反正我被自己打败了，一边是亲情，一边是爱情。

爸妈到家后，我打电话撒娇说："妈，我咋又想你了？"

我妈叹气说："没有什么大事情，以后就不去了，路费贵，也远，如果在一个市，随时都可以去看看你，可是……"

我说："那你怎么不阻拦了？"

我妈说："哼，我再也不会上当了，我的阻拦只会让你离我和你爸更远。我已经感谢上帝你没找个老外。"

说这些的时候，我沉默了，心里一丝酸涩，好像长大了，试着慢慢体会他们的心情，觉得听进去了，不像孩子时代那么浮躁，开始静下来换位思考了。将来我老了，我也会希望孩子留在我们身边，哪怕近一点儿，也好。

再说小夏子。从机场回来，看我失魂落魄的小可怜样儿，抱着我的肩膀，莫名其妙地跟我说："亲爱的，我的工作有点儿危险，早出晚归，你介意吗？"

我想了一下，摇摇头。

"那，我没太多时间陪你，你介意吗？"

我想了一下，还是摇头。

"我在外地的时候，你经常回来给爹做做饭，说说话，你介意吗？"

我果断地摇头。

然后他问："你同意把你名字写进我们家户口册吗？"

我说："你咋不问我，死了愿意葬进你们家祖坟吗？你想求婚直接说啊。"

他使劲儿点点头："嗯！亲爱的，你要不要这么聪明，怎么一下子就猜出来了？那你愿意吗？"

"愿意什么？愿意做一个痴痴的怨妇，附加免费保姆？如果我不愿意呢？"

他的眼神一下子黯淡下去，说："那算了吧，我这工作性质，嫁给我确实让你受委屈了，要不，你再考虑考虑？"

我说："哎，你呀，还是闷骚闷骚的，一点儿没改，尤其是关键问题上浪费了不少时间。你的霸气去哪儿了啊？"

他说："那你愿意吗？"

我一下子从沙发上跳起来，搂着他的脖子说："我愿意！我愿意！我一百个愿意！"

我的母爱最容易泛滥，尤其在小夏子面前，所以毫不矜持啊，戒指啊、鲜花啊，神马都没有啊，我怎么还能这么兴高采烈？哼，我就是愿意！

4月份的时候，夏秋生有几个重要案子要办，经常几天不见人影。周末，我陪夏叔叔爬金殿后山。他说，他有点儿想念吴三桂了。夏叔叔腿脚很硬朗，倒是我跟不上趟儿。

我问夏叔叔："为啥叫金殿啊？"

他说："金殿啊，是这么回事，清康熙十年，平西王吴三桂在仕途的巅峰时刻铸造了仿太和宫，纯铜的大殿，金光闪闪的就叫金殿，都说他想盘踞在云南当土皇帝……"

难怪小夏子喜欢历史，随他爹。

夕阳西下，我搀着夏叔叔下了台阶，坐在出口石凳子上休息的时候，有个小男孩跑到我面前，举着一串钥匙，阳光下明晃晃的，刺眼。

他说："姐姐，你的钥匙。"

我仔细端详，笑着说："小朋友，不是姐姐的，你在哪儿捡的啊？"

他指指大门口说："有个叔叔说是你家的，让我给你的。"

我疑惑地接过钥匙，一抬头就看见夏秋生站在金殿门外，隔着栏杆淡淡地笑。

我飞奔过去问："你怎么来了？"

"爹说你们在这儿，我下班来接你们回去。"

"钥匙是？"

"新家的。亲爱的，我看了很多套房子，终于在离家近的位置选中一套两居现房。你喜欢什么风格？装修队可以很快入驻，等大功告成之时，就是我迎娶你之日。"

"可是，如果我们结婚以后搬走，叔叔多寂寞，连说话的伴儿都没有。"

"我之前很担心，怕我爹性格偏执，你们不能相处好，没想到晓晓同学这么孝顺，通情达理。"

"那当然，你放心，你爹就是我爹，我会替你好好照顾他。辛苦了一辈子，该好好安度晚年了。"

"那这套也要装修，把你爸妈接来云南住，省得你老担心他们，一起照顾。"

我当时就傻眼了。这就是将心比心吗？这个感觉真的很不错呀，有人懂你，不用你操心，关爱你的家人，什么都为你考虑周到。

"你是故意要感动死我对吗？我走了狗屎运，或者我祖上积了德？"

一大波幸福扑面而来。

结局

4月份，素素来云南了，一个人。她说想我了，来看看我。没有任何征兆的。

还是那样清瘦，尖尖的下巴，头发染黑了，又重新做成了清汤挂面。我猜这是为了迎合魏清风的喜好——看起来像个忧伤迷路的孩子。

我开车带她去民族村参加火把节篝火晚会。火把点起来的时候，那些不怕死的呐喊欢歌载舞，比火把节还要壮观，堵得消防队都进不来。

素素说："这篝火晚会同时举办泼水节不是挺好吗？一边点火，一边泼水，也省得出事儿。"

我也觉得她的突发奇想挺有意思，就呵呵地笑了。

跌跌撞撞挤出来的时候，已经晚上10点了，停车场出口全被新疆羊肉串占领了，然后我们在车里各种睡姿，还看了烟花，还有各种造型，脚丫的、笑脸的。路灯透过椰子树影照下来，素素说很有在海南的感觉，地上再铺上沙子，再来个椰子，配个躺椅。我说还得有一片海，得有涛声。就这样在臆想中睡着了，醒来已经凌晨，终于可以缓慢挪步，要不是素素车技好，黎明之前才能回家。

晚上，我们挤在宿舍的单人床上，她面朝墙翻着手机微信。

我说："为什么来了？"

她答："来看看你，没别的。"

"编，继续编。"

"真的。"

"如果说瞎话犯法的话，你早被警察抓走了。"

"我和魏清风分手了，或者说就没好过。这算什么呢？我做了几年的梦啊，终于醒了。我喜欢了他三年啊，三年光景，共一千零九十五个日夜，这么多个绚丽多彩的青春时光，我就这样自欺欺人、言不由衷地浪费着。"

"他说什么伤着你了？"

"如果他断然拒绝我，我肯定早死心了，可是他什么都不说，若即若离，有时候我觉得希望就在眼前，有时候又觉得虚无缥缈，所以我厌烦了。我们没有经历爱情，直接过渡到了亲情或者友情。"

"为什么这样？这个遭人鄙视没有责任心的魏清风。我要骂人了，擦！"

"我是不是很可怜？我来，就是想看看你到底有什么魔力，让他神魂颠倒，至今痴迷。"

"别开玩笑。好吧，我发誓我们真的偶尔联系，如果这样也伤害到你，我真的对不起你，以后不会啦。"

"你看看这个吧，我从他电脑上拷下来的一个文档。"她扔过来一个U盘，顺手点了一根烟。

是一个文件夹，名字叫《专属回忆》，里面有很多照片，没有人物照，是混乱不堪的工地，工地上满是钢筋水泥，尘土飞扬。

我看几张后就认出来了，是高碑店，那里被拆了，我们住过的那栋房子被拆得只剩一堵墙，依稀能从旁边的小花园辨认出方位。

还有一个word文档，名字叫：是不是我不说你就不明白我的感受。

2013.08.19 你走了，去了那么遥远的地方。连高碑店也拆了，我他妈的连个怀念的地方都没有了，直到现在我才真正感觉到你真正离开我了。但内心深处，我还是非常想念我们曾经在一起的日子。所以，请你告诉我怎么面对素素。

这是清风写的日记？我有一丝慌乱，我压根儿不知道他居然会怀念。我又没死，这写得跟祭文似的，再说，我也没发现他以前有写日记的习惯啊。

"素素，你确定是他写的吗？要不要百度一下是不是摘抄的？"

"文件都加密了的，是你的生日，被我破了。你觉得可能吗？你也太小瞧他的多情了。你都看看吧，反正我都能背下来了。因为这个，我已经下定决心离开这个人了。呵呵，看完就删了吧，别污染了我的U盘。"

"这样吧，我先留着，咱们几个这点破事儿啊，我觉得都能写成小说出本书了，网友可能喜欢八卦这点事儿，你觉得我说得有道理不？"

"你大爷的，你真有闲心，我这心里没着没落哇凉哇凉的，唉。"

虽然开着玩笑，为什么我的心却像泡在冰冷的水里，冷得瑟瑟发抖？为什么笑着笑着，鼻子就酸了？

他的日记，我还是忍不住看完了。

2013.09.15 时间是个很神秘的东西，它会慢慢地悄悄地夺走那些曾经拥有的东西，让人在不知不觉中就失去了很多，很多。有些事物如同叶子，经历了春的温情、夏的奔放、秋的矜持和冬的萧条后，最后还是飘零在风中……我的感情世界还是不能承受多一个人，而且是素素那么执着的一个姑娘。

2013.09.29 我为什么到现在还不能忘记？或者说我根本不想忘记。我恨自己，为什么你在的时候不懂得珍惜。时间啊，不仅是个神秘的东西，还是一个无情的东西。我甚至害怕过去的日子会像流沙一样，一点一点地从脑海里流走，直至完全没有。

2013.10.7　我时常在梦中回忆那年，因为缘分，我们相遇了，一起走过的青春岁月。为何结局注定只是一声叹息？感情也无对错，我不会为我们的相识而后悔，虽然当时我们的情感是多么青涩与稚嫩，但却是赤热而真诚的。

2013.11.14　如今的我再也不能回到从前了，浮躁的心中，可能再也盛不了以前那份单纯的真诚及冲动的激情，就如同流入了大海里的小溪，再也不能像以前那样一路吟唱着，前进着了。这样的我怎么能配得上素素？

......

还有很多省略的，看不下去了。

这些日记一次又一次叩击着我内心的柔软，触动了我全身的筋脉，眼泪不自觉地涌了上来。这他妈的都过去好几年了，现在知道这些是不是太晚了？如果我没有来云南，你亲口告诉我你的想法，也许会改写我的人生，可是现在我想说，清风啊，忘了我吧，好好珍惜你身边值得珍惜的人！

那两天，我跟素素相处得小心翼翼，不敢提清风，也不敢跟小夏子秀恩爱，不知道怎么形容我彼时的心情。我是真心为她惋惜，为什么刘宇就可以被肖雅感动，愿意牵她的手？至少敢于承诺给她幸福的婚姻。

素素直到走的时候，也没整明白为毛清风写这样的日记，我到底有神马魔力，这成了无解的谜。我的生活就像湖面，看似平静，却一圈圈地泛涟漪。

新房在小夏子的张罗下，已经装修好了。家具家电搬进去的那天，他带我去参观。我不得不说小夏子真的很用心，房间装修的是温馨的田园风格，都是我无意中提到过的色调、样式，家具家电的牌子也都是我喜欢的。主卧连接着整栋楼唯一的一个露台，被他打造得和我梦想中未来的院子一样，有躺椅，有秋千，有书架，有瑜伽台，有花圃。我已经迫不及待地想夸奖我们家小夏子了。

我们在露台的躺椅上吹着夜风聊到很晚。

我记得我问了小夏子这样一个问题："亲爱的，有人问我是不是具备什么魔力，我也纳闷儿，你如实告诉我到底有没有。"

他侧过身捧着我的脸，吻了一下我的唇，说："傻丫头想必是具备魔力的，让男人忘乎所以，欲罢不能，爱上你，就像中了蛊一样地想让你幸福的魔力。"

我搂着小夏子的脖子，感动得热泪盈眶。

想起素素，我心里还倍感自责，是因为我的若即若离，让魏清风产生了患得患失的感觉吗？所以才会寄相思于回忆？

某个深夜，我想好措辞，给魏清风打了电话。

他的语气异常平淡，问我："你还好吗？"

我跟他说："佳期将至。"

他说："那就好，我只有确定你嫁人了，并且过得幸福，我才会考虑结婚……"

这……这不是摆明要做个备胎的节奏嘛。而且他说考虑结婚，还没说考虑跟谁结婚。那一刻，身体的某个部位，有点儿疼惜的感觉。

"素素给我看了你写的日记。"

"呵，乱写的。"

"你这样对素素好吗？到底能不能好好在一起？不能的话，当初为什么招惹她？你是不是想毁了我们俩你才开心？你不知道你现在这种状态很多人为你担心吗？"

"也包括你吗？"

"我担心你确实不太合适，我只求你慎重考虑一下素素的感受。如果不爱，请放手，别让她难过了，她都快三十岁，最美好的几年光阴都特么浪费在你身上了。你虽然事业有成，但感情账怎么算得这么糊涂？她这么死心塌地地爱你，你怎么能这样浑蛋？你结婚了，有人照顾，我也才心安……"

"如果没有素素，我们还会在一起吗？"

聊不下去了。我哑口无言。没有如果，因为，回不去了。

日子在夏秋生七大姑八大姨的参谋下，定下来了，10月10日。我第一时间把消息告诉了素素。

我是这么说的："素素，夏秋生答应娶我了，你转告魏清风，我嫁人了，你俩都别惦记了。"

她说："好好的，不要赌气，你一定要幸福，别管我。"我听见她哭了，是因为我终于嫁人了，激动而哭，还是为她自己想嫁不能嫁伤心而哭？

我心里五味杂陈。

听见素素这样哭，我又心软了。我该怎么做呢？

好吧，我承认我很逗比，你非要说贱，我也不争辩。我在结婚前三天，萌生了一个想法，打个飞的去找我的前男友魏清风。

还不是因为素素这个死女人，我不帮她，我都不能安心嫁人。总之，有点儿复杂。有些话，我要当面跟姓魏的说清楚。

但并不是你们想的那样会不会发生点儿神马啊，你们忒俗气了。思想改造行不行？彻夜长谈行不行？照他那固执样儿，得改造个一天半天的，要不然时间也不够啊。

我不知道为什么要蹚这浑水，就像我不清楚当初为一面之缘的夏秋生，我奔赴云南参加他妈的葬礼一样，脑子时而混沌，认为荒唐；时而清醒，觉得合理。

我不敢告诉小夏子，我也不清楚他除了缉毒，还有没有捉奸这个爱好。

凌晨3点，我光脚踩在地板上，就着红酒和三根爱喜把我的眼泪逼得夺眶而出。天刚蒙蒙亮，我洗澡更衣，化了一个精致的烟熏妆，直奔机场。

三个小时后，飞机落地北京首都机场。我颤抖着从包里摸索到电话，开机，酝酿好情绪，拨打那串烂熟于心的数字。

"清风，我来了……"

"黎小姐是来送喜糖的？日子定了？"

"后天。我现在要见你。"我承认我会装，但是现在我的表情是真实反应内心的。

"那我先帮你订好回程机票，时间这么紧，新娘子好赶上结婚典礼。"

"不，今晚，我想留下来陪你。"

"嗬，你这代价也太贵了，来回机票都够去天上人间选个上等的鸭。哦，莫不是他满足不了你？"话一字一顿，像刀子一样剜着我的心。

为啥要选这个时候来看他？这个问题，好像是强迫症。你有没有出门后不记得家是不是锁门了，要重新折回去看看？对，他就是我忘记有没有锁的那扇门。

让你讽刺，随便讽刺。表示理解吧。你体会一下，假如你念念不忘的女人跑来告诉你，她要结婚了，新郎不是你，大抵也是这种心情，没骂脏话就算对得起了。

这个刻骨铭心相爱四年的人，这个曾经让我以死相逼跟父母对抗的人，这个和我分一桶方便面都让着喝汤的人，这个要许我一生相依相偎的人，此刻透过话筒传来的冷峻、无情、揶揄，尽管我提前做足了思想准备，还是差点儿让我直接羊角风发作，躺倒在首都机场的洗手间里。

"如果你真的这样想，那我就安心嫁人啦。我回去了，保重哦。"

"等等……"他急切地说道，"等我安排一下手头工作，马上过来。"这货刀子嘴豆腐心，我就知道他会这么说。

等他的时候，我在机场的书店里看了一会儿书。我记得从前的清风就是特别上进特别喜欢看书的。周日，我缠着他不让他去加班，他总是说："那好吧，就在家看书。"

我们出租屋里靠床边的旧酒柜里，被清风买回来的各种书塞得满满的：《营销学》《市场营销与口才》《管理者必备的五种素质》《销售经理的成长之路》《网站建设基础知识》等。

那时候，他就懂得一点点用知识、技能武装自己，不让自己闲下来，像一头如饥似渴的幼崽等待着每一个成长为猛兽的机会。他在窗前专注看书的背影，还有不时在笔记本上记录的样子，以至于此刻我闭上眼睛都可以清晰地回放，定格在那个清晨。

也只有此刻站在北京，用脚丈量这座曾经拼搏过苦闷过爱过恨过被伤过的城市，记忆才会如此清晰，如此深刻。

"擦一下脸吧，妆都花了。"清瘦的身影伫立在面前，略带沙哑的磁性嗓音，没有任何表情。

清风打断了我的回忆。这时，我才回过神来。他定定地站在我面前。

我接过纸巾，赶紧擦去脸上的泪珠。这个香味，是清风牌的，以前，我的手袋里，总是会被他放几包。他说，这是必需品，这样你出门的时候，随时都可以想起我啊。

一年多未见，这货越来越朝韩国欧巴范儿发展了，五官精致而成熟，耐人寻味的苦大仇深的表情，冷漠得让人发毛。

"看什么看，走吧。"他至少有半个月没有刮胡子了，胡楂儿杂乱。应该也很久没有睡安稳觉了，疲惫的眼神，空洞、落寞的表情专门是给我准备的吧，不忍直视，但，偷瞄一眼，还是很让人疼惜的。

去取车的路上，我们一直默默无语，每一步都走得很沉重。我的高跟鞋触碰地面的声音，在清晨的地下车库发出咚咚的响声。我像个做错事的孩子，在他后面小心翼翼地跟着。

北京，我又来了，这也许是最后一次了。我心里自恋地想，魏清风啊，你要不要拼命拼命地挽留我啊，这样显得我魅力大。

可是清风，他才不会！我太了解他了，不懂挽留，不会拒绝，不爱争辩。第一次我们吵架闹分手是这个样子；第一次我的闺密素素自爆跟他上床了，他是这个样子；第一次我赌气离开北京出国旅游他是这个样子；这一次我说要嫁给别人了，他还是这个样子！

我坐在后排，从后视镜里偷偷看他，他始终沉默地开车。车里有浓重的烟草味。这个男人以前是不抽烟的。高速路上，他把车开得飞快，单曲循环播放阿杜的《撕夜》。

我把梦撕了一夜，不懂明天该怎么写

冷冷的街冷冷的灯照着谁

一场雨湿了一夜

你的温柔该怎么给……

这样的心情在这样的歌声里，我配合着夸张的抽搐表情，泪，忍不住又流了下来。

这是干吗？我是在博得清风的同情吗？我们终究都是怀旧的人，因为这样我才放心不下。

半个小时后，车停在国贸世界城地下停车库。清风现在上班的地方就在楼上，一家知名的户外广告北京分公司。如今他已是这里的总负责人。

他淡淡地说："丫头，你先去永和吃个早点，等我一会儿好吗？二十分钟。"

他终于肯叫我丫头，我心里一阵窃喜，又一阵疼挛。

熙熙攘攘的人群，匆忙的脚步，这个我待了五年、熟悉又陌生的城市，大家都在为生活卖命奔波，而我却在为男欢女爱这点破事儿瞎琢磨。

手机上有二十多个未接来电，是夏秋生。此刻，他正在兴高采烈地准备婚礼事宜。我把手机静音了。等我回去解释，小夏子，对不起，对不起。

"走吧，世贸天阶，房间已经开好了。"

"我有话跟你说。"

"上去说吧，你这一说话就梨花带雨的，等下碰到同事，还以为我欺负你了。"

一进门，他就把门反锁了，把我扔在床上，毫无前奏地用力撕扯我的裙子，报复性地亲吻我的脖子。与其说是亲，不如说是咬。

"你丫别这样，我有话跟你说。"我没有任何肢体上的反抗，用哀求的眼神看着他。

"咱俩又不是第一次，来吧。"他咬牙切齿地说，把领带一把扯下，解扣子，脱上衣，一气呵成。

我叹了口气："这是你吗？这是我认识了这么多年的清风吗？你变了。"

他苦笑道："黎晓，我告诉你，从你离开北京的那天起，我的心就死了，就死了！你明白吗？如今你回来告诉我你要嫁人了，呵呵，你悄悄嫁你的啊，还他妈的跑来告诉我，是不是太残忍了？"

"我来，是要跟你说说素素的事。"

"她让你来的？"他饶有兴致地问我。

"我……"

身下感觉到持续的振动，这可不是什么情趣用品，我反手伸到屁股底下摸出来，是他的电话，来电名字居然是，素素。

电话那边传来痛苦的呻吟："清风，清风，我肚子好疼，你快米。"

"你在哪儿？"他一下子坐起来。

"在家。"

"等我，马上去。"

"怎么了？素素怎么了？"

清风没有给我一句解释，整理好自己的衣服，拿上手机钥匙快步离开。我拿上包追了出去。

魏清风站在电梯口冷冷地说："你觉得咱俩一起出现在她面前，合适吗？"

"哦，"我退了回来，"那你记得给我打电话，我话还没说呢。"

素素还不知道我来北京的事，可我却是为她而来。我要谢谢她，没有她，我怎么会遇见夏秋生？老天爷这样安排，一定知道在冥冥之中这个更优秀更有担当的男人更适合我。

我拨通了素素的电话，彩铃响了很久，却没有人接。

稀里糊涂的，一觉醒来居然到第二天中午了。

清风没有来酒店，也没有一个电话。这根风筝线再也没有握在我的手里了。素素也没有回电话给我。夏秋生，也没有。是我的手机故障了？信号不好吗？

我特别郁闷地打了宾馆内线叫了两份餐，一天一夜不吃东西，这感觉饿得能吃下一只烤全羊。

魏清风在我准备离开北京的时候打来电话："新娘子，回去了没有？慌里慌张的，份子钱都没准备。"

"你在哪里？"

"明天是你大喜的日子，我代表素素祝福你新婚快乐。"

"你到底在哪里啊？素素怎么了？"

"积水潭医院。她因为过度劳累，急性阑尾炎发作，本来是个小手术，因为凝血功能障碍，大出血，医生都下病危通知了，还好已经抢救过来了，生命体征刚恢复正常。"

我一边接电话，一边飞奔，穿过车流，翻越栏杆，伸手拦出租车。

半个小时后就赶到了住院楼。

素素的家人也从老家赶来了，在病房的走廊上打电话给老家报平安。

素素躺在病床上，那张惨白的小脸静如幽兰，胳膊上还在输液。魏清风握着她的手在小声说话，她安静地看着眼前这个男人，像个听话的孩子。

那默契的眼神怎么看都是过了七年之痒的老夫老妻，时间都要静止了。

我慢慢地走到她旁边，含泪问她："傻瓜，干吗那么拼命？身体都不要了吗？"

"你，怎么跑这儿来了？明天不是你大喜的日子吗？"她气若游丝，费力地想挣扎坐起来。

我制止了她，咧嘴笑了一下，开玩笑说："我逃婚了，我又回来跟你抢男人了。"

素素说："我弃权，不用抢。"

魏清风并未抬头看我，而是把床头的粥端到嘴边，用勺子舀起，小心地吹着，喂到素素嘴边，生气地说："逃婚好玩吗？你玩笑开大了吧。"

我白了他一眼，说："不行啊？反正我玩得起。"

"那你也来迟了，我答应素素，等她养好了身体，就带她回老家领证办酒席。"

"真的吗？真的吗？"我用求证的眼神看着素素。

素素苦笑道："别胡说了。我虽然病了，但是我不傻，不会笨到分不清同情和爱情。"

清风幽幽地说："昨天你在里面抢救的时候，我在走廊上对天发誓，如果你醒过来，我一定要好好待你。我把这几年仔仔细细地回忆了一遍，有些感情就像氧气，察觉不到存在，但是一旦失去，就有窒息的感觉，好可怕。我们错过了那么久、那么多，还要再失之交臂吗？我在自己的世界里沉睡了这么久，突然醒来，趁你对我尚有一丝感觉，我必须要对你说，所有风景都看透，我想陪你一起看细水长流。"

素素说："晓晓，你听到了吗？我这是大难不死，因祸得福了吗？还好没死，要不然我死不瞑目啊。可是，魏清风啊，你不要太自信了，我并不能保证我现在还爱你。"

"那刚好给我个机会厚着脸皮追你，我还从来不知道追女孩子的滋味呢。"

"喂，不带你这么骂人的。"我佯装生气，补了一句，"结婚的时候要请我，我是介绍人。"

欣慰，这一刻的感觉是无比欣慰。

我在医院陪了素素一天。

10月10号，在去机场的路上，我给夏秋生打了个电话。死猪不怕开水烫，让暴风雨来得更猛烈一些吧。

我忐忑地吸了口气。

"小夏子。"

"嗯。"异常的安静，无比淡定。

"我在北京。"

"我知道。"

"我来见他了，突发了一些状况，所以错过了婚礼。"

这其实是他妈的一个测试题。

通常男人这个时候会有四种反应。

第一种：为什么？你们旧情复燃了吗？求求你不要离开我，没有你，我怎么办？（软蛋型）

第二种：为什么？你不知道我都通知了四百多名宾客，他们都等着吗？我怎么跟家里人交代？（现实型）

第三种：为什么？你还是忘不了他？算了吧，我不能娶一个心里想着别的男人的女人当老婆。（理智型）

第四种：破口大骂，你都给我戴绿帽子了，还指望我娶你？贱人！有种你就别回来！（家暴型）

我讨厌第一种，反感第二种，算了，剩下的两种都不是我要的。

我这是作死吗？我把话筒稍微离远了一点儿。经验告诉我，分贝太高容易振聋耳朵。

他说："我等你回来。"

"什么？你再说一遍。"

"我说，我等你回来。前天你走后，一直没有联系上你，我就把婚礼延期了。我知道你有放不下的心事，也担心你心理负担太重。你去面对问题是对的，只是处理时间有点儿晚。转告他，请他给哥们儿腾地儿，我相信你会回到我身边的，所以我等你。"

我看不见他的表情，我只知道自己的嘴是O形，至少有两分钟闭合不了。

多么痛的领悟！

我怎么能这么无耻？不负责任地把烂摊子丢给他一个人，任性地跑到北京来？

而此时夏秋生的反应，是多么的云淡风轻。警察的心理素质都这么强？内疚、负罪感一起涌上心头。

"小夏子，你生我气不？"

"生啊，你让我等了二十年多又要多等几天。"

"你老实说，你不吃醋吗？他是我的初恋，你心里不介意？好像我去云南以后你从没有问过我关于魏清风的事，你到底爱不爱我啊？"

"傻大姐又开始犯傻了。我不问，并不代表我不知道、我不生气，也不说明我不介意，我尊重你内心的想法，你只是想用自己的方式跟过去告别，我懂的，同时我还应该感谢他。你知道有个仙人掌理论吗？在爱情里，你就好比是仙人掌，魏清风拥抱了仙人掌，把刺都带走了，同时受伤了，所以他是倒霉的。而我是幸运的，因此才和仙人掌幸福地在一起了。"

你看看，懂我者小夏子也。但是我也不能仗着他爱我，就肆无忌惮地为所欲为，对吧，朋友们。

所以，我迫不及待地说："小夏子，反正婚礼也取消了，要不然咱旅行结婚吧，我想念美奈了！"

图书在版编目（CIP）数据

婚礼之前，与你告别 / 那时迷离著. — 北京 ： 北京
联合出版公司 ， 2017.7

ISBN 978-7-5596-0747-8

Ⅰ.①婚… Ⅱ.①那… Ⅲ. ①长篇小说－中国－当代
Ⅳ.① I247.5

中国版本图书馆 CIP 数据核字（2017）第 174055 号

婚礼之前，与你告别

作　　者：那时迷离

责任编辑：李　　征

北京联合出版公司出版

（北京市西城区德外大街 83 号楼 9 层　　100088）

河北鹏润印刷有限公司　新华书店经销

字数：228 千字　880 毫米 ×635 毫米　1/32　印张：10

2017 年 8 月第 1 版　　2017 年 8 月第 1 次印刷

ISBN 978-7-5596-0747-8

定价：36.00 元